星星与猫
STAR&CAT

刘小备 著

重庆出版集团 重庆出版社

图书在版编目(CIP)数据

星星与猫 / 刘小备著. —重庆:重庆出版社,2020.12
ISBN 978-7-229-15452-3

Ⅰ.①星… Ⅱ.①刘… Ⅲ.①长篇小说—中国—当代
Ⅳ.①I247.5

中国版本图书馆CIP数据核字(2020)第230720号

星星与猫
XINGXING YU MAO
刘小备 著

责任编辑:袁 宁
责任校对:杨 婧
装帧设计:郭 子

重庆出版集团 出版
重庆出版社

重庆市南岸区南滨路162号1幢 邮编:400061 http://www.cqph.com
重庆出版社艺术设计有限公司制版
重庆市国丰印务有限责任公司印刷
重庆出版集团图书发行有限公司发行
E-MAIL:fxchu@cqph.com 邮购电话:023-61520646
全国新华书店经销

开本:890mm×1240mm 1/32 印张:10.75 字数:290千
2020年12月第1版 2020年12月第1次印刷
ISBN 978-7-229-15452-3
定价:53.00元

如有印装质量问题,请向本集团图书发行有限公司调换:023-61520678

版权所有 侵权必究

没有什么能比晨光照在巷子里、炊烟腾在晨光里、岁月刻在炊烟里的日子更能抚慰人心了。

好比你站在小小的巷子里，一抬头，满天星光！

小时候，巷子很大，大到能装得下一天的星星。但跑起来又很小，不管你从哪个角落开始，你总能跑回家。

长大后，巷子变小了，一眼望到尽头。但也变大了，不管自己走到哪里，都走不出去。白昼长夜，春夏秋冬，累了总想回巷子里歇歇。

我也是后来才意识到，回忆里的巷子是一件御寒衣，裹着我远行，陪我度过许多没有星星的夜。

但我最最惋惜的是没机会再吃一碗巷口的馄饨了。

那口滋味总在心头，想起太多次打伞从巷子里的水坑旁走过，想起阴冷的雨天在馄饨店里吃着馄饨哈热气，想起坐在面馆前面扇扇子的老爷爷……像是雾气叠着雾气，围着你，非叫你寻一个出口不可。

像一只猫，认家。

目 录

第一章　　　001　
风抽的烟里处处是你

　第二章　　　021
　　　他什么都可以给你

第三章　　　035　
我替你还清了

　第四章　　　055
　　　小二，遥远的星星才能住进你心里吧

第五章　　　075　
不管你何时回来，总有一碗面留给你

　第六章　　　093
　　　指甲刀总容易丢

第七章　　　　　113
衣服都旧了，再给我做几套吧

　　第八章　　　　131
　　　　从枯萎里盛开

第九章　　　　　147
半出戏

　　第十章　　　　171
　　　　一生温柔给了酒

第十一章　　　　189
东方百合

　　第十二章　　　207
　　　　请你赏这一枝梅

第十三章 　　　 231
对不起，打扰了

 第十四章 　　　 251
等哪天有空了，我请你

第十五章 　　　 271
我不能留下来

 第十六章 　　　 293
一生作赌，骗你一次

第十七章 　　　 309
此生足矣，谢谢各位

 第十八章 　　　 325
后会有期

第一章
风抽的烟里处处是你

只沉默了一夜,第二天清晨,整条容巷都知道江美玲回来了。

不认识的都在问江美玲是谁,认识的也说不出个所以然,只会说"江美玲就是江美玲喽"!

那江美玲到底是谁呢?

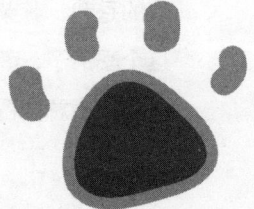

夏天最后一个高温天结束的那个晚上，容巷的小雨滴答滴答地落在老牛家面馆门头的雨篷上，面馆里的灯光从门窗铺陈出来，照出一片雨雾，映着夜色，像一出老电影。

江美玲拉着她的行李箱，没有打伞，就这样出现在这一幕电影里。

她瞧见老牛面馆的灯光，终于舒了口气，然后走到门口，放下头上的斗篷，率先将笑容挂在脸上，这才踏步走了进去。

我当时面前的一碗牛肉面刚吃一半，此时距离老牛家面馆打烊时间晚上十点半还差一刻钟，我一直享受的安静的牛肉面时光忽然被一阵笑声打破了。

"没想到面馆还在呢！生意兴隆啊老牛同志！"

老牛听见这笑声，掀开门帘从后厨走了出来，惊诧了两秒，然后"哎呀"一声，说："阿玲？真的是你？"

"真的是我！荠菜馄饨还有吗？"

"这个季节了，荠菜不纯不鲜，哪里会有？"

"所以你生意做得长久！牛肉面吧！还有吗？"

老牛迟疑了一下，只一下，说："你等着！"

老牛转身去了后厨，江美玲将店里四下看了看，然后找了个位置坐了下来。坐下后她转脸看见了我，没说话，但冲我笑了一下。

已经连续三天，每当我十点左右走进店里的时候，老牛叔叔都会笑着对我说："就剩最后一碗了，留给你的！"

看了看面前的"最后一碗"牛肉面，我以一个刚刚入媒体行业的嫩记者的直觉，捕捉到了老牛叔叔即将端出来的那碗牛肉面的故事感。

然而这个时候江美玲忽然起身匆忙离开，故事感戛然而止。

"阿牛啊，面别做了，我有事先走啦！"她冲后厨喊了这么一句，没等老牛回答就冲进了雨里，她一头金黄的卷发瞬时被雨水打湿，不再随着她的步伐跳舞。

老牛叔叔从后厨出来的时候江美玲已经走远了，他望着外面的雨欲言又止。

"这位阿姨是谁啊？"我问道。

"哦，阿玲，江美玲！你是不认识的，她走的时候你还没出生呢！"老牛叔叔说完冲我笑了一下转身又去了后厨。

我吃完碗里的面的时候，老牛端出了一碗牛肉面，然后坐在桌边自己吃了起来。

我走的时候，雨夜的老牛面馆里只剩老牛一人，吃着一碗牛肉面。

只沉默了一夜，第二天清晨，整条容巷都知道江美玲回来了。

不认识的都在问江美玲是谁，认识的也说不出个所以然，只会说"江美玲就是江美玲喽"！

那江美玲到底是谁呢？

清晨，我路过春梨和重夏曾经住过的那间屋子的时候，刚想叹口气，门忽然开了，江美玲笑意盈盈地站在门内，冲我说："妹妹，你懂电脑吗？我的电脑忽然就全黑了，不晓得怎么回事呢，你能帮我看看

003

吗?"

我没有马上回答她,主要是我对自己的电脑水平也没有什么信心,但我又想答应她,我想看看春梨和重夏住过的地方如今变成了什么样,我也想看看江美玲住的地方是什么样……

"你有时间的吧?"她又笑着问我。

"哦,有。"我下意识地回答道,然后顺着她的笑容走进了门里。

她似乎有着别人无法拒绝的笑容,就连我这样曾经常被子婴埋怨性子太清冷的人也做不到。

唉,跟子婴分手是上个冬天的事了,当时也不觉得伤心,只是事到如今,在一些莫名其妙的、毫无关联的时刻,仍会想起他。

比如现在。

房间里重新装修过了,春梨和重夏的所有痕迹都被抹去了,我再也找不到冬日夜晚在这里和他们一起吃火锅的味道了。

时间似乎才是记忆最大的杀手。毕竟,大多时候,我们都是靠具体的事物来标记时光。

比如这房间里的弯脚欧式孔雀蓝沙发,配着浅咖色的斗柜,在挂着油画的墙面面前大张旗鼓地开启了新生活,声势浩大到过往不敢迈过来一小步。

而春梨是一张木凳,重夏是白墙前的一把吉他。我对他们的念想是冬日火锅,还有火锅里的热豆腐……

"这是新电脑,我还不太熟练,刚刚明明开了机,忽然就黑屏了。"江美玲把她的笔记本电脑拿到我面前。

我坐在她的皮沙发上,心下一软,叹息了一声。

电脑没有任何问题,她只是一不小心将亮度调到了最小……

这种错误我犯过,所以很快就帮她解决了。

她开心地拍手大笑,笑自己愚笨,又夸我聪明能干,然后从橱柜里拿出一盒巧克力，非要我拿着。

我在接过巧克力的那一瞬间，从她的笑容里看出了一丝熟悉感。

似乎在哪里见过呢！

但是仔细想又想不起来。

直到坐在了办公桌前接到领导递给我的采访任务，才恍然，大概是七八岁那年，我看过江美玲拍的一则牛奶广告。

牛奶是本地品牌，所以几乎每天早上在大街小巷的早餐店里都能看到江美玲微笑着喝一大口牛奶满足的画面。

午饭后我与江美玲又见面了。

她依旧招呼我坐在她的沙发上，然后给我冲了一杯咖啡。房间被音箱里传出来的轻柔爵士乐包围着，餐桌上多了一束花，嫩黄的玫瑰开在灰色的桌布上面，跳跃的生机让人忍不住多看两眼。

她坐在我面前，从包里拿出一包中南海，从中抽出一支烟，笑着问我："可以吗？"

"当然可以！"我说。这是在你家里，当然你说了算。不过我很少见到女士抽中南海。当然，我也不会问她这个问题。

她点燃了烟，吸了一口之后，把烟靠在茶几桌上的烟灰缸边缘上，任由烟气袅袅，之后再也没有抽过一口。

我和她都刚要开口说话，忽然厨房传来杯子倒下的声音，然后惊慌的小二就冲进了客厅。

小二看见我就镇定了下来，倒是江美玲被吓了一跳，"啊"了一声，说："哪里来的猫咪？"

"以前这里的租户收养的猫咪，后来他们搬走了，现在是我妈妈在照看它。"我说完起身，准备把小二抱出屋去。

但是小二躲开了，它又跳上了厨房的窗台，用迷茫又警觉的眼神看着屋里的一切。

这里是陌生的吧，小二？回去吧，小二。

小二没有要走的意思，江美玲坐了下来，说："算了，随它去吧！"

"原来住的是怎样的租户？"她忽然笑着问我。

"一对二十来岁的年轻情侣，春梨和重夏。"不知道为什么，我把春梨和重夏的故事给她讲了一遍。

春梨和重夏在一个工厂打工，重夏有一把吉他。在休息日，他们经常一个弹吉他一个唱歌，大部分都是流行曲，偶尔重夏开心，也会写上一两首曲调，两个人就随便弹着唱着……上个春节，他们甚至想要结婚了。

但是在工厂年会上，春梨因为唱歌被领导看中，调离了三班倒的岗位，去总务部做起了后勤。后来又因为每对情侣都会出现的那些矛盾和误会，重夏先离开了，再后来春梨也搬走了。

只留下了小二。

江美玲听到了这里脸上没有一丝遗憾的神情，反而笑了，说："你知道吗？我是从看见十六岁姑娘的那一刻才看见自己的年龄的。"

我似懂非懂，毕竟十六岁这个数字对我来说还构不成心理威胁。

"再有两年我就五十了。其实我没有什么好采访的，我看是你才让你进来，我除了拥有年龄一无所有。那些回忆和往事我走着走着就丢了，我现在回来，回到这条安静的巷子里，就只是想安静地等时间把我送走，安静地度过以后所有的日子，和我曾经抛弃的一切待在一起。"她说着又笑起来，伸手赶走面前的青烟。

原来走的人还会想要回来。

那么在天会回来吗？

可是如果他也在快五十岁的时候回来，那回来还有什么意义？

在天搬出容巷的时候才十三岁吧。应该是十三岁，中考结束的那个暑假,他还没有告诉我他考了多少分,我叫阿良帮我转交给他的那封信也不知道他到底收到没有。

而阿良……阿良更是走得彻底。

"我们报纸有一个类似于名人传记的类别,经常会介绍一些本地的佳人才子,我在来之前已经做了一上午的功课。知道您之前是电台DJ,有一档叫《午夜情歌》的栏目,据说粉丝很多。后来您在一次全国的歌唱比赛中拿了冠军,接着出个人音乐专辑,走上了另外一条路,再后来和新人导演合作,拍了一部小成本文艺电影,再后来据说您专心做幕后了,具体的消息再也没有流传出来过。所以,我做了一个大纲,您看,咱们能不能就把您的经历分成三个部分,电台DJ、歌手演员、退居幕后,按照这三个部分来把您的人生呈现出来。您看这样可以吗?"

她倒是没有先回答我可以不可以,而是哈哈一笑说:"你可别一口一个您,显得我和整个年轻的世界都脱节了似的!我看起来还没有那么老吧?"

虽然第一眼我就把她划为阿姨那一行列,但说实话,这完全是因为她那晚站在了和老牛叔叔同一个辈分的高度。她看起来更像是姐姐,不仔细看,脸上所有的沧桑都被笑容妥善掩藏了。

我笑笑,解释说这和年龄无关,主要是"辈分"。

江美玲笑得更大声了,然后说:"我真真实实是一个无名小辈,可别这么叫我了,你要是嫌弃叫阿玲是我贪小,你叫我玲姐就行。"

此后我就一直叫她玲姐,这也算是那天采访的全部收获了。

我走的时候天色还早,一支烟早已燃尽,小二不知道什么时候又轻悄悄地进了屋,正窝在餐桌下面睡觉。

我没有喊它回家,它能睡着的地方都是它的家。

夜里十一点半,我听见妈妈在客厅走来走去叫着小二,还嘟囔着这只肥猫去了哪里,不由得想起来她一开始坚决反对我将小二带回家的样子。

猫这种谁也不爱的样子真是叫人忍不住爱它!

一直到第二天吃早饭的时候妈妈还在纠结为何小二一夜未归。

"它原本就是流浪猫,生存能力强着呢,你担心什么?"我不想告诉妈妈小二去了哪里,它可以睡在荒野、睡在草地,但不能舒舒服服地睡在别人家里。

"你哪里懂,它现在肥了,哪里还有战斗力!看它回来我不骂死它!"

爸爸不说话,盯着电视上的早间新闻。

"听说江美玲回来了,你知道吗?"我妈忽然问我爸。

"知道了知道了,全容巷都传遍了,谁不知道?"

"你说她怎么就回来了呢?就一个人,哎,怎么就一个人呢?奇怪啊,这些年她到底都干什么去了?音讯全无,她家里人全都搬走了,跟在容巷绝迹了似的,结果她倒回来了!对了,我听说她父母都过世了,是不是真的?"

我爸点点头,眼睛还是盯着电视。

"我嫁给你的那一年她已经离开容巷了,我只听过这么个人,昨天头一回见,真是个美人!昨天一整天,巷子里人流量之大,都赶上逢年过节了,家家出动,时不时地在巷子里走动走动,就想能意外地碰上她呢!到底是名人!"

"什么名人不名人?你操心好自己就行了!"

"怎么了?说她你还不愿意了?别以为我不知道,以前整条容巷的男人都暗恋她,是不是也有你啊?"

我爸对我妈翻了个白眼,关了电视,起身走了。

我妈撇了撇嘴。

我照旧吃着早饭，想着昨天我所见的江美玲，不敢相信她在别人口中是另外一番景象，即使那个别人是我妈。

"我们报刊要写一篇关于她的报道。"我说。

"那可得写一整个版面了！"

我早饭也吃好了，但没打算起身离开。

"你有什么内部消息说来听听。"

我妈想了想，说："具体的我哪里清楚，你别打听那么多，赶紧上班去！对了，周末有空吧，陪我逛个街。"

"没有！"

我起身离开。

"不是相亲！真不是！"

"那也没有！"

我快速溜出门的时候，迎面遇见了回家的小二。

小二没有理我，甚至没有多看我一眼就进了屋。

我关上门，门里是我妈冲着小二怒吼的声音。

容巷的清晨有了略略的秋意，暑气过去后的舒适真叫人欢喜，柔柔的晨光从几棵银杏树的叶片中投射到瓦片和墙面上，我抬头望一眼，就觉得自己还活在童年里。

就在这一刻里，我好像忽然明白了江美玲为什么会回来。

但也许我所理解的又肤浅又片面，毕竟我没有像她那样离开过，我也没有像她那样失去过。

昨天下午对于过去她只说了三句话："网上能查到的基本都是真的，你照着写就行了。""能给大家讲的也就那么多了。""对于过去我不需要解释、辩驳、描写，也不想被打扰。"

于是我按照之前自己列的大纲，分三大部分对江美玲的过去进行了很平白的描写。

主编看了我的稿子，说全面倒是全面，但是没有情绪。

这算是比较好的评价了，还有一次她说我的稿子不够性感。

她要我再改改。

这是常规流程，就像春天虽然来了但还是会有几天倒春寒一样。

但稿子很快就定下来了，反正这种报纸现在也没有人看，大家心知肚明，稿子有没有情绪、性感不性感谁也不会真的在意。

定稿的那天下午，我下班早，约了秋晨去吃日料。秋晨是我高中同学，毕业后在距离我上班的地方不足三公里的小学教语文，闲时我们经常约。

秋晨嘴角冒了几颗痘痘，所以她才要求这顿吃日料，然而吃着吃着她觉得不过瘾，还是要了一份辣的寿喜锅。

何必呢，我说她。

她说，总之自己是努力克制过了。

"人不就是这样喽，总觉得自己能做到，最后又做不到。食欲就跟爱情一样，无法控制啦。"秋晨说。

不知道为什么我忽然想到了江美玲。

"你还记不记得我们小时候有个牛奶广告？"

秋晨看了我一眼，说："你是不是想说江美玲？"

"你怎么知道？"

"江美玲回来了，我妈都知道了。"

"这么出名吗？"

"我不认识，我妈认识啊，说他们那一辈年轻的时候江美玲是很出名的，靠的都是花边新闻，不过想想也能理解，美女嘛，是非多。我妈说她当初被人骗财骗色，后来就销声匿迹了。"

"骗财骗色？不可能吧，我看她现在还是漂亮得很，看家里的摆设也不像是穷困潦倒。"

"那之后的事谁又能知道呢！"

"那之前的事你知道多少？"

"我怎么会知道？我也都是听说，我妈说得像是真的一样，说她看上了一个浪荡子，把钱都拿出来给人家搞艺术，后来知道人家还有老婆，就跟人私奔了，之后的事大家就都不知道了。你看见过她了？"

我点点头。

秋晨的这些八卦我不知道能信几分，总觉得这些信息和江美玲无法契合。江美玲给人一种没有防备心的亲近感，同时又有一种世事通透的疏离感，这些东西总是软绵绵的，而为爱孤注一掷和与人私奔，这些词语太坚硬了，像是咬着牙要头破血流一样。

这怎么可能是江美玲呢？

寿喜锅吃了一半，秋晨接了个电话，然后笑嘻嘻地起身朝门口招手。

一脸严肃地走过来坐在秋晨旁边的这个男生，是秋晨在我毫无准备的情况下给我介绍的第三个相亲对象。

她后来说事不过三，这是最后一个了。

良敬坐下后脸上的严肃褪了八分，微微一笑，对我说："你好，我是良敬，恭良的良，尊敬的敬。"说完他拿出手机，打出"良敬"这两个字，举到我面前给我看。我看见良字，一下子想起了阿良，虽然也就一个瞬间。

我笑笑，也在手机上打出安安两个字给他看。

秋晨在一旁憋着笑，嘴里全是肥牛片。

良敬吃得很少，安静地保持着他的二分严肃，偶尔对我和秋晨的对话点点头，但手上的动作一直没停，一会儿帮我们倒水，一会儿分菜，一会儿翻动锅底，像是专门订制的服务员。

吃完饭良敬送我回家。

这当然是常规流程。

我说不上来对良敬是什么感觉，毕竟是第一次见面，但心理上没有排斥，这已经是最好的感觉了。

良敬没有直接把他的车停在巷子口，而是在老牛家面馆门前找了个车位，停好后他自己也下了车。

"我送你进去吧。"他说。

容巷里的路灯前几年才换了新的，再加上路两旁的商铺如今熄灯的时间也是一天比一天晚，整个巷子里灯火通明，确实不需要有人护送。

"谢谢！"我说。

我下车的时候一眼看见江美玲坐在巷口的一把藤椅上，她身旁的石凳上放着一根点着的烟，闪着明灭不定、微微的光。

我们走过去的时候微风带着烟气飘到鼻前，味道似乎还是那天下午在江美玲家她点的那一种烟。

我笑着叫了一声玲姐，她冲我笑笑，又看了看良敬，笑着说："配的哦！"

我赶紧摆手解释："不是不是，我们今天刚刚认识。"

"你们什么时候认识和配不配有什么关系？有的人认识了一辈子也不相配啊。"

我倒是无法反驳。

良敬微微一笑，对江美玲说："谢谢！"

谢谢？

后来又有好几次，我总是能看见江美玲坐在容巷里的某个角落里，身旁放着一支点燃的烟，烟气依旧袅袅，江美玲的脸上平静如水，看不出什么波澜。

我也只是远远地看见她，很少再与她迎面碰上。

"为什么江美玲回来了近两个月了，整个容巷里好像没有什么人跟她说话？"趁着一个在家吃晚饭的机会我问道。

"都不熟悉，她都离开了那么多年了，以前认识她的那些人大多都不在容巷了。"老爸说。

"那你不是认识她吗？你怎么不找她聊天？"老妈阴阳怪气地质问老爸。

老爸指着老妈对我说："你看，其他认识的人谁敢找她说话？"

这倒是个好懂的事。

"算了吧！你不说就以为我不知道了？最近整个巷子里的人都已经把她的事摸得一清二楚了。她把老牛的弟弟拐走了，现在竟然就她一个人回来了，老牛家也是宽容，竟然能原谅她！"

"什么叫拐走了？人家心甘情愿一起出去闯天下，怎么就叫拐走了？"老爸反驳说。

"你懂什么？不是鬼迷心窍，他好好的公务员工作都不要了，跟她走？图什么？你看，不是连嫁给他都不愿意吗？"

"不要胡说了！老牛弟弟去年得病走了！"老爸筷子一摔，老妈一惊，不再说话了。

真是云山雾罩一样的情节，跟秋晨那边被人骗财骗色的八卦对不上分毫。

我原本想再多问一些细节，这个时候忽然收到良敬的消息。

"我在巷口，正好路过，给你带了一杯奶茶。"

不知道良敬是聪明还是淳朴，谁能好意思拒绝一杯奶茶？你不能说太贵了我不能要，毕竟才十几块钱。你也不能说我不喜欢喝，你自己留着吧，人家开着车在巷口等你……

我拿到了奶茶,但良敬没有要走的意思。

"我听说老牛家面馆是个很有名的老店,我还没吃晚饭。"

我还能说什么,手里还拿着人家刚刚专程送来的奶茶。

"我请你!"坐下后我对良敬说。

"好!"

他真是干脆利落。

良敬的一碗牛肉面刚刚端上来,江美玲来了。

她看见了我们,笑笑,说"你们好",然后坐下来,也要了一碗牛肉面。

老牛将牛肉面端给江美玲的时候看了一眼她放在桌上的中南海,欲言又止。

一直到我们走,江美玲那碗牛肉面都没吃完,确切地说,她只吃了两口,然后就放着,一直慢条斯理地和老牛聊着家常。

"整天这样忙到底什么时候歇一歇啊,跟面过一辈子了倒是也不够。"江美玲说。

老牛乐呵呵地说:"我们没什么追求,外面的世界对我们也没有吸引力,一碗面是一碗面的乐趣,好像也没觉得够。"

"好的哦。你儿子呢?会回来接管你这个店吗?"

"大概率是不会了。随便他吧,年轻人有年轻人的想法。"

"店里忙的时候可以叫我,我反正总是空的。"

老牛没接这个话。

究竟是好还是不好。我好想听一个答案,更想听他们谈到老牛的弟弟。

但是我始终没有听到。

良敬一碗面吃完了,说:"走吧!"

奶茶我还没有喝完,一直拿着。把良敬送到车门前的时候,他忽然问我:"你有野心吗?"

"野心?什么野心?"我奇怪地问。

他微微一笑,说:"那就是没有了。"

我迷茫地说:"大概是吧!"

"正好,我也没有。"他说。

嗯?那又怎样呢?

但我不敢问他,甚至不敢像他此时盯着我一样盯着他看。

良敬真是一个让人捉摸不透的人,你根本不知道他下一句话会说出什么来。

看良敬的车开远了,我才终于放松了警惕,然后拿着手里的半杯奶茶往回走。

我其实不太爱喝奶茶。

江美玲已经不在老牛面馆了。路过她家的时候发现她已经放起了音乐,窗台上放着一根烟,自顾自燃着。

又过了一周,还是黎明时分,整个容巷都被礼乐声惊醒。

谁也没想到,关于江美玲的回归,人们暗自聚集的小声嘀咕竟然在两个月后的一个清早沸腾起来了。

各家各户走出门,围在巷子里,看着礼乐队伍护着一身素衣的江美玲从巷口往江美玲家里走。

江美玲怀里抱着一个骨灰盒,上面是一个我不认识的男人的照片。

年长的人都低声惊呼,那是牛二啊!

其实牛二有自己的大名,但是在容巷,他只叫牛二。

礼乐队伍后面还跟着老牛家的老老小小。

看来确实是大家说的牛二。

江美玲将牛二领进了家门。

星星与猫

后来我才知道,这一天是牛二的生日。

四十多年前的今天,牛二出生在容巷,四十多年后的今天,牛二回到了容巷。

这两个多月来,容巷平静得像是江美玲从未回来过。直到这一天,我才知道,这两个月里江美玲去牛家跪了十几次,直到牛家点头。

牛二走时究竟发生了什么我无从考证,我只看到了江美玲日日在容巷点一支中南海,烟气从容,不管背后发生了什么,都像是什么都没有发生。

那天天色将暗时忽然开始下雨,一直到入夜十点的时候还没有一丁点儿要停的迹象。

我因为临时改个稿子,加了班,十点半的时候才回家。

又因为最近总是良敬顺道接我下班,我忘了提醒自己要带伞。

但是今天直到现在良敬一点儿消息也没有,我心里忐忑,但是又不知道怎么问他好,毕竟他每次也都是顺道而已。

我站在门口,再往前一步就是秋雨,用手机叫一个车倒也不是难事,但是我拿出手机犹犹豫豫,想着是先叫车还是先给良敬发一个信息。

怎么发才像是看起来很随意,但又能表达心中的疑问呢?

雨在这个时候又下得大了一些。

我叹了口气。

好像我这一辈子所有的勇气都在给在天写信的那一刻用完了,当然还有零零散散地站在在天家屋外大声喊在天名字的时刻。那些分散的失望似乎已经消耗掉了我喜欢一个人的热情。

这时候电话忽然响了。

是良敬。

"你可以直接问我为什么没来的。"

"什么?"我经常被他的直接弄得不知所措。

"直接问我!"

"哦,那你为什么没来?"

"那你希望我来吗?"

"好像……有点晚了。"

"不要考虑其他,就回答希望不希望我来。"

"还是,有点希望的。"

"几分?"

"这个……还有确切的分数?那么,十分制的话,六分吧!"

"好的,及格了。等我一分钟!"

完全不到一分钟的时间,我刚刚挂掉电话,良敬的车就开到了面前。

"我就停在隔壁门口。"我上车后他说。

一路无话,气氛有些尴尬,但良敬严肃的表情里带着几分柔和,他大概也明白,这份尴尬里更多的是暧昧的成分。

"明天是周末,你加班吗?"快到容巷的时候良敬忽然问我。

"不加班,怎么了?"

"如果你现在答应请我喝一杯的话,我就给你讲一个故事,关于江美玲。"

我几乎没有停顿,说好的。

对于我来说,良敬会喝酒和良敬知道江美玲的故事,这两件事我很难分得清哪一件让我更吃惊。

良敬的车没有停在容巷,我们在雨不停歇的秋夜喝了相识以来的第一场酒。

一杯纯香麦芽下肚,良敬开始讲江美玲。

江美玲歌唱比赛得奖后一炮而红,之后发专辑加上各地表演赚了一些钱。这时候有个导演找她演电影，一个小角色，但她完成得不错，所以接着立即又有电影找她做主角。后来电影开拍时忽然临时更换男主角，并且还有裸戏，江美玲就不干了。这件事闹了一阵子后，江美玲在长达一年的时间里没有接过任何工作，接着就直接被公司放弃。后来据说江美玲有了新的经纪人，懂法律，在做经纪人之前是个公务员。

新经纪人并没有给江美玲带来新的转机，直到江美玲遇见了一个年轻的小导演。具体两个人是不是一见钟情无从考证，但惺惺相惜是有的。江美玲和小导演一起成立了一家影视公司，拍了一部小成本文艺片。至于江美玲和小导演的关系到底是什么，没人说得清，只知道文艺片并不赚钱，两年后小导演和一个带资进组的女主角结婚了。

他们的影视公司还是一直在，两个人之间是不是有风起云涌的爱恨纠葛，没人能描述细节，但是大家都知道一定少不了这样的情节。

还有一个说法，因为拍那个文艺片，江美玲被西北的雪光刺伤双眼，休养了一年多才勉强能戴眼镜出门，导致后来她无法适应摄影机器和灯光，完全退居了幕后。

而那个小导演没几年就离婚了，离婚后他背着包满世界旅行，再后来他究竟如何，就没太多人知道了。

"那江美玲呢？"我问道。

"你不是知道了吗？她回来了啊！"

"你的故事有很多漏洞，江美玲的眼睛很正常。上次在面馆你也看到了。"

"嗯，也可能不是漏洞，说不定是另外一个故事。"

我忽然想到了牛二，问道："那牛二呢？牛二就是她后来的经纪人？"

"我知道的都已经告诉你了。"

良敬说的这个版本因为更多的细节所以更接近事实,但也不能因此认定它就是事实。

但我总模糊觉得,目前为止我所听到关于江美玲的一切都不过是故事的皮毛,不痛不痒,恰好护住了不能言语的核心。

不能言语,似乎一旦言语,就会把心里装满的情绪流淌出来了。

"这段时间谢谢你。"良敬忽然说。

"不用客气。"

"你失恋过吗?我上个冬天失恋了,大学时谈的女朋友,说分就分了。"

"好巧,我也是上个冬天失的恋,不过没有你这么惨烈。"

"所以这段时间,谢谢你安静地陪着我。"

其实我没有。

但我也不知道怎么反驳。

"喝完这一杯,我们重新开始吧!"良敬说。

也好。

凌晨两点的时候我才回到家。

没想到小二也跟我一样。

所以被吵醒的老妈揉着眼睛训了我又训了小二,训我们两个都不想回家的家伙。

小二才不理,仍旧一摇一摆地去自己的饭盆前吃东西了。

我不能不理,只好说是为了恋爱的应酬酒局。我以为这样说老妈会高兴,结果她更暴躁了,说怎么可以跟男生在外喝酒喝到现在,恋爱对象的话就更不行了,那不是明摆着的危险人物吗?

我真是不懂她了!

就在我准备关门不理她的时候,她忽然说:"你知道吧?牛二把眼睛都给了江美玲喽，你看看，爱这个东西多可怕，让人神志不清哦！"

"那他也不是因为给了人家眼睛就去世的呀，你不要一惊一乍。"我反驳道。

"你懂什么！总之你要记住了，别为了别人豁出命去！谈恋爱也要适当！懂了没？"

我关上门，说懂了。

反正她是要说到我懂为止。

第二天我一直睡到下午，起床时天已经放晴了，傍晚的霞光正好照在容巷里，大人小孩都在容巷里溜达。我出门站在巷子里伸了个懒腰，远远地看见八十岁的姜爷爷拄着拐杖在晚霞里缓缓地走过来。

"阿良怎么好久都不来给我送报纸了？"姜爷爷问我。

我一愣，阿良早在春天的时候就永远地离开了容巷，姜爷爷这是第一次糊涂吧！

"那我回头催催他！"

姜爷爷说完把背后的手伸出来，手上是一条中南海。

"你帮我拿去给美玲，我不抽烟，放在我那儿浪费了，我看从她家里飘出来的烟味是这个。"

我接过烟，当着姜爷爷的面，小跑去了江美玲家。

江美玲一开门，屋内的音乐声迎面就来了，还有微微的烟气。

"姜爷爷让我把这个给你。"

江美玲接过了烟，笑着说："回头我亲自去谢他！"

我转身走之前，忍不住说："我从未见过你抽……"

江美玲低头微微一笑，苦涩与甜蜜从她眼底一扫而过。

"他爱这个烟。"说完她看着我笑，这次是笑开了，她又说了一句。

"是他坐在我身边的味道。"

第二章
他什么都可以给你

　　一直到二十岁，阿良哪里不小心磕痛了他还是会哭，眼泪吧嗒吧嗒地落在石板路上，一点儿也不觉得难为情。有一次，路过的邻居笑着劝阿良："阿良啊，二十啦，不可以再哭喽！"

　　"为什么不可以？二十就不痛了吗？怎么我二十了还痛呢？"

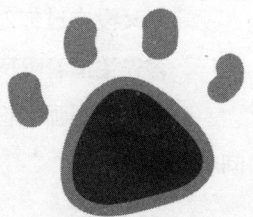

我想躺在你柔软的脊背上给远方写信，想问远方，他好不好。

这句话是阿良留给容巷最后的温柔。

容先生在阿良的葬礼上说了这句话，他说这是阿良曾经问他的。如今他面对着相片上笑容灿烂的阿良，依然没有办法回答。

这不可能是阿良说的，大家都知道，阿良能说得清楚的最长的句子是"瑶瑶你有没有穿秋裤"。

但谁会去辩解呢？阿良离开了呀！

其实实际情况是那天阿良躺在容巷的石板路上，手里举着一本图画书，正得意地看着。容先生路过，问阿良："阿良你怎么躺在地上啊，石板不硬吗？"

"软的哦，我妈说了，全世界容巷最软和。你看别的很远很远的地方就不好。"

"你又没去过你怎么知道很远很远的地方不好呢？说不定也软和呢！"容先生逗着阿良说。

阿良合起图画书想了想，说："那我们给他们写一封信问问吧，问问看他们好不好。"

教书的容先生用他的温柔和文艺帮阿良总结成了上面那句话。

整个容巷都没有异议。

我与阿良同年出生，对我而言，阿良离开我两次。

第一次是三岁。因为一次高烧，阿良不能再与我一同向前奔跑，他将自己永远地留在了三岁。我三岁的时候，阿良每天和我一起坐在巷子口扔石子，我二十岁的时候，阿良仍旧每天坐在巷子口扔石子，和另外一批三岁的孩子。

第二次是二十二岁。阿良因为救差点被车撞的孩子受伤住院，后来在医院走失。被救的孩子的父亲是张警官，他坚持寻找阿良一年后，终于把奄奄一息的阿良带回了容巷。但不久后阿良还是走了。

阿良走的时候是初春，穿着柳花阿姨给他做的一身中山装，烧成了灰。从此容巷再也没有永远只有三岁智商的阿良，再也没有人喊我瑶瑶，再也没有人不分四季地问我有没有穿秋裤，也再没有人带着一群小孩玩石子了。

我记得有一次子婴送我回家，那是个深秋，傍晚时已经有了充足的凉意，巷子里只有阿良一个孩子还在外面坐着，他仰着头看天。

然后他看见我，开心地冲我挥手，大声喊："瑶瑶，你有没有穿秋裤？"

我光着的两条腿在裙子下面被风吹得快要麻木了，但我还是对阿良说："穿了哦穿了哦。"

子婴就笑我，说："瑶瑶？你还叫瑶瑶？"

"小时候叫瑶瑶，后来上学了，爸妈担心我坐不住，改名叫安安了。"

子婴笑得更大声了。

阿良走了过来，好像眼前全没子婴这个人似的，对我说："去看星星啊！"

子婴抬头看了看天，说："这天看着都要下雨了，哪里还有星星看啊。"

我看了子婴一眼，说："是要下雨了，你早点回家吧！"

子婴看了看天，跟我再见。

子婴走后，我问阿良："你是不是又要拿请我看星星换一碗馄饨啊？"

阿良开心地点头。

然后我们一起去老牛家面馆一人吃了一碗小馄饨。

对，老牛家面馆里还有馄饨！

吃完馄饨我浑身都暖和起来了，于是跟阿良一起站在风口看了一刻钟的星星。

阿良永远能看见星星，阴天也好，下雨天也好，他一抬头，星光就映在眼底，他笑着，一脸幸福，说星星真好看。

这个时候我似乎也看到了星星。

那时候小二还是只流浪猫，只是经常在入夜的时候蹲在春梨和重夏家的门口，整夜整夜地数星星。

"阿良你还记得在天吗？"看着阿良眼睛里的星光，我期许他能找回那么一点点记忆。

"记得啊。"

"真的？"

阿良认真地点头。

"那我以前叫你帮我送一封信给他，你还记得吗？"

"送信？好像是有一封信。我送了。"阿良认真地说。

"送了？是送给在天了吗？真的交到他的手上了吗？"

"在天？在天是谁？"

我叹了口气。

关于这个问题,我问了无数次,最后总是这个答案。但即使总是这个答案,我还是要问。

因为我知道有一个真实的答案就在阿良的心里,我太想找到那个答案了。

我也不知道为什么要对这件事耿耿于怀,似乎如果确认了他并没有收到，不辞而别和杳无音讯一样。

但我又希望他收到了那封，没有回音,但该传达的心意已经传达了,总少一

"其实我也没办法跟你说在天，因为现在恐怕就算他站在我面前我也不一定能认出他来。"我对阿良说。

不要说整条容巷,就算是我目前的整个人生里,唯有在阿良面前,我才能谈一谈在天。

"原来你不认识在天啊?"阿良惊讶地说。

"我认识。"

"你认识怎么会认不出他来?"

"这个……人是会变的嘛!"

"怎么会?你都没变。"

"你看不到我变了那是因为我们一直能见面,人一旦分开了,就会陌生,最后可能就不认识了。"

"为什么会分开?"

"这个很复杂,没办法跟你说。"

"我妈妈说她永远都不会跟我分开。你看星星,我从来没看见过一颗星星和另一颗星星分开。所以,为什么会分开?是不是不想跟你玩了?"

我看着三岁的阿良，真羡慕他的三岁。

虽然在天全家搬走已经是初中毕业那年的事了，可是他家的房子一直空在那里，虽然大门紧锁，但是因为维持原状，就总让人觉得似乎他们是准备要随时回来的。

所以我常常担心锁会不会生锈，他们回来的时候会不会打不开门。

就像初中毕业考试那次我以一个上不了学校百强排行榜的学生身份担心稳定在前三的在天考不上他的志愿高中一样……

我所有无谓的担心都真情实感地让我慌张。

如果他再也不回来了，那我怎么办？我去哪里要一个答案？信你到底看没看？

"阿良你是不是每天都很开心？"我问阿良。

阿良摇摇头，说："阿元去上幼儿园那天我不开心，还有小风他们说我笨我也不开心，妈妈不准我躺地上我也不开心。我再想想，还有什么……"

他认认真真地想了半天，后来一抬眼看见一只鸟儿从树头飞过，立即惊喜地说："看，还不回家！"

"嗯，咱们也回家吧！"

"瑶瑶你要穿秋裤哦！"

"穿啦穿啦！"

阿良日常三件大事，带小孩玩石子，关心瑶瑶有没有穿秋裤，给姜爷爷送报纸。

送报纸的都知道，姜爷爷的那份报纸直接交到阿良手上就好，这件大事阿良一定给你办得妥妥帖帖。

现在订报纸的人不多了，但看报纸是姜爷爷一辈子的习惯，容巷如果还剩下最后一份报纸要送的话，一定是姜爷爷家的。

阿良手里拿着报纸跑到姜爷爷家，出来的时候手里的报纸就变成了糖果。后来到了阿良十来岁，阿良每送一次报纸，姜爷爷就随便指着报纸上的一个字教给阿良。

反反复复这么些年，阿良也认识了不少字，但是这些字对他来说就像是冷漠无情的符号，就好比阿良手里的石子，这一个和那一个并没有什么不同。

偶尔阿良也会在姜爷爷家多待一会儿，跟姜爷爷一起吃顿饭，一起玩一局象棋。姜爷爷和阿良下象棋的时候整盘棋毫无规则，帅卒不分，兵马随意，但两个人都下得兴致勃勃，满面笑容，最后总是阿良赢。

因为阿良说自己赢了，姜爷爷说是的，你赢了。

姜爷爷独居，一辈子一个人，晚年的时候交了阿良这个小朋友，似乎拾起了不少生活的趣味。

有一次巷子里来了一个挑着木箱子吹糖人的手艺人，全巷子的小朋友都去围观了，一人手里攥着一张零钱，排着队认领属于自己的糖人。

姜爷爷和二十来岁的阿良也站在队伍里，一眼望去，由于明显的身高差，姜爷爷和阿良过于显眼。但他们俩微微笑着，眼睛也只盯着糖人。

"阿良你要个什么？"姜爷爷问。

"马，白龙马！你呢姜爷爷？"

"我啊，那我就要个美猴王吧！"

这时候一个五六岁的孩子挤到姜爷爷的前面伸手举着钱喊着他要只兔子，姜爷爷拦住他，说："排队去。"

"姜爷爷你都这么大了，你不能让我一下哦。"小孩子说。

阿良着急地说："那你怎么不让一下姜爷爷？"

小朋友不太情愿地去排队了。

阿良和姜爷爷得意地互相看了一眼，露出那种小孩子战斗胜利的笑容。

后来经常有人说，那天的容巷里有一幅让人忍俊不禁的画面，从背影看，一个老头一个青年，一个手里举着美猴王，一个手里举着白龙马，搀扶着往巷子深处走去。你也说不出哪里不对，但他们身后的人都笑了。

他们自己也笑了。

平常都是姜爷爷时不时地给阿良一些好吃的一些好玩的，阿良的父母常感谢姜爷爷对阿良的偏爱，但是又不知道该叫阿良回送一些什么给姜爷爷好。姜爷爷摆摆手，说阿良常找他玩就最好不过了。

有一年冬天，阿良穿了一件新买的羽绒服，妈妈告诉他这是世界上最暖和的羽绒服，好好穿着就不会被冻到。

早上阿良给姜爷爷送报纸的时候姜爷爷正坐在门口晒太阳，姜爷爷一边晒太阳一边用手揉着膝盖。

"姜爷爷你腿受伤了？"阿良问。

"不是，可能要阴天了，膝盖酸痛，加上天气冷，冻到了骨头，没事。"

阿良一听，放下报纸就把羽绒服脱了，直接盖在了姜爷爷的腿上，说："这个暖和！"

姜爷爷自然不要，但是阿良已经嗖嗖地跑回家了。

后来还是姜爷爷把羽绒服给阿良送了回去，送到家的时候阿良妈妈正在训阿良，这么大的人一点儿用也没有，羽绒服都能弄丢……

一直到二十岁，阿良哪里不小心磕痛了他还是会哭，眼泪吧嗒吧嗒地落在石板路上，一点儿也不觉得难为情。有一次，路过的邻居笑着劝阿良："阿良啊，二十啦，不可以再哭喽！"

"为什么不可以？二十就不痛了吗？怎么我二十了还痛呢？"

好心的邻居一时倒是回答不出来了。

痛不可以哭吗？

这话阿良也问过我。

我是真的认真地思考了的，然后跟他说可以。

但我不可以。

但或许活到姜爷爷这么大就又可以了。因为阿良走后有一天我看见姜爷爷拄着拐杖站在阿良常常玩石子的地方，一个人一声不吭，忽然他抬手擦了半天眼睛。

后来过了许久，忽然有一天他来问我，怎么阿良最近没有给我送报纸。

我当时心酸又羡慕，原来活到姜爷爷这个年纪，不但可以哭，还可以忘。

其实我和阿良一起看星星的时间特别少，毕竟我已经是一枚标准的社畜，光是应付每天的生活就已经精疲力尽，哪里还有心情去陪一个"三岁"的孩子看星星？

但是只要我回家的时候阿良还在巷子里晃荡，他总要喊："瑶瑶，你有没有穿秋裤？"

这句永远是他跟我打招呼的第一句。

我每次都说穿了，炎炎夏日也是。

有一次子婴忍不住问我："那个阿良为什么一看到你就笑得那么开心？"

"他看见谁都笑得那么开心，甚至，他一个人看着石子儿都能笑得很开心，这有什么问题吗？不准别人比你活得开心吗？"

子婴一愣，说："我只是随便一问，你怎么这么大火气？"

"我发火了吗？我没有啊！"

"你有啊！你发什么火？为什么我说他对你笑你要发火？你在介意什么？"

这话就没办法再接下去了。

那段时间我们经常聊着聊着就不欢而散。

我知道，这不能全怪子婴一个人，虽然他问问题的时候意有所指，但是我完全可以避开雷区，好好地顺着他聊下去。

但是我不愿意。

我有时候想想阿良，就觉得包括子婴在内的我们所有人，都太执着于社交战术了，迂回、试探、观察、掩饰……这种致力于让自己表现好或者致力于让双方保持良好关系的执着，显得比阿良还要幼稚。

我以前跟阿良说过，有时候我会想要离开容巷，去一个能找到更重要的自我的地方。这算是我和阿良之间除了在天的第二个秘密吧！

因为我知道跟阿良说了之后他很快就会忘记。

但是过了很久之后，阿良忽然问我，你还走吗？

我还没想好。

我那时候还没有明确的人生目标，只知道舍不得离开这一条巷子，但是为什么舍不得呢，留恋什么呢？我都还没确切的答案。

后来阿良走了，我心里那一股空荡荡的感觉延续了许久，总觉得自己像是眼前的这条巷子，风经过时的轻巧声音也能掀起庞大的冷清。

但越是这样的时刻，我越是想在巷子里走，哪怕只是用自己的体温给予这冷清微弱的温暖。

阿良走时，穿的是柳花阿姨亲手做的一套黛蓝色中山装。

柳花阿姨的裁缝铺就开在容巷中间的位置，开了两代人的时光了，以前专门做旗袍，后来柳花阿姨嫁给了容先生之后就做得一手漂亮的中山装。

容先生穿上中山装手里再拿几本书，就更贴合他教书先生的身份了。

阿良每次看容先生从他面前走过都要看呆，后来他忍不住问容先生："是不是穿这样的衣服就可以当老师了？"

容先生笑笑，说："是哦。"

阿良闹了好几次，想要一身中山装，但是都没能如愿。父母不敢轻易满足他的愿望，万一穿上中山装他又闹着要做老师呢？

但容先生后来也特别给阿良解释了，这件事先后顺序搞错了，要先做老师然后才能穿这一身挺括的中山装。

阿良后来没再要过中山装，但他心里有了一个梦，他要做老师！

什么时候才能实现呢？

阿良不知道，也不去想要怎么做，只是把这梦揣着，捂在怀里，自己甜蜜自己开心。

阿良偶尔也会跑到柳花的裁缝铺去玩，他小心地看着那些布料，碰都不敢碰，看见黛蓝色的料子就目不转睛，一看半天。

柳花阿姨有时候不忙，就坐在一旁手工盘那些旗袍上的盘扣，时不时拿起针线缝上一两针，空隙之中抬头看阿良，问他："喜欢那个颜色是吗？"

"嗯，是老师的颜色。"

柳花就笑了，说："等你当了老师我做了送给你穿！"

"真的吗？说话算数吗？"

"算数！"

阿良就拍着手蹦蹦跳跳地跑走了，他一口气跑到姜爷爷家里，说："姜爷爷你给我作证，柳花阿姨说，等我当老师了，就送那个衣服给我！"

"哪个衣服啊？"姜爷爷问。

"就是那个！最好看的那个！老师才能穿的那个！"

姜爷爷点点头，说："好的，知道了，我给你作证！"

从那天开始，阿良隔三岔五就要去看看那块黛蓝色的布料是不是好好地在柳花阿姨的店里等着他。

虽然料子换了一批又一批，但是阿良看到的都是他心上的那块。

它确实在等自己。

阿良坚定地想。

他要当老师啦！不管怎么才能当老师，反正他要当老师啦！

他见了我也总会说："瑶瑶，我要当老师啦！"

我就会像整个容巷里的其他人那样说："那你真棒，祝贺你哦！"

"阿良，有个梦想是不是真的这么快乐啊，阿良？"有一回我加班回家走到巷子里看见阿良正和小二并排坐在地上仰头看天，我走过去蹲下来问他。

阿良笑笑，说："梦想是什么？"

"就是，当老师啊！"

"哦，那没有梦想我也快乐！不过有了更快乐！瑶瑶你看哦，刚刚有个星星跑掉了，你说它去哪里了？"

跑掉了？我猜大概是一颗流星。

"去看望别的星星了。"

那是我最后一次和阿良看星星，一个月后阿良在医院里失踪了。

阿良之所以会去医院，是因为他为了救张警官家两岁的儿子被摩托车撞飞了五米远。

张警官对阿良的妈妈说，就算翻遍全中国，他也一定要找到阿良！

阿良妈妈不停抹眼泪，就一眼没看见，就跑不见了，养了二十多年的孩子连个家都找不到，白养了！

根据医院的监控，阿良是在医院门口被一个中年男子带走的。

那一阵子整条容巷都寂静非常，所有的小孩子再也不聚集在一起扔石子了，倒不是因为那么大的阿良说丢就丢了，而是把孩子们放在巷口的时候再也没有人帮忙带孩子扔石子了。

但是没有几个月，大家就忘记了阿良这件事，孩子们又有了新的玩法。

只有张警官还在继续寻找阿良。

那段日子我整天跟春梨和重夏混在一起。

春梨跟重夏前年租了我家隔壁房子，有一天晚上我在老牛家吃馄饨，他们也来吃馄饨，毫不客气地跟我坐了一桌，后来我们就开始玩在一起。

春梨跟重夏在同一个纺织厂打工，白天累得像条狗，晚上回到家就来了精神，重夏弹吉他春梨唱歌，我听见声音就过去，搬个板凳鼓掌。

"阿良以前也爱听，听完了还会给我一颗糖。"春梨唱完一曲笑着说。

重夏就宠溺地揉揉春梨的头，说："就俩观众，少了一个是不是心里老惦记？"

春梨就撒娇地冲重夏点头。

"阿良长得那么帅，真是可惜了。"春梨又说，"安安，你知道阿良是怎么变成这样的吗？"

"记不清楚了，那还是三岁的时候。记不清是吃错了药还是打错了针，后来也没人问起。"

阿良的失踪成了容巷的一声叹息，在这叹息声渐渐消散的时候，张警官真的将已经病弱不堪的阿良带回来了。

容巷的人看了都不敢信这是阿良，眼前的人一动不动地蜷缩在张警官的车上，面容一团黑，让人分辨不清。

星星与猫

张警官说他一开始也不敢认,在天桥底下反复看了多次,直到模模糊糊地听到他说,天冷了瑶瑶有没有穿秋裤。这才确认了是阿良。

那肯定是阿良了!

大家再也没有怀疑了。

但阿良病得太重,带到容巷时其实只剩那一口呼吸。

不到一个月,阿良走了,穿着柳花阿姨亲手做的中山装,黛蓝色的。

容先生将一本《小王子》放在了阿良的头边。

除此之外,阿良什么都没有。

我想起姜爷爷曾经说过的话。

"他没有一分贪图,他什么都可以给你。"

阿良他什么都可以给你。

他什么都给了你。

第三章
我替你还清了

　　大大小小的孩子最喜欢在黄昏降临时有事没事地围在刘阿婆的门口，因为这个时候刘阿婆的一大锅卤味就要端出来了。大家围在一旁闻着看着，刘阿婆心情好的时候会赏大家一块鸡腿或者一片猪头肉。

　　刘阿婆总是心情很好。

姜爷爷的隔壁住着整个容巷的孩子最爱的刘阿婆，刘阿婆门口挂着一块"阿婆卤味"的牌匾，从我记事起就挂着了。

大大小小的孩子最喜欢在黄昏降临时有事没事地围在刘阿婆的门口，因为这个时候刘阿婆的一大锅卤味就要端出来了。大家围在一旁闻着看着，刘阿婆心情好的时候会赏大家一块鸡腿或者一片猪头肉。

刘阿婆总是心情很好。

刘阿婆的儿子和儿媳妇很早就离婚了，离婚后两个人双双离开了容巷，留下一个小小的容克天天跟在自己的奶奶屁股后面进进出出。

一开始逢年过节两个人还都会回来看看这一老一小，后来时间久了两三年也不见回来一次。

刘阿婆那辆脚踏的三轮车后面放着容克，吱吱呀呀轧过容巷的每一个清晨。

有一年冬天，容巷难得地下了一夜的雪，巷子里的小路被雪盖了一层，那一天几乎整个容巷的大人都起晚了。

因为谁也没有听到刘阿婆的三轮车的声音，只有雪地上三道车辙。

每天早上五点，刘阿婆都要骑三轮车出门去置办当天做卤味的食材，一年四季，没人见她休息过一天。旁人一边买她的卤味会一边跟她说："阿婆，放个假喽，你以为自己还年轻呐？"

"你也知道我不年轻呐？歇一天老一天，今天不拼等着明天拼不动吗？"

后来容克上学了，还是五点就跟着刘阿婆出门，然后刘阿婆把他放在校门口，他守在那里，等着校门打开。

这事一直持续到容克能自己去上学了才结束。

也有人心疼容克，跟刘阿婆说可以顺道送容克去学校，不用每天让他在风里等。

刘阿婆听了这话就笑着问对方："你能不能帮他一辈子哦？"

早起而已，这算个什么？

容克抿着嘴不说话，倔强地点点头。

以前容巷里的人都在暗地里撮合姜爷爷和刘阿婆，两个人在外人眼里的适配度已经超过了平常夫妻，又只一院墙之隔，倒不如打通了成为一家人，彼此互相照应就更加理所应当了。

刘阿婆听了这话就哈哈笑，反问道："你倒是说说，怎么邻居之间互相照应就不理所应当了呢？"

刘阿婆让人佩服的倒不是她总有自己的道理，而是她不会因为你说的也有道理就放弃自己的道理。

刘阿婆的卤味常年供不应求，每天出摊不到两小时就全部卖完，但是每天她还是会提前留一碗下来，忙到结束后端给姜爷爷。

有时候来晚了买不到的客人就会给刘阿婆建议："为什么不多做一锅呢？天天都有人买不到，有钱你都不想挣哦。"

"就只有做这么多的能力，贪多吃不下！老太婆没追求喽！"

容克比我大五岁，幼儿园的时候我还追着他喊过容克哥哥，但他顶多回头看我一眼，一句应答也没有，时间久了我也就不喊了。

容克很少说话，他沉默的样子简直像一条巷子，你站在巷口往里看，深不见底。

容克的脸上几乎看不见笑容，常年平静，只有偶尔经过阿良旁边的时候才会有一丝不可察觉的笑容从他脸上一闪而过，阿良总是甜甜地叫他一句容克哥哥，他会对阿良点点头。

整个容巷能叫容克开口说话的只有莎莉姐。

莎莉姐比容克大两岁，两个人小学初中都是一个学校，经常一起上学一起回家，也偶尔一起写作业，一起吐槽他们共同认识的老师。

但是自从有一回莎莉自己没做出来的数学题被容克做出来了，莎莉就拒绝和容克一起写作业了。

莎莉不管得了什么好吃的，总要攥在手里，跑大半条容巷把容克找到，然后再把好吃的塞到容克的手里。

有一回莎莉拿着一块巧克力，夏天天热，加上莎莉跑得快，手心里都是汗，等找到容克的时候，方形的巧克力硬是捏成了长条。

莎莉一家三口住在容巷中间一条小路往西最深处，要不是莎莉长大了整天在容巷里的小孩子中间做大姐头，莎莉一家在容巷的存在感几乎没有。

高中的时候容克因为成绩优异，考进了省重点，而莎莉读了职高，一个小姑娘学汽修。

容克因为住校，一周回家一次。

于是，周五的傍晚，你总是能看见，容克坐在容巷巷口老牛家面馆的玻璃窗前吃一碗牛肉面，吃很久，一直吃到看见莎莉满脸笑容地从对面公交站台一边走出来一边跟她的各位小伙伴挥手再见。

然后容克就从老牛家面馆走出来，迎面遇上莎莉，笑着问一句，放学啦？

莎莉这个时候要仰头看容克啦,要踮起脚尖才能像小时候那样摸摸容克的头啦,要把音量再放大一倍才能显得出自己是大姐姐的威严啦。

莎莉的笑明亮得如夜中月,又遥远又温暖。

"有点饿啊,吃碗馄饨吧!"莎莉笑着说。

"好的!"

然后容克再陪莎莉吃一碗小馄饨,吃完小馄饨两个人满足地往容巷里走。

"跟舍友相处得都好吧?别不理人,你成绩那么好,再冷着脸,会被人揍的,知道不知道?"

容克就低声笑。

"你笑什么?我说正经的呢!"

"你还会说不正经的吗?"

"哎哟,长大了是不是?都敢笑话我了?想想小时候被欺负哭了都是谁给你瞒着还给你报仇的。"

"那自然是莎莉姐,可不敢忘!"

"哼,那就好!说真的,你给我合群一点!你看我们都是跟人群生活在一起,懂不懂啊?"

容克故意摇摇头,说:"不懂啊!"

"哎呀,真愁人!这样吧,如果有人欺负你,你跟我说,我跟你讲,我现在有人!我学校有很多哥们儿!我只要招呼一声,什么都给你摆平!"

"哦。"容克淡淡地说。

"要期中考试啦,头疼!"

"要给你补课吗?"容克问。

"去你的!"

容克最喜欢看被自己激怒的莎莉姐的表情，半嗔半怒之间总有一种迷人的神采。

刘阿婆当然知道莎莉对容克的照顾，所以时不时地就准备一份卤味让容克送到莎莉家。

给莎莉家送卤味几乎是容克在容巷全部的社交了。

他总是格外珍惜这个社交机会，决不让卤味在路上洒落哪怕一点汁水。

但是上高中之后，容克就没再送过卤味去莎莉家了。

容克一开始以为自己长大了，不需要莎莉照顾了，后来才知道自己不在家的时候刘阿婆时常自己送去。

"跟同学相处得还好伐？"这是刘阿婆最关心的事。

"好的。"

"那有空可以带同学来家里玩。"

"好的。"

但是一直到容克高中毕业，他也没有带同学到家里玩过。

容克高二的时候，莎莉已经在一个汽修厂当小工了。

有一回我爸接我放学的路上，车胎被扎了个钉，我们临时到附近的汽修店补胎。

那天恰好是周末。

车还没开到汽修店门口，我远远地看见一个高瘦的大哥哥单肩背着书包，双手插袋，直直地站在路边。

那好像是容克哥哥。

我刚刚说完，爸爸正好把车开到了容克跟前，然后一头转进了那家汽修店。

我们一下车，就看见脸上一道黑油的莎莉姐手里提着一个大扳手笑呵呵地走了出来。

"叔,车怎么了?哎呀,安安放学了呀!今天在学校乖不乖啊?"莎莉姐笑得眼睛弯弯,脸上抹着黑油也还是好看。

"扎了钉,给我补补。"爸爸说。

莎莉姐笑着进屋拿出了千斤顶,麻利地卸下了车轮。

我一直想找机会说,我看见容克哥哥在路边。但是莎莉姐太忙了,我一直也插不上话,而且我从来没看过莎莉修车,这一刻倒是好奇上了,完全忘记了容克哥哥那回事。

等到莎莉姐把轮胎拿进屋去修补,我才又想起来容克哥哥那回事。但这个时候我一转头,容克已经不站在那里了。

后来轮胎修好了爸爸去付钱,我听见莎莉姐的同事小声问她:"那孩子走了?"

"早就走啦,怎么了?"

"他怎么老来看你?"

"那是我亲弟弟,还不能来看我?"

"再怎么说也确实不是真的亲弟弟,你注意点分寸吧,别把人孩子祸害了,人家还读书呢!"

莎莉姐一个拳头就打在了她同事身上:"你说什么屁话呢?都说了是亲弟弟!你懂个屁!"

莎莉姐又给了那个同事一拳头。

容巷的人说起莎莉和容克永远也都是说他们是亲姐弟一样的姐弟,是比亲姐弟还亲的姐弟。

有一年暑假,我中午出门买雪糕,在巷子里遇见阿良,阿良一脸忧愁地对我说:"容克哥哥哭了。"

"什么时候?你看见的?"

阿良点点头,说:"一天晚上,前前天还是前天还是昨天,反正是一天晚上，我看见的。"

"他为什么哭？"

"被人欺负了。"

"谁？"

"莎莉姐，莎莉姐打他了。"

"怎么可能？你看见莎莉姐打他了？"

阿良想了想，说："好像没看见。但是如果不是莎莉姐打他了，他干吗哭？"

"你没看见不要乱说！听见没，不能告诉别人！"

阿良又点点头，但想了想还是不放心，说："可是容克哥哥哭了。"

"好了，我知道了，容克哥哥是大人，没事的。而且容克哥哥马上要去上大学了，你知道吗？上大学可好了，他是太开心了，喜极而泣你懂吗？就是太开心了流下了眼泪。"我刚刚说完正好看见在天从家里出来，我举着雪糕就朝在天跑去了，一边跑一边喊："在天，请你吃雪糕啊！"

可惜那天，在天也没有同意让我请他吃雪糕，而我也失去了从阿良嘴里得到更多关于容克哥哥哭的细节。

容克去上大学那天，刘阿婆一大早就从巷口拦了辆出租车，然后把容克的行李一件一件拿上车收拾妥当，对容克说："你长大了，阿婆就送你到这里吧，以后是真的都要靠你自己了。"

容克上车后，看了看他的阿婆又看了看容巷，然后对师傅说了句，走吧。

刘阿婆在路边站了很久，然后用她从未用过的缓慢步伐回到了容巷，在屋里一个人坐了一会儿，只是一会儿，只是片刻，接着她起身，开火，做属于这一天的卤味。

那两年我迫于中考的压力，无心关心容巷的大小事务，加上中考后在天举家搬迁毫无音讯，我内心简直痛不欲生，容巷对于我已经成为灰蒙蒙暗沉沉的存在。

唯一能让我眼前一亮的是莎莉姐的发色。

红的蓝的紫的绿的，各种奇奇怪怪的颜色在莎莉姐的头上见天儿地换来换去。莎莉姐一家也因为莎莉姐的发色在容巷有了前所未有的存在感。

那时候我妈妈时常拿莎莉姐为例子教育我："好好读书！努力学习！你看莎莉，多好的孩子啊，就因为学习不好，好好的姑娘去修汽车，整天灰头土脸不说，还跟一帮工人在一起瞎混，你看那头发！看见没？这就是不好好学习的下场！"

我不太懂这个逻辑，我也不好跟妈妈明说，说我挺羡慕莎莉姐的，她整天开心地笑，想干什么就干什么，自由自在，她的头发不管染成什么颜色我都觉得好看……但我知道这不能说，这心思显得我太没追求了。

但我妈妈遇见了莎莉也是客客气气地打招呼，脸上倒也没有一点儿鄙夷的神色。我就不懂她是单纯为了教育我这么说莎莉姐，还是真的觉得莎莉这样的活法有问题。

不知道为什么，莎莉姐在我眼里像只小燕子。对，不是飞的小燕子，是《还珠格格》里的小燕子。

我常看见这只小燕子从刘阿婆的屋里飞出来，蹦蹦跳跳的，一脸的笑。

后来才听说，这两年刘阿婆身体不太好，小病不断，莎莉只要有时间就去照顾刘阿婆。

有一回深夜，莎莉姐把烧得走不动路的刘阿婆从家里一直背到巷口的路上，然后拦了辆出租车送刘阿婆去了医院。

也是从那次生病之后,刘阿婆每天的卤味做得更少了。

周末的时候为了能买到刘阿婆的卤味,妈妈会让我三点多就去刘阿婆门口守着,一直等到四点半刘阿婆将卤味端出来。我就立马合上手里的书,拍拍屁股从门槛上站起来,等着能分到手的那一口卤味。

刘阿婆的年纪一天比一天大,身体一天比一天衰弱,容巷的人心里清楚,刘阿婆的这一口卤味,怕是不知道什么时候就没得吃了,所以大家总是有一搭没一搭地劝刘阿婆招个徒弟。

"我看上了莎莉呀,但是她说对厨房的一切都不感兴趣,我没有办法哦。"刘阿婆这句话说了很多次。

后来就有热心的邻居在巷子里遇见莎莉的时候,假装闲聊地劝说莎莉。

"跟刘阿婆学手艺多好哦,你看刘阿婆都这么大年纪了还能挣钱呢,你年纪大了还能修得动车?"

"你看你整天一身机油味,哪有女孩子的样子嘛,以后老公都不好找,改行吧!做卤味多好!"

"是哦,这种好事我们想要都没有呢,刘阿婆欢喜你呀!"

……

莎莉姐乐呵呵地听着这些话,仍旧乐呵呵地做她自己。

有一次我在刘阿婆家门口排队的时候遇见莎莉姐,她那天的头发是紫色的。她见了刘阿婆后,从手提的袋子里拿出来一件大红色底子上面绣着黑色丝线的长袍子。

"这也太红了,我一个老太婆穿得太亮堂了。"

莎莉把衣服往刘阿婆身上比画着,说:"正合适!过了年您不是本命年了嘛,穿件大红色的走好运啊!"

刘阿婆开心地摸了摸莎莉的头,说:"你这上树爬屋的小孩长大了哦!太有心了。你怎么知道过了年是我本命年?"

"容克说的呀！上一周就说了，我一直没得空去准备，加上这衣服我也是挑了又挑的。"

"他给你打电话了？"

"没有，我们网上联系的，我们现在是网友了，哈哈！"

刘阿婆笑着摸了摸衣服，确实是喜欢的。

我也是那天才知道，那一年，刘阿婆七十二岁了。

刘阿婆因为常年开门做生意，手脚麻利嗓门亮堂，容巷里的人一天天地看着她，总觉得她没有变化似的，如若不是这两年经常生病，说她五十岁也有人信。

容克除了寒暑假和平时假期，有时候还会挑个周末回来。

我有一次在容巷碰见回来的容克，我叫了他一声容克哥哥，他单肩背着书包，侧过身微笑地看着我，对我说："放学了？"

我点点头。

他又正过身去继续往前走了。

那时候阿良还在，容克路过阿良身边的时候，他蹲下来，递给了阿良一个什么东西，然后摸了摸阿良的头，笑容让他整个人都柔和起来了。

谁能想到呢？上了大学后的容克哥哥竟然将自己的冷都慢慢化了去，如今温温少年模样里还有几分大人的稳重。

我妈说按照巷子里的人推断，容克哥哥肯定是谈恋爱了，整个人都有一股喜气，他那种冷只能是叫女朋友给暖化了的。

虽然容克哥哥是不是真的谈恋爱了大家都没有证据，但是莎莉谈恋爱了这个事整个容巷都知道了。

莎莉坐在她男朋友的摩托车后面，紧紧地抱着男朋友的腰，然后她男朋友风一样地骑着摩托带着她从容巷中心穿过。

这一年容克还有半学期就大学毕业了，而我即将迈进高三。

这一年的寒假，容克回来得特别晚，一直到除夕当天才回到容巷。刘阿婆做了一桌子的菜等到容克回来才提起筷子。

容克筷子还没拿，坐下就说："我要娶莎莉。"

刘阿婆瞪了容克一眼，说："这是你一个人能说了算的？"

"你只要说你同意不同意吧！"

"这跟我同意不同意也没关系！你都这么大的人了这点事你不懂？"

"你别骗我了！我知道就是因为你不同意她才不愿意！"

"她不愿意什么了？这些年人家就拿你当弟弟！亲弟弟一样地待你，你倒好，还想让人给你当老婆，你想得挺美！还有，你们既没有谈恋爱又没有做什么，我何来的同意不同意？"

"既然你没意见，那就行了！"

容克默默快速吃完了饭就直奔莎莉家去了。

刘阿婆欲言又止，想劝，还是算了。

容克跑到莎莉家，却没有见到莎莉。

莎莉的父母还客气地叫容克进屋坐会儿，说莎莉跟着她男朋友回老家过年了，因为年后就要结婚了，结婚前去家里看看，顺便商量一下结婚的事情。

容克站在莎莉家门口，半天都没迈脚。

容克只在家里过完了大年初二就回学校去了，一直到毕业也没有回来。

而毕业的时候容克也只是把学校的行李送了回来，第二天就出发去了俄罗斯，后来接着是日本韩国泰国和英国，每个国家待上两个多月，走一圈下来，一年就过去。

容克大学主修俄语，但是他聪明，课余时间又学了日语、韩语和泰语，英语本来的基础就好，所以他毕业的时候手里已经有一大摞各语言的专业证书了。

　　这一年，谁也不能说容克不是求学之旅，毕竟到一个国家去了解它的语言文化是学习语言最佳的途径。

　　而莎莉姐在容克毕业前一个月举办了婚礼。

　　婚礼当天莎莉姐紫红色的头发上盖着白纱，莎莉姐穿着她的婚纱，在家门口坐在她对象的小摩托上振臂欢呼着离开了容巷。

　　莎莉姐的妈妈一边抹眼泪一边说："真是个傻子，谁家姑娘这样出嫁啊？"

　　刘阿婆穿着莎莉给她买的那件大红色的长袍子，站在路口，看见莎莉欢呼着过来，喊着莎莉，说："怎么不坐汽车？"

　　"汽车哪有摩托爽？这口风吹得开心！"

　　刘阿婆听了呵呵地笑，莎莉确实是容巷独一份了，只可惜莎莉不肯跟她学手艺。

　　姜爷爷拄着拐杖走到刘阿婆旁边，说："都这季节了，穿这身不热啊？"

　　刘阿婆看了一眼姜爷爷，没回答。

　　姜爷爷自己回道："心里凉了半截觉不到热了吧！你看你这个人，你以前还爱拦着，现在又后悔。"

　　"唉！你不懂，他们注定不是一路人，走到一起也是要分开。我家克啊没有好的父母做参考，不知道什么是家，分不清楚感情。莎莉是个好姑娘。"

　　"别自我安慰了，实际上他们会怎么样你根本不清楚。算了，回家吧。"

　　"我还要去吃喜酒呢！"刘阿婆说。

"昨天才打的吊瓶吧,还吃什么酒?回家回家。"姜爷爷招呼着刘阿婆。

刘阿婆又往莎莉家的方向看了看,转过头来说:"走吧,回家!"

姜爷爷和刘阿婆并肩慢慢往回走着。

"今天还开火不?"姜爷爷问。

"开啊!调好的卤汁,不能浪费了。"

"马上夏天了,太热就歇一个夏天吧,咱们确实也不年轻了。"

"我就怕一歇就起不来了,现在忘性大,歇久了卤汁都不知道怎么调了。再说了,邻居们都盼着呢,尤其夏天人更多,都不想做饭,买一口卤味就着小酒,舒服自在。"

"别替别人想了,活了一辈子了,还不能替自己想两天?"

"要是真替自己想,连一天都不想歇。"

"我看出来了,劳动是真的让你快乐。"

"你第一天认识我啊?"

……

容克毕业后近一年的旅程其实是被突然叫停的。

不知道容克那一天正在哪里看着什么风景,医院的病危电话直接打给了他,他接了电话后整个人呆了一会儿,然后疯狂地往回赶。

然而还是没有赶上,容克到医院的时候刘阿婆已经走了。

据说刘阿婆睁着眼睛两天不闭,话已经说不出,嗓子里发出的模糊声音也辨识不清,别人只认为她是在叫着她家克儿的名字,但是姜爷爷拄着拐杖到跟前听了之后,叹了口气,说:"容成在来的路上了,别担心。"

原来刘阿婆嗓子眼里喊的一个字是成。容成是刘阿婆的儿子。

容成的电话号码是姜爷爷从刘阿婆的手机里翻出来的,一打竟然通了。

容成比容克早半天赶到医院。

容成来到刘阿婆的床前，俯身垂首，叫了一声妈。

刘阿婆已经暗淡的眼里忽然就进了一束光，她努力地看着眼前这个多年未见的儿子，张着嘴，非常费劲地说完了一句话，然后就闭上了眼。

容成先是痛哭，哭完抬头问姜爷爷："刚刚，妈她说的是什么？"

"她说，她替你还清了。"

容成愣了一愣，哭得更大声了。

容克到的时候刘阿婆身上仍有余温，手臂和脸仍旧是温暖的，躺在床上像是睡着了。

容克俯身抱了抱刘阿婆，咬着牙，想不明白为什么这么突然。

事情其实不算突然，只不过容克一直都不知道，刘阿婆这些年小病不断其实是得了大病，她不打算治了，世间也没有什么让她牵挂的，她已经将容克带大，没有遗憾了。

要说唯一的遗憾，就是自己那一锅卤汁，没有人继承。

原本容克已经推掉了外地一家公司的应聘意向，他知道奶奶在容巷，他总归不能离容巷太远。

但是时间并没有留给他更多时间。

实在没有想到，因为奶奶的离去，容克同时见到了他生命中不可言说的两个人，一个是爸爸容成，一个是莎莉姐。

那个已经有老态的男人竟然是自己的父亲。容克最近一次见他大约是五年前，那时候他站在马路边，远远看见容克朝他走来，于是想赶快把手里的烟抽完，那样子，不太像一个父亲。

在容克的记忆里，他永远是那样的匆忙，着急赶路的陌生人。

但这一次他的苍老里竟然有了几分父亲的样子。

而莎莉已经近两年未见了，容克看她哭得说不出话的样子，第一个念头竟然是好奇。

可以说整条容巷的人都是第一次见莎莉哭，大家甚至以为那个整天笑嘻嘻的莎莉根本掉不出眼泪呢。

结果那一天莎莉哭到眼睛都睁不开，她一直一直跪在容克身旁，两个人一句话都没有说。

丧礼结束，容克目送莎莉离开，莎莉说了一句保重，容克点点头，依旧没有说话。

容成是最后一个离开的，天已经大黑了，但他还是要赶回去。

回去哪里呢？容克没有问，总之这里不是他的归处了。

容克记得，早些年爸爸跟奶奶说过他有一个女儿，但容克从来没见过，他甚至有些记不清楚爸爸和奶奶之间到底有怎样的恩怨，各自赌气一般地不联系不见面，互相埋怨。

但现在都不重要了。

容成离开之前在刘阿婆的卤味铺子里站了很久，有好几次下意识地伸手往口袋里摸烟，摸到了却又缩回手。

铺子里不能抽烟，这是容成从小的时候就知道的规矩。

最后一锅卤汁还盖在锅里，架子上的卤味已经卖得一个不剩了，但屋子里还全是卤肉的味道。

容克走过来关大门，发现容成还没走，愣了一下，说："我以为你走了。"

"我就看看。这锅里的火怕是要断了，烧了几十年了，真可惜。"

"以前没断你反正也不吃，你管它断不断呢！"容克说完觉得过分，又补充了一句，"我意思是，你不用担心。"

"我知道。"容成看了看容克，还是问道，"有遗嘱吗？"

容克一愣，到目前为止他确实还没想过这个问题。容克想来想去的，是容成站在这里，多少要跟他说一句，以后一个人了要好好照顾自己。

万万没想到，他问的是竟是这个。

"我不知道，应该没有。"

容成"哦"了一声，想了想，说："如果没有，我想……"

这个时候姜爷爷一手拄着拐杖一手拿着一个笔记本来了。他见爷俩都在，放心地说："都在就好，我还担心明早容成要离开，特地今晚过来。"

"你来得巧了，他马上就要走了。"容克回姜爷爷。

姜爷爷点了点头，说："那就赶紧吧！"姜爷爷说着，将手里的笔记本递给了容克。

"这个本子是你奶奶记录的她做卤味的方子。本子里夹着的是遗嘱，你奶奶之前已经去公证过了，她什么都处理得妥妥的才走的。"姜爷爷解释说。

容克和容成当着姜爷爷的面看了这一份遗嘱。现金存款和理财容成、容克一人一半，这处宅子留给容克，这本方子留给莎莉。

内容非常简单明了，容成只有一个疑问："莎莉是谁？"

"邻居。"容克说。

容成"哦"了一声，想了想，对容克说："要不，我那一份也都留给你吧。"

"不了，还是分清楚比较好。"

容成想了想，点点头，说："那也好！无牵无挂！"

那一年暑假后我就去上大学了，容巷里的很多事都是在假期的时候回到家，听我妈一件一件地给我八卦的。

像是容克自己开了一家翻译公司啦，姜爷爷和阿良一起荡秋千啦，

051

容巷里又新开了一家卤肉店啦……这些都是稀松平常的小事。

最让我吃惊的是结婚还不到两年的莎莉姐离婚了。

那是我大一的寒假，春节就在跟前。

莎莉姐一头绿色的头发在寒风中飒飒地飞着，她开了一辆二手奥迪，很多零部件都是自己换了组装的。奥迪停在巷子口，她顶着一头绿头发从奥迪里钻出来，缩着脖子，哈哈笑地跟路边的邻居打招呼。

我远远地就听见是莎莉姐的声音，所以也赶忙走近了去，想看看莎莉姐现在什么样了。

"要春节了，不和你老公一起给你老爸老妈送点年货啊？"邻居们在一声声的寒暄里逮着个重要的问她。

"哪个老公哦？谁还有老公哦？离了离了，那王八蛋骑摩托车带别的姑娘，老娘一脚给他踢回娘胎里去了，从此查无此人，别跟我提了哈！"

莎莉姐哈哈地笑着说，大家也就哈哈地笑着听，这事就笑着过去了。

过了年莎莉在家躺了一个月，没事就在容巷里这家转那家，巷口逗逗扔石子的小孩子，嗑嗑瓜子，听听老邻居家传出来的戏曲，时不时跟着哼上两句。

她头上的绿色已经掉得差不多了，现在是说黄不黄说棕不棕的颜色。别人见了确实也不再提那个男人了，好像莎莉从没结过婚一样，还像小时候那样在容巷里飞来飞去。

眼见着容巷里已经没有继续在家躺着的年轻人了，莎莉的爸妈问她怎么还不去上班，莎莉跷着二郎腿，说："不修车了！这一辈子都不修车了。"

"为什么啊？你不是爱干这个吗？而且你不修车你会干什么啊？"

"不管干什么都不修车了！不行了，我干不了这个了。"

"怎么就干不了?"

"我一闻见机油味就想吐。"

"你以前不是最喜欢闻机油味吗?"

"自从我在那王八蛋摩托后面闻见不是我身上的机油味之后,我就闻不得了!"

爸妈就不说话了。

莎莉又在家里躺了一个月,天天还是乐呵呵的,头上新长出来的黑色的头发已经逐渐覆盖住了头皮,但她还是没有去染发的意思。

巷子里少有年轻人了,莎莉在巷子里逛着逛着就来到了刘阿婆家的门口,阿婆卤味的牌匾还在,门却一直锁着。

莎莉就干脆在牌匾下面坐着,一天嗑一小片瓜子皮,她也不收拾,大概是想着哪天攒成个小山丘再一起收拾了吧。

姜爷爷看了几次实在忍不住了,问道:"克儿可有把方子给你?"

莎莉点点头,说:"给了。早给了。"

"那你这一天天的瞎晃悠啥呢?"

"一是,我原本也不感兴趣,二是,他有条件。"

"什么条件?"

"他说如果我要拿这方子开店,必须开在这老店铺里,别的地儿都不行。我想着,合理!刘奶奶一生的心血么。"

"那你想啥呢?你就开啊!"

"但是他不给我开门啊。"

"你不会跟他要钥匙?"

"他说拿了钥匙就得管一辈子这扇门。"

"那你就管着啊!"

莎莉看姜爷爷说得理直气壮,忽然就挺胸抬头起来了,说:"对啊,那我就管着啊!"

星星与猫

莎莉拍拍屁股一溜烟地跑了。
"你去哪儿啊?慢点!"姜爷爷在身后喊着。
"我去要钥匙!"

第四章
小二，遥远的星星才能住进你心里吧

你看猫这个家伙，说走就走，回与不回都一副理所当然的样子，它也有过蹭着你的手要求多一点爱的时候，但你给或者不给，它实际也无所谓，你给了，它也不贪图，下回该走还是要走，你不给，它也不伤心，该吃吃该睡睡。

我怀疑它唯一在乎的是星星，与星星相比，蝴蝶都不算什么。

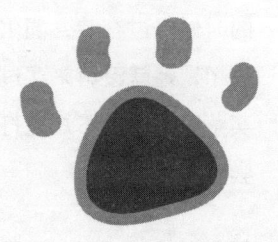

良敬出差了一周，回来当晚约我吃晚饭。约我的时候已经是晚上八点了，我难得早早地吃完晚饭躺在被窝里翻闲书，就说改天吧。

结果一刻钟后良敬进了我家家门。

我妈见了自是热情万分，但他礼貌地说只是来叫我给他带个路，他家奶奶想吃容巷的阿婆卤味，麻烦我引他去一趟。

为了避免我妈妈再多说一句话，我以最快的速度带良敬离开了战场。

良敬一路上都憋着笑。

我倒是很好奇，阿婆卤味的传播面有这么广吗？

"你奶奶竟然知道阿婆卤味？你家离容巷不算近吧？"

"容巷旁边有个容巷菜场你知道吗？很多老年人都爱在清晨坐着公交车到这里来买菜，但我奶奶不同，她经常傍晚来买，以前她买菜的时候经过容巷，偶尔会买一点阿婆卤味。后来听说做卤味的奶奶去世了，她就没再来买过，加上现在她年纪大了，已经有好几年不出门买菜了。最近不知道打哪儿听说阿婆卤味又有了，她叫我来买点给她尝尝。"

"已经又开了好几年了啊,怎么她现在才知道呢?"

"那,可能就是为她孙子着想吧!"

"什么意思?"

"没什么。"他抬手从自己的鼻尖轻触而过,我看见他鼻尖冻得通红。

"出差冻着了?"

"回来就好了。"

天确实也冷了,才八点多,容巷里没几个孩子玩耍了。

说到这里他才忽然想起来,从包里拿出一条大红色的羊绒围巾递给我,说:"机场看见的,摸着非常柔软,给你带了一条。"

这时候我才发现他脖子上也戴着一条大红色的羊绒围巾,跟他递给我的一模一样。

他见我看到了,说:"买一送一。"

机场的商店还会搞买一送一?我想问这句话,又怕暴露我见识少,于是选择闭嘴。

虽然阿婆卤味外面的大灯未熄,但店内只有容克一个人在收拾了。

"容克哥哥好,没想到你在这儿忙着。"我跟容克哥哥打招呼。

容克抬头看见我们,一脸笑,说:"我最近都只上半天的班,活都分给别人了,你莎莉姐身子越来越笨重了,我得帮忙。"

"那请个帮手嘛!"

"她不肯。"

正说着,莎莉姐挺着大肚子过来了,见着我们开心地笑着,说:"可不要告诉我你们来买东西,也不看看几点了,咱家东西能卖到这个点吗?"

我笑着指指良敬,说:"外来人口不了解行情,是他家奶奶一直惦记着你们的卤味,特地叫他来买的。听说以前他奶奶还能出门买菜的时候经常来买。"

"那是奶奶的客人吧？"莎莉姐想了想，从里面端出一碗猪头肉，说，"这是留给我自己的，给你们了，奶奶吃了一定来告诉我味道一样不一样。"

我想推辞，良敬倒是不客气地接了，还点头说了声好的。

我们拎着一袋猪头肉往回走，良敬说："没想到是这么年轻的小夫妻开的店。"

"他们去年结的婚，两个人都是容巷土著。"

"有故事吗？"

"普通故事。"

"嗯，普通好。"

我特别关注容克和莎莉姐的故事，是因为我以前常常觉得容克和在天很像，不管是身世经历还是性格。

秋晨常说，我们对于不了解的人总是很容易就能给他们分出几大块阵营，越不了解，阵营就分得越少，比如那些完全陌生的，我们就只能给他们分成好看的和难看的。

秋晨这话常常让我怀疑自己是不是像不了解容克那样不了解在天，因为我确实很容易就把他们分在同一个阵营里。

因为秋晨还说，如果你真的了解了一个人，就会明白，大家都各自为营，不存在同类。

不存在同类？

秋晨也很有意思，她怎么能做到说出这样悲观的话之后，一转身就跳进生活的活色生香里，乐不思蜀呢？

我就说不出这样的话，但是我对人的关系要比她悲观得多。

所以我常常害怕离开容巷。

就像我害怕真的去寻找在天的联系方式一样。

其实真的要找到一个人总会有办法的。

去年姜爷爷还曾托我在报纸上给他发一则寻人启事，真心地寻找，是什么办法都能想得到的。

但是这样一来，你就要承受完全查无此人的巨大痛苦和失望。

八十岁的姜爷爷用他已经有些模糊的双眼使劲地往岁月深处望，最后将心口的那丁点儿信息告诉我："她写诗，名字叫野草，我叫她阿草，她喜欢穿湖蓝色的连衣裙，饭前一定要洗手，喜欢唱歌跳舞，很漂亮。"

"那她真名是什么？哪里人？具体做什么工作？"

"不知道。她在我们这儿的山里伤了脚，我背她回来的，在我这里休息了一个月，一个月后就走了。她说她会回来。"

"她没给你留下点什么？"

"一本诗集。"

"照片有没有？"

"那个年代，有几个人有照片？"

"你这样的信息我没有办法给你登寻人启事啊。"

"你把她的诗登上呢？她看了就知道是她了。"

"我们的报纸出不了城的，如果她就在这城里，不至于这么些年没来过。对了，她是什么时候在你这里养的伤？"

"大约……六十年前了。"

我一时竟说不出多余的话了，只能应着好的。

仔细想想，对方大约也是姜爷爷这个年纪，是否还在人世都未定，更不要说能不能看见这寻人启事。

然而对于姜爷爷来说，等了六十年，如今才开始找，我说不清他是觉得时日无多了还是等得心灰意冷，知道她不会主动回来了。

姜爷爷年轻的时候是容巷头一号大帅哥。据说当年媒婆都要把门槛踏破了，胆大的姑娘更是亲自登门表白，但姜爷爷全不动心，枕头下放着一本诗集，一放六十年。

后来姜爷爷渐渐年纪大了，隔壁刘阿婆又守了寡，所有人都盼着这两个人能走进一个家门里，大家一直盼到刘阿婆走，也没盼出个大家心里的圆满。

姜爷爷要寻人是一年多前的事了，那时候我跟子婴正处于分手的边缘，重夏和春梨还住在容巷的小屋里。

一个冬天的晚上，春梨喊我去和他们一起吃火锅，白嫩的豆腐在锅里咕咕地冒着泡，重夏喝一杯啤酒后就跟春梨一起唱《走四方》，他们要么唱很老的老歌，要么就唱重夏自己写的歌，唱重夏写的歌的时候就会一个弹吉他一个唱……小屋里热气腾腾，小二围着桌子转了几圈，发现自己也捞不到什么油水，就安静地坐在了门口。

那天正好子婴给我送分手清单，春梨就喊他进来一起吃火锅。

春梨和重夏一直坐在对面笑眯眯地哼着歌看着我们，好像我和子婴是在过家家。

"你这个人没有心。"子婴声讨我。

"我怎么没有心？"

"我送给你的那些手镯啊耳环啊项链啊，从没见你戴过。"

"因为我不喜欢啊。"

"可是你拿到礼物的时候明明很开心。"

"因为是你送的我当然开心啊！"

"你不喜欢你还开心？"

"这很难理解吗？"

"很难！"

我叹了口气。

"如果你非要说到那些东西,那你更没有心。"

"我还没有心?"

"你为什么不知道我不喜欢那些东西?"

"因为送你什么你都开心,我怎么知道你喜欢不喜欢?"

"那我从没使用过的东西你是不是就知道我不喜欢了?"

"是的,我现在知道了。如果你从没拆开过包装,就原样还给我吧,这个盒子里都是你送我的东西,我也都还给你。"

我看了看他身边的那个鞋盒子大小的盒子,对里面的东西非常好奇,我到底都送了些什么给子婴,我一时想不全面了。

有时候顺着那些礼物,我们能给彼此的关系理出一个清晰的脉络,什么时候开心过,什么时候争吵过,什么时间见面的次数多,什么时间分离的时间多,礼物上都一个结一个结地做了标记。

针对这一场我自己都说不清楚的感情,我甚至有点期待来一次点兵点将了。

我忽然想起姜爷爷,对春梨说:"有的人要有心记住你,连你每次吃饭前必定要洗手这种小事都要放在心上,放一辈子。"

春梨听了哈哈地笑,笑完说:"那是因为实在没有别的事可记了吗?"

乍听春梨这话真是伤人,多么贫瘠的记忆,多么单薄的相处,再也没有其他的记忆点了,因为无交集,无交错,无时光,无岁月。

但转念一想,如此单薄,竟能支撑六十年的等待,这单薄里究竟是怎样的深不见底?

子婴却觉得我那句话是故意责备他,不满地对我说:"你凭良心讲好吧,我没有把你的事放在心上吗?"

"你别误会,我不是在说你,我只是忽然想起别人来。"

"你看看,我就说了你没有心,我们现在都要分手了,你还在这想起别人来,我就坐在你面前,你还想起别人来。我就是觉得你心里早早晚晚地想着别人,没有我,我真是浪费时间,浪费感情。"

子婴说完气呼呼地起身走了。

我转身对他说:"要不你吃点火锅再走吧,外面挺冷的,暖和暖和。"

没想到他更生气了,说:"你还这么平静?"

那天火锅子婴到底没有吃,我们就这么草草分了手,什么都没有说清楚。

但好像也说不清楚了。

我把姜爷爷的寻人启事拿给主编看,主编竟然没有笑,她皱着眉头想了半天,说:"这样,我找个板块,看看什么时候能给发了,但是你别告诉他,你就说不符合发布要求。"

"为什么不告诉他呢?如果能发,他应该很开心啊。"

"找不到人的失望可比开心大多了。"

还没有开始找,就总有一份念想。

我瞬间就懂了自己。

后来接连两周,我一直避开姜爷爷,尽量不和他碰面,我怕他又问起寻人启事,我不知道怎么应答他,但最后还是让他在巷子里把我逮了个正着。

"最近都没见你。"姜爷爷说。

"最近特别忙,总是加班。"我笑着回避。

"哦,我今天是特地在这里等你的,我也没有别的事,就是那则寻人启事啊,我想了想,得改改。"

"改改?你有新的信息提供吗?"

"不是,我写了个样本,你看看。"

姜爷爷从口袋里掏出一页信纸，还是老式的，白底红线，信纸略微泛黄，估计是姜爷爷自己的老收藏。

我打开信纸，纸上简单写了一句话："野草，你不用来了，我不等你了。"落款是"容巷老姜"。

横平竖直的蓝色钢笔字在信纸上字字清晰。

每一个字都用尽力气了吧！

我把信纸拿到主编面前，她沉默地看着，最后一拍板："发！"

那则寻人启事已经发出去一年多了，至今再无后续。

我站在家门口看良敬拎着一袋猪头肉渐渐走远，我的手里还拿着他给我的羊绒围巾，心里忽然起了个念头。

当晚，从来不在初中同学群说话的我第一次在群里发了个笑脸。

井然第一时间跑了出来。

"稀客，安安同学怎么忽然想起我们了？该不是要发喜帖了吧？"

井然说话永远没有正经，但却是除了在天之外唯一一个住在容巷的同学。只是他高中毕业后，家里就卖了容巷的房子，搬到临湖的小洋房里去了。

这不是我们关系一般的关键。关键是以前我眼里只有在天，根本看不见井然。

"天气这么冷还不准人安安来群里找点温暖啊？"回击井然的是我们班级群的群主藏红花。

"群主说得对，只是我就不知道这群里谁能给安安温暖。"井然说。

"怎么？我这个群主还不够热情不够温暖啊？暖不了你了是不是？"

"暖我那是没问题，暖别人谁知道呢！"

"我看你是欠揍了。"

"有本事你来!"

"约架?定好时间地点,谁不来谁孙子!"藏红花说完发了个一脚把井然踢飞的动图。

井然发了个摩拳擦掌。

接下来两个人就一人一张图地在群里斗了起来。

我一时间有些尴尬,这话题走向我没办法往下接,我也不知道怎么才能拐到我想要的方向上去,于是就又发了个偷笑的表情。

"你消停点吧,把安安都吓着了。"藏红花对井然说。

"明明是你更吓人,你要是不出来,我跟安安聊得好好的呢,我跟安安可是从小在一个巷子里长大的。安安你记不记得,咱俩可是从小学到初中到高中都是一个学校的。"

井然的热情倒是让我想起不少往事。小学的时候井然背着书包一路跑,书包底下像是有个漏洞,一路铅笔橡皮零零散散地掉。等他到家,我也跟在后面捡了一路,别的同学也捡了一些,我把捡来的文具还给他,他还挠着头问我为什么送他礼物。

后来初中我们进了一个班,经常坐一辆公交车回家,但是那时候大家心里都有道男女有别的线,很少说话。高中又不是一个班了,我对他的记忆就更少了。

"当然记得,咱们以前经常一起放学回家。"我回复说。

藏红花发了个偷笑的表情,然后说:"说真的,好久没聚了,这个周末大家出来喝一杯怎么样?"

"你请客吗?你请客就去啊!"井然说。

"我请就我请,这周六晚上六点健康路花园餐厅,谁不来谁是小狗!"

周六晚上到达花园餐厅的时候,我惊呆了——放眼望去竟然到了至少十个人。

我第一次来,也是第一次知道大家私下里经常聚餐,但是这么多人坐在面前,我一时间不知道该如何将自己的问题问出口。

我坐在藏红花的旁边,井然也坐在藏红花的旁边。

坐下了才知道花园餐厅是藏红花自己开的店,所以大家就把这里当作根据地,大聚小聚都是在这儿。

我坐在人群中还是有些距离感的,初中的时候交到的两个好朋友如今一个在北京一个在上海,这一桌人确实就井然更熟悉一些。

井然拿着酒杯跟我另外一边的人换了座位,说要跟我好好聊聊。

于是现在就变成了我坐在井然和藏红花中间了。

整顿饭两边耳朵就不断地接受高音暴击,全是藏红花和井然隔着我互相调侃。两个人怼来怼去,中心思想就是活该对方是个单身。

我不太明白这两个单身何必互相为难。

终于在他们酒到酣处开始展望年底全班大聚会的时候,我插了一句:"咱们班那时候总共多少人啊?"

"五十六啊,那时候不是整天唱五十六个兄弟姐妹是一家吗?"井然说。

"那我看咱们群里的人数没有这么多啊,是还缺了谁吗?"我装作不在意地问。

藏红花端着酒杯看着我,说:"咱们班一共五十六个人,群里五十四,作为群主,我已经尽力了!"

其他人全都举着酒杯说群主威武。

大家一起喝了一大杯,我又问:"那还差的两位呢?"

井然皱着眉头说:"在天你还不知道吗?咱们三个人一个巷子里的,他不在。另外一个……大学的时候得白血病走了……"

我心里一惊,一下子把在天忘得一干二净,只惊讶于我这个年纪已经有同学离开了人间。

世事无常这四个字,我是第一次真切地体会到。

散场的时候藏红花让井然送我,她招呼着井然就像招呼自己店里的服务员,说:"你负责送一下安安,她今天喝了点酒,这么个大美人一个人回家我不放心,你辛苦一趟。"

井然响亮地答了一声:"好嘞!"

但是等到和我一起上了出租车,井然忽然扑哧一声笑了,说:"红花竟然还担心你一个人回家,看来她不记得你当年的丰功伟绩了。"

"我当年能有什么丰功伟绩?"

"哦,也对,你更多的时候是在容巷大展拳脚,初中的时候好像你就打过一回架,你还记得打的是谁吗?你把人鼻子都打流血了。人家虽然已经真诚地表示了没关系,你还是因为这件事从此断了跆拳道的课程。那时候学跆拳道的人不多,不像现在,遍地的小孩都去学,你看你这一不小心还走在了时代的前列!"

井然倒是讲得真情实感,但是我真的不记得我初中的时候把一个男生打到流鼻血过。虽然我承认,我小时候是很活泼好动,所以爸爸妈妈才给我改了名字,从象征美玉无瑕的"瑶"字改成了代表安稳沉默的"安"字,为的是让我安分守己,但我还不至于惹事。

"我真的不记得有这回事了。那我打的是谁?以后有机会见面了我跟他道歉。"

井然指着自己的脸,笑着说:"就在你眼前,你道歉吧。"

"不可能!如果是你我一定记得。"

"就一次课间操结束的时候,我从后面拽了一下你的辫子,你转身顺手就用胳膊肘顶在了我的脸上。"

"有这回事吗?"

"早知道你记性这么差,我当时就不应该捂着鼻子嘴巴跑,应该让你看看鲜血横流的样子,这样你估计就不会忘了。"

"本来是想说一句对不起的,但是你为什么要拽我的辫子?"

"就是啊,为什么呢?小孩嘛,好玩就行,哪有什么为什么。"

井然把我送到巷子口,跟我一起下车了。

"你不用送我了,巷子里亮堂,我可以自己回家。"

"好久没回来看看了,还挺想念的,权当我顺便走走了。"井然转头看见了老牛家面馆,里面大灯已经熄了,门紧闭着,微弱的灯光从里面传出来。

"这面馆还在呢!以前多少顿早饭都是在这里吃的啊,那时候说我这辈子都不想吃老牛家的面和馄饨了,现在看见了,竟然还挺怀念那口滋味。"

"我倒是一直很喜欢吃,尤其天冷的时候,如果加班晚了,回来坐在里面吃一碗热气腾腾的牛肉面,真暖和。"

"阿良呢?我记得他喜欢吃小馄饨。"

"阿良……一年以前生病走了。"

"走了?去哪里了?"井然先是没反应过来,看了我一眼,忽然意识到了,惊讶地张着嘴巴。

我看了眼井然还是让他不要送我,我从小和井然就不是很亲近,虽然同在一个巷子里却隔着距离,而且他小时候很少出来玩,不像现在这么开朗。当然最主要原因,还是那时我眼里只有在天。

井然见我一直让他回去,笑着说:"怎么?怕男朋友吃醋啊?"

"是。"我回答这个问题的时候想到了良敬,竟然也没有一丝的犹疑。

他"哦"了一声,笑着说不为难我了,转身挥手,背影潇洒。

他站在路边打车,我正准备转身回家,他忽然冲我喊道:"你有没有在天的消息啊?"

我回他:"没有啊!你有吗?"

"没有!我改天找人打听打听。"

"好的,如果有什么消息记得也告诉我一下。"

"没问题!"

他又挥了一次手,然后上了一辆出租车,走了。

我沿着容巷的灯光往里走,路灯远远地站着,沉默不语,但又像是对我说——你回来啦。

这条路走了这么多年,如今倒是最喜欢夜晚寂静的时刻,一个人静静地走,似乎能听见容巷的呼吸声。

路过江美玲家门口的时候,听见从她家传出来的咿咿呀呀的戏曲声。看来偶尔她也换换口味,并不是一张爵士乐的碟听到底。

再一抬头,看见一团黄乎乎的毛趴在窗台上。

我轻轻叫了一声:"小二,要回家吗?"

它动了一下,但是没搭理我。

我只好独自一人回家。

第二天天刚蒙蒙亮,妈妈就来敲我的门,说:"快起来,跟我一起出去找小二,这次我总觉得不对,两天没回来了,以前没有过。"

"它在原来的家里待着呢,你别管了。"

"哪里?"

"江美玲家里。"

说完我继续睡我的周末懒觉,外面也没了动静。

迷迷糊糊中妈妈又来敲我的门,我看一眼时间,八点半。

"你快起来,我一个人找不过来了,我转了几圈了都没看见小二,你起来跟我一起找。"

"不在江美玲家吗？"

"她说夜里在的，早晨就走了。"

"那你别担心，它等会儿就回来了，如果没回来，等到晚上你再去江美玲家，准还在那儿。"

"你心可真大。"

"我都说了小二是老江湖了，容巷这块地它都玩遍了，不会丢的。"

"不行，你还是得起来跟我找一找。"

我没办法，只好起床跟着妈妈出门在容巷的边边角角里晃荡，一边走一边喊小二的名字。

"它真的会回来的，你可真固执，非要找。"我说。

"那万一不回来呢？万一出了什么状况等着我们去找呢？总归要找了才安心。"

"那现在又找不到。"

"找不到也安心。"

但一个清晨过去了，还是没有找到小二。

妈妈一整天总心神恍惚，时不时念叨两句："这可是从来没有过的呀。"

你看猫这个家伙，说走就走，回与不回都一副理所当然的样子，它也有过蹭着你的手要求多一点爱的时候，但你给或者不给，它实际也无所谓，你给了，它也不贪图，下回该走还是要走，你不给，它也不伤心，该吃吃该睡睡。

我怀疑它唯一在乎的是星星，与星星相比，蝴蝶都不算什么。

明明是我把小二带回来的，但是我却没有寻不着小二的焦虑。

小二确实也没让我失望。天色暗了之后，它准时跳进了江美玲的窗户。

江美玲特地到我家来传达消息。

"一早就听见你在找小二了,它现在在我家里,我特地跟你说一声,你放心啦!"江美玲笑着跟我妈妈说。

"这个小畜生!看我怎么收拾它。"妈妈说着就跟着江美玲出了门。

不到十分钟,妈妈回来了,一脸愠色。

"白眼狼!我养了它这么久,它良心都喂了狗了!"妈妈气呼呼地往沙发上一坐,抬眼看见沙发脚旁边的猫饭盆,又叹了口气。

"它以前就一直生活在那座房子里,它可能以为那里才是它的家吧,你要这样一想,它也不是没良心。那,那你说我算什么?"

我一愣,但看妈妈那认真发问的样子又想笑,说道:"怎么跟一只猫计较呢?"

"我看就不应该找它!纯粹给自己添堵。"

"但是你找到了也就放心了呀,不然你还总是要想着它怎么样了。"

"哼!"

我很少觉得妈妈有多可爱,毕竟她的可爱都在长年累月里对我的关心教育中磨得不剩二两了,但今天瞧着她,倒觉得还是有些可爱。

周一上班,被一通电话惊醒。

"请问,联系你们能找到容巷老姜吗?"

我听见容巷老姜四个字,一下子就想起来了一年前的寻人启事。但对方是个一口港台腔的男人,我一下子警觉起来。

"容巷老姜是谁?你那里有具体信息吗?另外如果你找人,我建议你去派出所,报社找人不太现实。"

"一年前你们报社不是发过一篇寻人启事吗?当时那则寻人启事

在网上很火你还记得吗？微博、朋友圈，到处都有人在发，我也是那时候看见的。"

"哦，是有这么个事，你是哪位呢？"

"这样，一时说不清楚，你了解这件事吗？如果你了解加我微信好吗？我跟你详细说。"

原本走到要加微信这一步，我心里已经笃定他是个骗子要挂电话了，但是心里又抱着一丝希望，毕竟拿一年前的事出来行骗也很奇怪。于是我说："你还没有自我介绍，你到底是谁？你知道这一年来打电话自称是寻人启事里的那个人的人有多少吗？我们凭什么相信你？"当然，事实上并没有什么人打电话来自称是谁，毕竟寻人启事是说不找了，但是打电话来问这则启事的真实性的人确实不少。

对方哈哈笑了，说："我当然不可能是野草，但我奶奶是。我家里有照片，如果你不相信，可以把照片拿去给老姜看看嘛。"

我握着电话，紧张，激动，又小心翼翼，不知道下一句该说什么。

他没道理骗我，这是一件太容易就能被戳破的事，最主要的是他骗我的话他能得到什么呢？

哪怕是有万分之一的真，我也想顺着他走下去。

"既然你说你奶奶是野草，不如直接让你奶奶见老姜。"我知道，姜爷爷说的"你不要来了"实际上是给心里的盼望遮上一块布，假装它不存在了。

"她去不了。"

"为什么？"

"她去世三十年了。"

我"啊"了一声，忽然感觉到了巨大的真实，这个人可能并不是骗子，不知道为什么，他说的话里有一种真实感。

"那你是怎么知道你奶奶就是我们要找的人呢？"

"因为我爸爸上个月也走了,这个月有空的时候就陆陆续续地整理他的遗物。其实我没见过奶奶,奶奶去世的时候我还没有出生。我从爸爸的遗物里发现了一个笔记本,里面写满了诗,落款都是'野草',我看见名字觉得熟悉,但是一直想不起来到底在哪里看到过'野草'这个名字。这几天我把那些诗翻了翻,忽然发现其中有两篇名字又很熟悉,一篇叫《容巷》,一篇叫《老姜》,我这才想起来一年前我还在朋友圈转过那则耐人寻味的寻人启事。我网上查到是你们报社发的,然后找到你们报社的电话,这才打了过来。让你加微信是想把这两篇诗还有我奶奶的照片拍给你看看,我觉得我奶奶肯定是那则故事的另一半。"

"你在哪里?方便的话咱们可以见一面。"我迫不及待地想要看到实物。

"太远了,我在台北。"

我恍然,放下电话加了他的微信,然后收到他发过来的诗和图片。她的字真漂亮,她在《老姜》那首诗里写"卖姜的师傅问我 / 你要新姜还是老姜 / 我一下就哭了 / 我只不过想买一块姜 / 你何必为难我"。

照片里是一个五十岁左右的阿姨,坐在躺椅上,朝着镜头微笑。

"有没有二十岁左右的照片?最好是穿着连衣裙的,最好是湖蓝色的连衣裙的。"

"我找找。"

过了一会儿他给我发来一张照片。

年纪倒不像是二十多岁,也没有扎两根辫子,一头不长的卷发,一身湖蓝色的连衣裙,身旁站着一个三岁左右的小男孩。

"倒真的有湖蓝色连衣裙的照片,这小孩是我爸爸,他们身后是日月潭。"

"能不能拍一张高清的给我?麻烦了。"

他又重新给我传了一张图,我拿到图片后转给了我们的美编,让他帮忙把照片里的小男孩P掉。

第二天,对方发来消息:"确认了吗?我奶奶是老姜要找的野草吗?"

"我还没有把照片给老姜看。"

"为什么?"

"因为我没有办法确定,找不到和找到了哪一个更让人伤心。"

"我相信缘分自有因由。"

当天晚上,在家里吃饭的时候妈妈感叹地说:"莎莉这姑娘真好,挺着个大肚子,天天给你姜爷爷端吃端喝。这孩子我算是看出来了,就是人好所以才命好,遇见克儿这么个一心一意对着她的,这都是命啊。"

"姜爷爷怎么了?"

"天冷,冻到了,这么大年纪了,小病也折腾。"

"吃完饭我去看看。"

"我发现你啊还有阿良啊,你们这些孩子倒是都喜欢老姜,老姜这个怪人还挺有孩子缘。"

爸爸接了一句:"俗话说,老小孩嘛!"

门没有上锁,一推就开了,姜爷爷坐在门内躺椅上,身上盖着一条毛毯。

姜爷爷见我来了,眼里一动,张了张口,问道:"可是有信?"

"您怎么知道?"

"你不会这么突然来。"

我把打印好的照片和两首诗递给姜爷爷,照片放在最上面。

姜爷爷一眼看见照片,眼泪一下子就落下来了。

然后他擦了一把眼泪,用颤抖的声音说:"都老枯了,没想到还有眼泪水。"

我一看他的样子就知道人是对的。

他又看了看诗,盯着那些字,一笔一画地看,轻声说:"我就知道,她没有骗我。"

"她以前是来不了,隔山隔海。现在是听你的话,不来了。"

他点点头,问道:"她过得好吗?"

"好!"

"那就行了!"

第五章
不管何时回来，总有一碗面留给你

老牛听了这话倒认真起来了，说："你以为跟面团谈恋爱容易呢？那也是下了功夫摸清了它的心思的，先互相了解，然后和谐相处，如果还能制造点故事，那就是一碗好面了！"

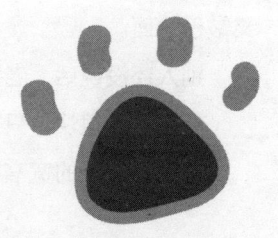

老牛面馆的老牛叔叔上个月刚过了五十岁生日，生日后一周，老牛叔叔和牛嫂去民政局办理了离婚手续。

　　这件事已经在容巷的各个角落里讨论了近一个月了，至今仍处于高潮阶段，不知何时落幕。

　　大家对这件事情的参与度之高，显得老牛叔叔倒像一个外人了。

　　老牛叔叔每天还是照例开店做面，一碗又一碗，在一根一根的面条里数着一天的时辰，数完了，这一天也就过去了，他关了面馆的门，一个人安安静静地走回家。

　　据说老牛叔叔二十岁的时候就已经这样沉稳了，所以从二十岁开始大家就叫他老牛了。

　　二十岁的老牛第一次站在后厨的时候还不会和面，水不懂事，面不听话，案板也透着一股生人勿进的劲儿，老牛第一次和了一团又软又皱巴的面。

　　别人还没说话，老牛自己说："还不错。"

　　老牛进步很快，只一天，面条就已经成形了。

　　三天，面条的宽窄已经平均了。

一周，面条的劲道已经有了三分了。

老牛很快就成了店里的主力，常去的老客甚至能从一天天的时光里吃出老牛手艺的进步，都称赞面馆接班人有了。

那时候的面馆只有现在的三分之一大，老牛三十岁的时候把店面扩大了，重装了一次，放眼望过去，确实是实实在在做接班的事业了。但是现在的老牛却还没找到接班人。

三十年前，容巷旁边不到两公里地有一家职业学院，那里的学生经常在周末的时候到容巷里逛，小店里买点好玩意儿，饭馆里吃一顿荤腥，都是常事。

再远点的地方，靠近山里，还有一个部队驻扎着，所以时不时地也能看见三五成群穿着军装的兵哥哥挺拔地从容巷里走过。

女大学生如果和兵哥哥迎头碰上了，各自的面上都带着耐人寻味的笑，互相多看两眼，红着脸擦肩，然后走远几步再和各自的小伙伴交头接耳。

最好是秋天，新生们都还当容巷这一条小街是大新鲜，路过的兵哥哥是大世面，那一眼羞涩，秋日晚霞也不可比。

就是在那样的秋天里，刚刚大一的赵珂拉着她的室友刘三妹，在容巷那家总是装着天南地北各种奇怪玩意儿的杂货店里逛。她看见一面玲珑小铜镜，走过去拿起来，看了这一面又看那一面，就在翻面的时候外面已经快落到屋顶的太阳光直直地照在镜子上，然后一个折返，照得门口正要走进来的这位兵哥哥立即抬手遮住了眼。

赵珂一转头看见了，赶紧道歉说对不起。

兵哥哥猛然一个立正，对着赵珂敬了一礼，大声地说："没关系！"

赵珂和刘三妹都憋着出了杂货铺才哈哈大笑。

"他好严肃哦！"赵珂呵呵笑着说。

"说没关系为什么还要敬礼？是不是傻了？"刘三妹也呵呵笑着。

"可能后来也意识到不太对劲，脸都红了。"

"你还说他？你脸也红了。"

赵珂不承认，说："我哪有？"

"刚刚就应该把那面镜子买了，好让你现在照照自己，看看到底有没有！"

"下次再来买！"

赵珂拉着刘三妹走了。

那天是周六。

后来赵珂逢着周六就来杂货铺买镜子，买了三次，镜子都没买成。

"你到底买不买嘛？"刘三妹看不下去了。

"再看看嘛，好看是挺好看的，就是有点贵。"赵珂说。

"三块钱嘛，你要喜欢这算什么贵？"

赵珂还是没买。

后来又去了两次，依旧空手而回。

最后一次，赵珂有些失望地说："算了，我不喜欢那面镜子了。"

那年冬至，刘三妹拉着赵珂去寻一家小店吃馄饨。

"我听人说有家老牛面馆里的馄饨很不错呢，咱们去吃吧！"刘三妹说。

赵珂没什么兴致，但还是随着刘三妹去了。

那天因为是冬至，店里人很多，刘三妹扫了一眼满屋子的人，对赵珂说："要不，晚上再来吧！"

赵珂刚想说好的，一眼就扫到一个熟悉的身影，但不能确定，毕竟军装都一模一样，毕竟只有短短的一面，于是站着，一时没有要走的意思。

老牛这个时候走过来,对赵珂和刘三妹说:"那边一张桌子还有两个位子。"

老牛指的位子正好就是和那两个兵哥哥一桌的。

"好的!"赵珂答应着就走了过去。

等坐在对方面前的时候赵珂才确定下来,这个人就是他啊!

可是他是谁啊?赵珂一无所知。

他抬头,看见了赵珂,脸一红,一下子坐直了。

他身边的战友见了笑着说:"没事,放轻松。"然后又对赵珂和刘三妹说,"他害羞,没事。"

赵珂见他这样,心里反而一点儿也不紧张了,对他说:"这碗馄饨我请你吃吧!"

他迅速地将嘴里的一口馄饨咽下去,慌张地摆摆手,说:"不行不行,违反规定!"

"上次我照到你的眼睛了,算是我给你赔礼道歉。"

"不用不用,一点小事!"

他旁边的战友虽说是个明白人,但还是笑着阻止了赵珂,说:"你别为难他了,这个真不用。"

赵珂一脸失落,但刘三妹机灵,对那个腼腆的兵哥哥说:"既然你不要人家请你吃,那你请她吃一碗馄饨呗。"

"这……"他为难地看着赵珂。

赵珂眼睛一弯,笑着说:"好呀!"

"可是,为什么呢?"他脸更红了。

他旁边的战友叹了口气,对他说:"军民一家亲,既然是一家人,就请家人吃一碗冬至的馄饨吧,联系感情嘛!没事,这个可以!"

"哦!"他不再说话,就算是答应了。

"我叫赵珂,小名王可,你呢?"

"关小军，小名小军。"

老牛就一直在旁边站着，听他们这一来二去的，也不知道什么时候能聊完，问道："要不，你们先把吃的点上？"

第二年开春，容巷的垂柳绿油油地在风里摇摆，墙根下开出了蒲公英和三月兰，清晨的阳光一照，巷子就褪去了一整个冬季的冷。

这个时候，老牛除了能和出韧劲十足的面团以外，还跟着网上的视频学会了拉面。谁也没想到，在小半年的时间里，老牛已经站稳了后厨主力的位置。

虽然后厨一共也就老牛和他爸爸两个人。

这天一大早，刘三妹气喘吁吁地跑到老牛面馆来，一进门看见老牛就说："他们说今天去爬山，你去不去？如果去现在就走。"

老牛知道刘三妹说的他们是赵珂和关小军。

老牛冲着后厨喊了一句我出去了，脱下围裙就跟刘三妹跑了。

"今天周六！活多！你走了可不行！"

这话老牛已经听不见了，他早跟刘三妹跑没影了。

在巷口，赵珂和关小军正牵着手站在一棵垂柳下等着他们。

春天的风从山头拂过，小花立即漫山遍野地笑着，老牛说，这是一年中他最喜欢的时候。

"是因为有青草可以吃吗？"刘三妹笑话老牛。

老牛瞪了刘三妹一眼，又转头对赵珂说："你们根本不是一路人，怎么就能成好姐妹了呢？"

"我看你跟我们更不是一路人，还不是带你一起来爬山？"刘三妹总是嘴快。

"我问你了吗？你怎么老是抢答？能不能给赵珂一次跟我对话的

机会？是吧赵珂？"

赵珂就笑着对关小军说："你看，他们可爱吧！"

关小军看着赵珂，还没答话，脸忽然红了。

赵珂忍不住哈哈地笑，说："好了，你不要说了，我知道你要说什么。"

老牛丈二和尚摸不着头脑，说："不能光你一个人知道就行了啊，我们还不知道呢！"

"别我们，就只有你不知道！"刘三妹又插话。

"那你说说他想说什么！"

"他是想说我们都没有赵珂可爱！难怪你到现在还没有女朋友，这么笨！你以后跟面团谈恋爱吧！"刘三妹说。

老牛听了这话倒认真起来了，说："你以为跟面团谈恋爱容易呢？那也是下了功夫摸清了它的心思的，先互相了解，然后和谐相处，如果还能制造点故事，那就是一碗好面了！"

赵珂和刘三妹听出了老牛话里的认真，都赞许地点点头，关小军也嗯嗯地附和两声，倒是弄得老牛不好意思了，他摸了摸后脑勺，说："我瞎说的，嘿嘿。"

一座小山头而已，四个人很快就登顶了。

到了顶上，关小军去旁边的小卖部给大家买水，老牛这个时候问赵珂："到底什么时候的事？自从上次你们在面馆见过一面之后，后来都只是你们俩一起来面馆，没见过他啊？怎么就……"

"人家不会打电话啊？就你傻。"刘三妹说。

"你别插话！"老牛又瞪。

赵珂看着关小军的方向，笑着说："真的是一见钟情，他也确实忙，想见一面挺难的，而且都是我找他，你看他呆子一样，还比我小一岁,什么也不懂。我今天刚把话说清楚,叫你们一起爬山就是怕他害羞嘛!"

老牛想起了早上的那棵柳树,大概就在他们赶过去前几分钟赵珂和关小军才把手牵上吧!老牛甚至想问具体是几点几分,怎么表白,说了什么话,最后又是谁牵了谁的手……他觉得自己的心口此时咕咚咕咚地响着,咕咚一下就是一秒,他在一秒一秒地测算,他们是怎么就牵了手。

为什么要算这分秒,老牛不知道,但他就是抓心挠肺地想知道。

关小军买水回来了,把水分给大家,也不多说话,就是看着赵珂笑。

"听赵珂说你才二十岁?"老牛问关小军。

关小军点点头,说:"是啊,有什么问题吗?"

当然没有问题。

这能有什么问题?

老牛笑笑,尴尬地四下看看,这才发现刘三妹跑远了。

"喂,你干吗去?"老牛冲刘三妹喊。

刘三妹弯着腰从斜坡上捡回一块馒头大的石头,难得的表面光光滑滑。

"这石头不错,咱们找个小石子,把咱们的名字刻上去,然后我们把这石头种在那边,就那棵最大的树下面,留个纪念怎么样?"刘三妹拿着石头兴奋地看着大家。

赵珂点点头说好,那大家就都没意见了。

赵珂先写了自己的名字,然后关小军写在了赵珂的右边,老牛拿到石头,在手里转了转,把自己的名字写在了赵珂的左边。

"哎呀,好烦啊,那我只能和老牛的名字写在一起了!"刘三妹一边嫌弃地说着一边在老牛的旁边写上了自己的名字。

"会不会用词?石头能发芽吗?那不叫种!那叫埋!"老牛有话

没话地反驳着刚刚刘三妹说的话。

赵珂对老牛解释说:"说埋多不好听?说种,就好像种下了希望一样,它不发芽,但是它会萌发我们对友谊长久的憧憬啊。"

刘三妹得意地问老牛:"现在懂了没?"

老牛乖乖挠头,说:"懂了。"

五十岁的老牛坐在面馆里抽今晚的最后一支烟。灯都熄了,屋内的光亮全指着外面路灯透进来,他忽然想起来那块石头。

后来再也没有去过那个山头,这么多年过去,也没有人提起那块石头。

要不要哪天去看看呢?趁现在还爬得动山。老牛想。

——我猜老牛是这么想的。

我已经连续好几个晚上看见他一人在面馆抽这一支烟。

有一次我遇见江美玲,江美玲似乎想要到面馆去,后来又转身走了。

江美玲看见我,笑了笑,问我:"要不要去面馆吃夜宵?"

我看着她的笑容,也笑了,说:"正好想吃一碗馄饨。"

江美玲就笑出了声,夸我聪明。

然后我们一起去面馆,老牛叔叔只好起身,开了灯,掐了烟,说了句正好还有剩,就去给我们煮夜宵了。

江美玲特别大声地跟老牛说话:"剩的是你留给自己的吧?你还没吃?"

"也不全是。"老牛回答。

这个我清楚,我小声对江美玲说:"还多留了一碗。"

江美玲点点头,说:"我知道。哎,其实都是好人。牛嫂年轻的时候就在我们旁边那个学院读书,老牛一直很照顾,来吃面从来不收钱,

星星与猫

整天往学校跑，有什么好吃的好玩的都送去。老牛是实在人，他只会对人好，漂亮话不会说，这也很吃亏。"

老牛把面端上来，江美玲命令一般地对老牛说："再拿一个空碗来。"

老牛拿了一个空碗给江美玲。

"坐下！"

老牛坐了下来。

江美玲将碗里的面分了一多半到空碗里，然后推到老牛面前："一起吃。"

老牛看着面，又起身去拿了一双筷子。

"冷静了这两个月想明白没有？"江美玲问老牛。

"想什么？"

"想什么？你没好好想想啊？她说离婚你就离婚啊？你怎么想的啊？"

"她说了这么多年了，离就离吧，不为难她了。"

"她为什么说离婚你还没想明白？"

"我明白，她觉得我……"

"你不用说完我就知道你没明白。她要离婚无非是让你留她。这么简单的道理都不懂？"

老牛埋头吃面，一口气吃完了，吃完了对江美玲一笑，说："正式打烊！"

老牛躺在床上，他翻来覆去地想起那些时光。

一年四季里，刘三妹总是咋咋呼呼地跑进面馆，大部分时候是和赵珂一起，偶尔一个人的话总是噘着嘴，埋怨赵珂重色轻友又把她抛弃。

084

老牛偶尔也去她们的学校里转转,她们有时候随口一问:"你怎么又来了?"

"来看人打篮球。"

老牛自己从不打篮球,他也就乒乓球能打几拍,他除了做面,好像实在没有什么能拿得出手的技能。

大二那一年开始,寒暑假的时候刘三妹都到老牛面馆去帮工,一方面老牛面馆缺人,另一方面刘三妹缺钱,正好是互惠互利的事。

那一年寒假,老牛记得,赵珂没有回老家过年,初五那天她笑嘻嘻地走进面馆,对老牛说:"快给我一碗面,冷死了!"

老牛看她穿得单薄,下面的动作也比平时快了一些。

"三妹呢?"赵珂捧着面碗捂手。

"说是过了初八来。"

"不可能,我今天问她了,她说她今天就来。"

"是吗?你见到她了?"

"昨晚太晚了,我来不及回学校,住她那儿了,今早出门之前问她的。"

"有个本地同学就是方便。"

老牛说着话看了看后厨,心想,如果后面再倒腾出来一块地方放张床,应该挺方便。

不过也就是想想,直到现在老牛面馆里也没有倒腾过一块放床铺的地方。

两个人正说着话,刘三妹就来了。

"这大过年的,客人少,你不用这么早就来。"老牛对刘三妹说。

"我这不是回来陪赵珂嘛,她一个人住宿舍多寂寞,是不是赵珂?今天见到他了?"刘三妹问赵珂。

赵珂点点头,说:"就见了一小会儿,他又出任务去了。还不知道什么时候能回来。"

"可以了，你陪他过了一个年呢，你也歇歇。"

"那还不是因为他年前出了两个多月的任务？"

"军嫂不容易啊！"

赵珂听了这话羞红了脸，笑着，说了句："谁说过要当军嫂了？"

"那你不当？"

"你走开！"

老牛看着两人说笑，竟也不自觉地笑了起来。

那个冬天不是很冷，一碗热汤面就能暖和一整天。

老牛在店里只穿了个单件，也能顶过这一冬天。

刚过完年，店里人确实少，没人的时候刘三妹就坐在一旁看老牛做面。老牛动作利落，力道足，常让刘三妹感叹："为什么我看你做面，经常能看出我们学校那些帅哥打篮球的感觉？"

老牛就笑笑说："男人认真的时候都帅。"

有一天刘三妹给老牛提建议，说："你们店里装部电话吧，有什么事联系也方便。"

"我们这是面馆，要吃面必须得到店里来，要电话干什么？"

刘三妹想了半天，说："每次都是赵珂去小卖部给部队打电话，天天去，根本不知道哪天关小军能在，关小军又没办法联系她。你看你这里要是装个电话，赵珂就不用每天去打电话问关小军在不在了，关小军回来了就给你打电话，你再通知赵珂，你看这多好？"

老牛想想，觉得确实是好。

不到一个月，老牛面馆的电话就装上了。

老牛面馆接到的第一个电话是刘三妹打来的。

"我试试线路通不通。"刘三妹说。

"你在哪里打的电话？"老牛问。

"我家里，记下显示的这个号码，我在家的时候有事联系我。"

"你家都有电话了你还来我这里打零工？"

"这有什么冲突？"

老牛一时也说不出来这具体的冲突是什么。

不过后来面馆的这部电话确实就成了赵珂和关小军的重要联络线路。

关小军只要电话一来，老牛骑着自行车就往学校跑，然后在宿舍楼下喊："三妹，你下来。"

刘三妹下了楼，老牛说："告诉赵珂，他回来了。"

"你就不能喊赵珂下来？"

老牛四下看看，说："那多不好。"

刘三妹瞪他，但也还是乖乖回去告诉赵珂这则消息。

临近毕业的最后一学期，赵珂和刘三妹都很忙，很少来面馆了。

老牛逢到空闲的周一就会去学校里走走。

有一次碰见刘三妹，她正拿着饭盒去食堂。

"你怎么又来了？"刘三妹问道。

"你怎么就会这一句？"

"吃饭没？请你吃食堂啊？"刘三妹说。

老牛点点头，也没客气。

刘三妹给老牛点了一份，两个人坐在食堂吃饭。

"赵珂呢？没和你一起吃饭？"

"她请假回老家了。"

"有什么事吗？"

"带关小军回去。他们打算毕业就结婚。"

老牛吃了一惊，半天不知道说什么。

"不要吃惊,人家说了,先领证,婚礼可以再等等,你的份子钱先备着。"

"真没想到,竟然能走到这一步。"老牛轻声说着。

"这几年你还没看明白?算了,不跟你说了,吃饱了回家好好休息,明天一睁眼,哇,你还是那个神气活现的做面师傅!"刘三妹笑呵呵地说。

"不懂你在说什么。"

老牛是真的不懂。

但老牛确实回去就躺下休息了,那一天他什么都不想干。

一个月后,老牛面馆接到了一通电话。

老牛挂了电话腿一软,差点跌倒,站稳之后放下手里的面就跑了出去。

那是老牛第一次站在赵珂和刘三妹的宿舍下面喊赵珂的名字。

刘三妹跟着赵珂一起下来了,一见面还想训老牛两句,但是看他神色不对,两个人都没敢说话。

"去部队,现在就去,快!"老牛着急的样子吓得赵珂一抬腿差点摔倒在地上,老牛和刘三妹一起拉住了她。

"不对,不是的,他没让你去,只是让我通知你……"老牛半天张不开嘴。

"谁?关小军?他让你通知我什么?"

"不是,不是关小军,是他的战友。"

"通知我什么?"

"他说,关小军,牺牲了。"

老牛说完,刘三妹一把抱住了赵珂,说:"别激动,别激动,想想你自己……"

赵珂咬着牙说:"我不信!"

赵珂是一定要问个究竟的,然而老牛和刘三妹陪着她到了部队,也只是见到了关小军的战友。

那个曾经一起吃面的战友站在赵珂面前,立正,敬礼,缓慢而庄重,眼里含着泪。

"怎么回事?我要见他!"赵珂说。

"关小军同志在一起抗洪救灾任务中光荣牺牲了,请您节哀!"

"活要见人,死要见尸!我要当面问清楚!"赵珂的眼泪吧嗒吧嗒地往下掉。

"今天早上他的父母已经将他的骨灰领回家了。"

"为什么现在才通知我?"

"大家都非常悲伤,忽略了。你还有几天就毕业了,重新开始吧!"

"他有没有留下什么话?"赵珂不甘心地问。

"太突然了……什么都没留下。"

赵珂呆站着,老牛和刘三妹扶着她,感觉她越来越重越来越重,最后昏了过去。

赵珂毕业后连一句再见都没有说就离开了,从此再无音讯。

老牛问过刘三妹:"她就连一个电话都没有给你打过吗?"

"没有。"刘三妹说。

老牛面馆的电话每次响起,老牛都心里一紧,但是这么多年过去了,从来没有一次,哪怕是一次,电话的那头是赵珂。

三年后刘三妹嫁给了老牛。

这三年里到底是怎么风云转变,最后竟然真的和刘三妹结成了夫妻,老牛自己都想不明白,他只是一想到那个一脸笑容跑向自己的刘三妹心里就满满当当地装着什么,装着的是什么呢?快乐有一些,感动有一些，幸福也有一些。

结婚后刘三妹还是照样上班工作，老牛面馆并没有开成夫妻店。

老牛觉得这样很好，因为这些年他的父母在后厨如何因为灶台的事争吵他看得太多了。而如今，刘三妹下班回来，坐在面馆里，吃他端过去的一碗面，吃得喷香，还会开心地夸老牛的手艺天下一绝。

老牛喜欢那样的时刻。

后来他们有了一个儿子，日子流水一样，匆匆，又平淡。

但是老牛非常满足。

再后来大家都有了手机，刘三妹提起好几次："面馆的那台电话没什么用……"

老牛点头说是，但还是留着。

是从什么时候开始吵架的呢？

太久远了，是十年前还是十五年前，老牛想不起来了，一开始又是因为什么老牛也想不起来了，日子漫漫啊，总有力不从心的时候，总有往事回溯的时候。

吵了许多年，刘三妹吵来吵去就吵一句话，你心里是不是只有我，这么多年了，你是不是真的只有我了……

老牛说我说了是你又不信，我还能说什么呢？

再后来老牛就不说话，把所有的话都留给刘三妹一个人说。

刘三妹就觉得这大概是日子过到了尽头，这个人连与她争吵都不愿意了。

老牛翻来覆去一夜都没睡安稳，第二天一早他跟店里的伙计交代了几句就出门了。

当年觉得轻而易举的小山头，如今老牛爬起来已经吃力了，但还是爬到了山顶。

到了山顶的老牛坐着咳嗽了两声，歇了一会儿，这才开始一棵树一棵树地仔细瞧着。

到底是哪一棵树下埋着那个石头呢？

老牛实在认不出来了，三十年过去了，树长山长，什么都不一样了。

老牛拿出手机给刘三妹打电话："你还记得那年我们一起爬山，你埋了块石头吗，你还记得具体什么方位吗？"

"你问这个干吗？你不要跟我说你现在在那里哦！"

"嗯，我在。"

"你真是昏头了，咱们虽然离了婚了，但往事不可追忆了，你放弃吧！"

"不是，我记得，你当时名字和我的写在一起……"

刘三妹沉默了半天，然后缓和了语气，说："赵珂走之前就把那块石头挖出来了，她带走了。那上面有关小军写的字，几乎是他唯一留下的了。"

"哦。"

"哦你个头哦，没事不要给我打电话！"

"哦。"

"挂了！"

"哦……等一下，我顺便说一下，你什么时候想吃面了就回来。"

"哦。"

第六章
指甲刀总容易丢

　　当然，愿意等你的人，大可不必这么做，会这么做无非两种原因，一是没有那么喜欢，一是太喜欢。

　　我自认为自己没有那么大的魅力让他拿出一百分的心喜欢我，但也无法苛责他只有一点点的喜欢。

　　谁又不是呢？

　　谁不是拿着那一点点的喜欢想跟生活换个一生一世呢？

我喜欢容巷的初冬，总给人一种期待感，容巷的人一个个踮着脚尖盼着这一冬的雪，盼着雪落在巷子里，把容巷高高低低的屋顶装修一遍，变回每个人的童年。

　　只要一下雪，容巷就无差别地成为每个人的童年，从姜爷爷到我，都能得到这一份惊喜。

　　这才刚刚入冬，天阴沉沉的样子竟有了几分要下雪的意思。

　　井然给我打电话的时候我正搓着手坐在办公室里想着今晚要不要吃个火锅。

　　"请我吃火锅啊。"井然说。

　　"好啊。"我知道他这么说必然是有了什么好的消息。

　　挂了电话收到良敬发来的信息："今天真冷，像是要下雪，要不要去吃个火锅？"

　　我回他好的。

　　然后想一想觉得人员配置不够协调，我又叫上了秋晨。

　　该怎么向井然介绍良敬呢？

　　我还没想好，良敬已经毫不客气地进行了自我介绍："你好，我是安安的男朋友,以后大家常聚。"

秋晨意味深长地看了我一眼,说:"进度很快嘛!"

我倒不知道说什么好,笑了笑。

其实我以前还算伶牙俐齿,这个是大家对我的普遍印象,大学的时候我还是辩论社的主力,高中的时候也主持过几场班级的文艺活动,像我这种成绩不拔尖的学生,总要有几项拿得出手的才艺才能在班级里站得住脚。

但是初中的时候我平平无奇,成绩不行,才艺也不突出,像是一个蹲在角落里的人,天天喊着在天,他也无法听见。

秋晨是第一次见井然,还没说三句话就问人家是不是单身,井然哈哈一笑,说:"如果单身你是要自荐吗?"

"你别误会,比起给自己找男朋友,我更喜欢给别人找男朋友,如果你单身我可以给你介绍,你看你面前这两位,就是我介绍的。"秋晨得意地向井然展示她的成果。

井然用一种研究的眼神看着我和良敬,然后点点头,说:"还行,九十分吧!"

良敬对井然的高分表示了感谢,说:"领了证那十分就能补齐了。"

我发现良敬这个人说话是句句柔和里都带着要登顶的气势,他平时的为人也是如此,微笑着,平平稳稳地走着,你以为他不可能在乎成败,实际上他要求自己百分百把在乎的一切都护在怀里。

火锅的热气升腾起来了,大家都褪去了外衣,满面红光。

"说吧,为什么要我请你吃火锅?"我直接问井然,我这个人最喜欢直接,我特别讨厌把生活过得复杂。

这当然也是不多的生活经验所得,因为所有没有直接说的话,都没能得到最好的回答。

"怎么?如果没有原因是不是不能吃这个火锅了?"井然说。

"当然不是这个意思。"

井然笑笑,说:"其实找一个人容易得很,咱们初中一共九个班,每个班都有自己的班级群,找熟人或者熟人的熟人在每个班级问一遍,总能遇见一两个有消息的。"

我点点头,心想应该早一点联系井然的,他这个人别的不多,就是熟人多。

井然继续说:"但是奇了怪了,就在天这个人,没有一个人跟他有联系!"

"那算了,我也不是一定要找到他,只是一个巷子长大的,过了这些年,总觉得杳无音讯太过分了。"可是具体什么过分我也不清楚。

我看了一眼良敬,他笑着,说:"缘分,妙,但不可言。"

秋晨摇摇头,说:"无缘就是无缘,你死心吧,男朋友还坐在身边呢,你演什么寻找天涯故人的戏份?你换剧本吧!"

锅里的肥牛卷有些老了,我全部都捞起来,把嘴塞满,哎,真是太满足了。

我开心地说:"要不再来一盘牛肉卷吧!"

良敬点点头,喊服务员来加了一盘牛肉卷。

井然坏坏地笑,问我:"在天和牛肉卷,你选哪个?"

"牛肉卷。"我说。

"所以你找不到他。"井然说。

我真的没有一定要找到他。

我只是有一段青春无处安放。

我只是有一张彩票,一直没能兑奖。

我只是手握一段密码,至今没能破译。

这种一想起来就抓心挠肺的情绪,真是捧在手心里不知道该怎么哄着才能让它安安静静不打扰我。

"你回头把详细信息给我,我帮你打听打听。"良敬忽然说。

我看着他,迟疑了一下,说:"不用了,真的,不是什么重要的事。"

"我理解!"良敬看着我,顺手把他锅里的牛肉卷夹给了我。

"好啦好啦,单身狗面前收敛一点吧!"井然拿出手机给我发了条信息,"这是他QQ号码,你回头自己加他吧!本来想吃完饭给你的,真是受不了你们。"

"确定吗?"我问。

"确定!虽然我们这一届无人与他有联系,但是我搜罗了以我们为中心的上下三届同学的信息,终于有个学妹和他有联系。"

学妹?为什么有个学妹和他有联系?

井然继续说:"那个学妹也是个学霸,听说当年跟他借过笔记之类的,具体我也不清楚,反正就是你们女生那些套路啦,学霸跟学霸之间大概有话题吧,听说两个人这些年也一直有联系。"

秋晨偷偷地笑,问我:"这QQ还有必要加吗?"

"你管我?"

虽然我这么跟秋晨说,但心里确实也在问自己,这还有必要加吗?

加了跟他说,你好,我是安安。

然后他回我,安安是谁?

不,也许比这个更残酷,他可能压根儿不会通过我的添加好友请求。

后来再上的牛肉卷也吃完了,井然把他所知道的关于在天的一切也都讲完了。

在天刚刚研究生毕业,现在在北京读博,是否单身不清楚,但是肯定没结婚。

消息很笼统,比如他现在长得多高,是胖是瘦,严肃还是活泼……没人知道。

星星与猫

良敬送我回家,我下车的时候他对我说:"没事,我再等等你。"

我有时候也很烦他的一针见血,总是一副他什么都知道的样子,因为连我自己都不清楚这到底算怎么回事。

当然,愿意等你的人,大可不必这么做,会这么做无非两种原因,一是没有那么喜欢,一是太喜欢。

我自认为自己没有那么大的魅力让他拿出一百分的心喜欢我,但也无法苛责他只有一点点的喜欢。

谁又不是呢?

谁不是拿着那一点点的喜欢想跟生活换个一生一世呢?

我路过杂货铺,难得的这么晚铺子还开着,我走了进去。

彩云一个人正在铺货,我走过去顺手帮忙。

彩云比我大三岁,大学读的设计,现在自己开了个工作室,接各种设计工作,杂货铺后来重装都是彩云一手设计的,那时候彩云才读高中,只能说,她妈妈凌画阿姨慧眼识珠。

"凌画阿姨不在啊?"我一边帮忙一边问。

"她知道我最近这一个月稍微闲一些,立即就野去了。"

"怪不得呢,前儿天路过,铺子总是关着的。"

"一辈子自由散漫惯了,要不是有这个铺子在,她能饿死!"

"但也就是她到处走,这个铺子才有各地最新鲜好玩的玩意儿嘛!"

"是啊,你看她这一包一包地寄回来,自己又不管,都是我的事,还能怎么办呢,自己摊上的妈自己得认!"彩云说着笑着将货品整齐地摆着。

我想起容巷里流传的赵珂和刘三妹那些大学生逛杂货铺的故事,觉得凌画阿姨也算是收集容巷传说的人了。这里的物件本来每一件都是她的传说,她带了回来,别人拿起来,就成了别人的故事。

真是有趣。

凌画阿姨爱四处旅行，大家都还在苦思冥想锅里的饭够不够吃的时候，她已经开始费心琢磨手里的钱够走多远了。

她一个人住在容巷里，开着一间杂货铺，无亲无故，也不知道打哪里来，更不知道她每次要往哪里去，只知道她总是来来回回，在容巷落脚歇息，新的行囊准备妥当就再出发。

她走了多少地方没人知道，她也不大声喧哗，不谈论她路上所见，但如果有人问起，她也会说一些。

比如有人问她，西边出了边境是哪里啊，你是不是真的到了非洲啊，黑人是真的黑吗，她都会简单地给你一个回答。

后来她有了相机，会把一些好玩的照片洗出来挂在杂货铺里，经过的人看一眼，就觉得这杂货铺真大啊，装的是整个世界。

后来有一年凌画阿姨带回来了一个男人，两个人一起给容巷的老老小小发了喜糖，这婚就算结了。

第二年彩云出生了。

但在彩云两岁的时候男人走了，凌画阿姨简单地对外宣布离婚了，从此对那个人闭口不谈，就像是彩云没有爸爸，彩云也确实从未问起过爸爸。

时间久了，容巷里的人对凌画阿姨的生活方式早已没有了异议，理所当然地看着她一次又一次地关上店铺出门去。

"你看我们这巷子里，尽是些奇奇怪怪的人，显得我们都过于普通了。"彩云笑着说。

"你如果非要这么说，倒也没错。"我拿起一条狼头项链，仔细看了看，有种一见钟情的感觉。

"喜欢吗？"彩云问我。

"还真挺喜欢的。"

星星与猫

"进货价给你,等会儿我翻翻账本,新到的,我还没来得及贴价格。"

"行!"

"你看,我妈是我们上一辈的人,选的这些东西,都是小年轻喜欢的,甚至有一些都是潮流前端货,我真是佩服她,她如果不是我妈妈,我要爱死她的!但是做了她女儿,唉,这一肚子委屈哦!"

"但也很酷!你想想看,谁能有这样的妈妈啊?"

彩云哈哈地笑,被我安慰到了。

我买了狼牙项链,回家去了。

回家路上遇见江美玲,冷风里她裹着一个斗篷坐在凳子上,身旁点着一支烟。

我想到彩云那句话,容巷里尽是些奇奇怪怪的人,不由得一笑,觉得更有趣了。

我在 QQ 里输入了井然给我的那个号码,结果显示对方的 QQ 名叫在天。

应该就是他了。

但是要怎么提交好友申请,我想了一夜。

第二天迷迷糊糊中被闹钟叫醒,妈妈在屋外喊我:"快出来看看,小二回来喽!"

小二在自己的饭盆前伸了个懒腰,然后就像是从未离开过那样自自然然地吃了起来。

"你还给它留着食呢?"我说。

"那谁知道它什么时候回来?如果回来的时候没有食了,下次肯定打门口过不停步的。"妈妈得意地说。

小二瞧也不瞧我,就好像并不是我把它领进了这个给它遮风挡雨

100

的家里一样，它吃完蹭了两下妈妈的裤腿，然后跳到沙发上舔毛去了。

我不满地说："它还会走的。"

"它也还会回来的，我喂过的，只有你最白眼狼，哼。"

妈妈每次埋怨我的时候都有一种难得的可爱感。

真是好神奇，我竟然喜欢看她埋怨我。

我吃了早饭刚出家门，看见杂货铺门口挤满了人，于是走过去问发生了什么。

把凌画阿姨抬进屋的担架刚刚拿出来，彩云跟在后面一个劲儿说谢谢，然后让大家伙都散了。

"我妈没事，腿伤了而已，多谢大家关心，没事没事，都散了吧！"

大家慢慢散开，一边走一边讨论着这所谓的腿伤是怎么回事，以后有什么影响。

一个最爱出门的人伤了腿，确实残酷。

我因为刚到，就赖着没走，等人群散去，进屋去看望凌画阿姨。

我一进屋，吓了一跳。

这哪里是简单的腿伤？左边的小腿已不见踪迹，包了一层又一层的纱布上还有清晰可见的血迹。

凌画阿姨不声不响地躺着，我进来跟她打了声招呼，她也只是"嗯"了一声。

彩云进来给她把被子盖上了，叹了口气，说："这下好了，铺子可不会再关门了。"

凌画阿姨还是不出声。

"我就不问你怎么伤成这样了，我就问你从此以后你能不能有点数？你都这个年龄了，玩不起了懂吗？休息好了就老老实实待着好不好？"

凌画阿姨一句话也没有，就躺着。

星星与猫

我从杂货铺出来的时候姜爷爷拄着拐杖正颤巍巍向前走，我喊了一声姜爷爷，他转头看我，问道："阿良去哪儿了？"

姜爷爷真的糊涂了，容巷的刘阿婆和阿良不在了之后，姜爷爷的魂就少了一根又一根，如今他到底糊涂到几分，谁也说不清楚，毕竟他出门的时候还是体体面面的一个人。

"阿良去亲戚家了，过段时间才能回来。"反正姜爷爷也记不住，我随便找个理由回答他。

"哦，等他回来你要是遇见，叫他来找我一趟。"

我应着，心里却想要是真遇见了阿良，那场面怕是该我没魂了。

正和姜爷爷说着话，天空突然飘起了雪。

今年不但有雪，而且还这么早，真是怪事。

我顶着雪多走了一站路才上公交。

这里的冬天，初雪多不长久，大家都知道，所以雪里走走也是难得。

车上的人都在议论着，下雪的这一天道路不会太难走，难的是明天雪停起冻，路滑起来才是叫人为难。

我想起来小时候有一年冬，大雪一夜未停，第二天去上学的时候雪花还飘着，我在棉鞋外面套了鞋套，手里还拿着一根棍，慢慢地走着。

看见在天就走在我前头，我立马一边跑一边喊在天等等我，就在在天回头的时候，我脚底一滑，整个人仰面跌倒在地上，屁股疼得龇牙咧嘴。

但我来不及喊疼，在天已经走了过来，他伸出手，问我："你没事吧？"

我拉紧他的手，即使站起来了也不想松开。

那是我唯一一次拉着在天的手，虽然我和他都戴着厚厚的手套，但拉手的时候从指尖传过来的心动的感觉一点儿也没有打折。

从此后，下雪的容巷对我来说就特别起来了。

就算现在一个人在这雪里，似乎还是能感受到那天我和在天一起顶着雪走到学校的心情，一路上我少有的话少，他也沉默，彼此并排走着，时而靠近时而分开却又保持长久沉默的氛围在后来变成了岁月里的一道香气，雪一下，那味道就来了。

可能因为这场雪吧，我终于把好友请求的消息发了出去。

意料之中的，消息发出去的这一整天，如石沉大海。

但仍心有不甘，下班之后给井然发了条信息。

"你确定那个号码的主人是在天吗？百分百确定吗？"

"当然！我是加了他好友问了他是不是在天之后才把号码给你的，哥们儿我做事你还不放心？你对我的了解可太少了！"

我没有再回信息。

过了一会儿井然又发了一条信息过来："不过我等了一周他才通过我的好友请求的，可能他比较忙，平时不怎么上网，你再等等。"

一周，我在心里掂量了一下，不算什么，完全等得起。

良敬带我去了一家老式火锅店，可以暖手一样的暖炉里汨汨地冒着泡，各种肉片在里面翻腾，就着一口米酒，通身温暖。

良敬原本今天要出差，看下了雪，改成了明天。

"这雪倒也挡不了什么路，你这个人看起来完全不像这么没有事业心的呀！"我说。

良敬吹了一口热气，说："今年的初雪，想着跟你喝一口酒。人生有轻重缓急先来后到，如果全程功利心第一位就没有什么趣味了。活着嘛，七情六欲酸甜苦辣，综合起来才是丰富多彩。"

"我总是说不过你。"

"你知道为什么吗？"

"你如果知道你就给我指点指点。"

"因为你习惯了用文字输出的方式来思考和表达，大脑长期得到这样的锻炼和反馈，语言能力就相对减弱了。"

良敬说得很有道理。

我点点头，信服了他。

我原本想说一下联系在天这件事的进展，但是良敬一直没有提，我也不好主动说。

而且今晚的氛围似乎不太合适去谈论一个他可能认为跟我关系不一般的男生。

米酒香甜的味道让人不自觉地多喝了几杯。

然后我就从那香甜的味道里看见了被雪包裹着的容巷，屋顶可可爱爱的雪团子白白胖胖，有孩子般欣喜的样子，我和阿良站在雪地里仰头看，看看哪个雪团子会先滑下来，看看哪个雪团子会先变小，也看看哪个雪团子又顶了一头白发……

在天如果从我们旁边路过，会稍微停留，但他不抬头看屋顶，他只看一眼我和阿良。他大概以为我和阿良加起来正好是两个傻子。

对面的良敬忽然笑了，说："好可爱，没想到你喝了酒的可爱，比以前的你更可爱。"

我迷迷糊糊地才知道我把这些都讲给了良敬听。

良敬后来大概也醉了，他叫了代驾，直接把车就停在了老牛面馆的门前，然后摇摇晃晃地陪我往家里走。

雪都化了，路灯照着的容巷只有雪后的寒冷。

"如果雪还在，路灯亮起来，你穿过这条巷子，就能到童话世界。"我开心地对良敬介绍容巷特有的魔法。

"雪还会来的，到时候能不能邀请我去你的童话世界里玩一玩？"

"没有问题！咱们是朋友了！"我说着就拍了拍良敬的肩膀，没拍稳,差点倒在了他怀里。

良敬顺势扶住我,他自己也是一晃,但还是稳住了,然后没有把我松开,问我:"什么样的朋友?"

我脑袋一蒙,仔细地看着眼前的良敬,想确认这张脸在我的记忆里是哪个部分的故事。

我还没看清,良敬轻轻的一个吻已经送给了我。

"啊!是盖了章的朋友!"我开心地说。

第二天我醒来,发现小二就睡在我脚头。

我叫了一声小二,它抬头看看我,然后起身伸了个懒腰,跳下床出门去了。

我这才发现我的房门没关。

但家里除了我和小二再没有别人了。

我坐在沙发上回神,用力地想着良敬是什么时候离开的,实在想不起来了。

妈妈买早饭回来了,推门看见我坐着,笑嘻嘻地放下早餐坐到我身边,说:"良敬今早才走的,对你不错啊,沙发上睡了一夜,你的房门开着,怕你夜里有什么需要他听不见,你真是瞎猫碰上死耗子了,以后聪明一点知道吧?不要傻乎乎的。"

哦,原来是他送我回来的。

"跟你之前那个男朋友相比,这个一看就成熟稳重会照顾人,原来那个就是个小孩,你自己心里要有数,要知道珍惜,知道吧?"

原来那个?我想着妈妈话里的原来那个,才想起她说的是子婴。

但是跟子婴在一起的时候我也很快乐的呀,只是后来矛盾越来越多,也不是他一个人是小孩,我也是。但这不能否定了我们恋爱时的快乐,孩子也有孩子的快乐的。

"你有没有听我跟你说话啊?你看你昨天醉的,他没有嫌弃你,一直照顾你,也没有趁机占你便宜,而是送你回家。这个男人靠谱的,你要信妈妈的话。"

我"哦"了一声,然后随口一说:"靠谱的人有很多……"

"但是你能遇上这很难的呀,你要对你有清醒的认识哦!"

我不好意思说,我这个人活到现在完全得益于对自己完全不清醒的认识。小学和初中的时候成绩一直一般,但对于喜欢在天这件事从来没在怕的。上了大学又觉得自己天下无双任谁都不放在眼里。如今看着良敬,别人说他再优秀,我也只觉得他是个凡人。

这些不清醒的自我认识,总是让我能够得到生活里的高处。

正吃着早饭,妈妈忽然说:"你们报纸这期要是没人物可以写,杂货铺倒是可以写一写的,故事绝对精彩,这容巷里独一份了吧?"

"你就说这容巷里谁不是独一份?但是出了容巷别人谁认识?只有江美玲这种大家都认识的才可以写。"

"你们真是没有眼光!一个人出名不出名跟他的人生故事好看不好看有什么关系啊?杂货铺那些故事随便挑一个出来都比电视剧好看!"

我"嗯"了一声,对她竖了个大拇指,起身走了。

关于杂货铺我印象最深刻的当然是里面的琳琅满目,除此之外就是凌画阿姨带回来的一个又一个我如今完全想不出名姓也想不出相貌的男人。

每次凌画阿姨都告诉彩云,这是你爸爸。

十岁之前,彩云都"哦"地点头,认下眼前的爸爸;十岁之后,彩云只是瞪一眼凌画,说,我不是三岁啦!

凌画阿姨带回来的男人没有一个在容巷待足一年。

真是神奇的缘分,仔细想来,他们大多来自于春天,所以他们之中没有一个见过容巷的雪。

那些男人里有一些我也有印象。

有一个整天拿着烟斗躺在杂货铺里抽烟,年纪轻轻,捧着个大烟袋在杂货铺的摇椅上一躺能躺一整天。后来他跟一个经常来杂货铺买各式各样银器的女人走了,那个女人据说被他的长发吸引了,她本身也不算有钱,但给他换了一个烟斗,纯金的。他走后,凌画阿姨把躺椅扔了,拍拍手,像他没来过。

还有一个男人倒是看起来本本分分,像是能在容巷扎根的人,但有一次凌画阿姨不在家,他买了一份猪头肉,精肉都留给了自己,把长毛的皮和肥肉都给了彩云,彩云没吃。等到凌画阿姨回来,彩云把碗往她面前一放,说你给我找的爸爸不行。凌画当时抽了那个男人屁股底下的板凳就让他走。但他走的时候凌画咬着牙,眼里忍着泪。

最厉害的那个男人在容巷待了大半年,在桂花香满容巷的时候,他老婆找了来,在杂货铺一通大闹。凌画阿姨理亏,手里拿着鞭子一边抽一边赶那个男人滚。虽然她之前并不知道这个男人有家,但此时还有什么好说的呢,一抽两断吧。

彩云后来对凌画阿姨说:"我也不是一定得要个爸爸。"

"我也不是都为了你。"

"那你为了什么?"

"我这个人最大的毛病就是爱情能量富余!"

彩云从此不再管她,当然也不会对她带回来的男人叫爸爸,她大一点的时候甚至会嘲笑地对凌画说:"呵呵,又是不靠谱的爱情!"

凌画阿姨偶尔也会叹息,为什么就没有一个人会留下来呢?

旁观者清。彩云就反问她,容巷也留不住你呀!

"我从没想过离开容巷呀!"这句几乎是凌画的口头禅。

然而整个容巷里的人，只有凌画离开的次数最多。

但凌画不认为那些是离开，出了容巷，没有一处是家，只要家在容巷，她就等于没有离开容巷。

出门散个步而已。

我从杂货铺绕了一下，因为我想到我需要买个指甲刀。

"你有没有算过你丢过多少个指甲刀了？"彩云一边给我拿新的指甲刀一边问我。

"不清楚，这种东西的存在就很奇怪，永远在你需要的时候找不到。"

"因为太小了，又微不足道，所以要和一些重要的或者大的东西在一起才能保全。呐，给你一只猫头鹰，挂在一起吧。"

我看了看猫头鹰，没要，说："太大了，放包里占地方。"

我把猫头鹰还给彩云的时候碰到了她的手，她的手冰凉得惊人，我甚至不自觉地一下子把自己的手弹开了。

"怎么这么凉？"

"赶了一夜的设计稿，还没来得及进被窝暖和暖和。"

"不烧个暖炉开个空调？"

"这不是住在铺子里吗？我老妈嫌闷，她常年都不用空调这些东西。"

这个我是了解的，凌画阿姨因为是旅行热爱者，所以崇尚追随自然，不刻意，不拘束，感受自然给的冷和热。

要自由地活在自然里，这是她常说的话。

"阿姨身体如何了？"

"现在开始捧着手机搜索假肢了，我看用不了多久她又能出去到处游荡了。"

我点点头，这样就好。这样也最好了。

我准备转身走的时候，凌画阿姨腋下拄着双拐走了出来，对彩云一招手，说："你赶紧滚回你自己那里去，你这样一天二十四小时对着我，我要闷死了，你快滚回去，别在这里待着了！"

"谁要看着你，我是看这些东西太可怜了，乱七八糟地放着，我不得给它们摆好了让它们舒舒服服的？"

"你别自以为是了，它们怎么舒服我知道，不用你这么瞎摆，你快滚回你自己的地盘去！"

"行！我等下给你骨汤炖好了我就走！谁要在你这里待着，冻死了。"

"我自己会炖！而且我已经在手机上定了接下来一周的营养餐，你不用管。"

彩云也是利索，放下手里的猫头鹰跟我说了一个走字就跟我一起出了杂货铺。

我跟彩云一起走着，她抱了抱肩膀，说："回去吹暖风喽！"

"阿姨叫你走也是为你好。"

"我知道！"彩云笑着吹吹手，一边走一边说，"她就是矫情，不准自己对别人有依赖，也希望我跟她一样，不牵挂谁，不依靠谁。"

"也是习惯吧。"

"习惯是怎么来的？还不是自己活出来的？"

彩云太冷了，说着就冲着巷口她自己的那辆小车跑了起来，跟我说再见，说要回去赶稿子。

一直看彩云的车子掉头出了容巷，我才忽然想起来，她赶了一夜设计稿的那台电脑都没拿，她去哪里赶稿子？

凌画阿姨的事情让我一时间从等在天的情绪里挣脱了出来，加上

星星与猫

　　临近年底,办公室少有的繁忙,各种必写的稿子和想写的稿子都堆在电脑桌面上,随便打开一个文档,就要消耗一整天的时间。

　　天更冷了,雪却一直都没有再来,我几乎日日窝在室内,不是写稿子就是改稿子,偶尔打电话约一两个采访者见面,也都是哪里暖和去哪里。

　　良敬也是天南海北地跑,我们少有见面。

　　直到有一天,QQ 的弹窗忽然跳出来在天通过了我的好友请求,我才意识到,已经整整一个月过去了。

　　我一时间忽然浑身颤抖起来,竟不知道要怎么打出这么多年过去之后的第一声招呼。

　　"是容巷的瑶瑶吗?"

　　我没想到是他先发消息过来。

　　我没想到他记得容巷。

　　但我最最没想到,是他叫我瑶瑶。

　　只有阿良才会叫我瑶瑶,只有三岁前,我才是瑶瑶。

　　"是我,你好呀,好久不见。"我尽量让语气显得轻快亲切,似乎并不存在好久不见这件事。

　　"容巷都还好吧?"

　　"都挺好的。"

　　"我记得阿良,他喜欢看星星,现在还看吗?"

　　我忽然掉下眼泪来。

　　阿良现在不看星星了,他变成了星星。

　　原来容巷也并不是都挺好的。

　　"如果有空,不如,你回来看看啊!"

　　"我确实也一直有这样的打算,以后看机会吧。"

　　一般如果和对方聊天聊到"以后"这个词,我就觉得这正是该说结束语的时候了。

但我立刻提出了新的问题:"你有微信吗?"

"有的。"

这个回答,我心里有一丁点儿退缩的念头,联络的工具其实并不重要,我们都懂的,重要的不过是使用工具的人。

我该如何接下一句还没想好,在天又发来一个手机号码,说:"搜这个手机号就行。我要去实验室了,回头聊。"

"好的,再见。"

我看着那个手机号,想着他现在在去实验室的路上,那么即使进行好友申请也一定是毫无回应吧,大概还是要等一个月吧。

他好像一直都是一个让人等待的人啊。

但至少从此,在天再也不是我生活里查无此人的人了。

如果非要给我这份执拗一个合理的解释的话,如果非要问我为什么要联系在天的话,我想应该是我要弄清楚,那封信他到底收到没有。

那天晚上回家,在巷口我抬头看了看夜空。

星星真亮,四季里来说,冬日寒夜的星星最是闪亮,冷空气似乎过滤了星光周围所有的杂质,所以星星的光芒凛冽、清透。

但是即使这么明亮,我也还是分不清哪一个是阿良。

阿良现在还看星星吗?

他跟最喜欢的星星在一起会更快乐吗?

这时候听见脚下"喵"的一声叫才发现小二蹲在路边看着我。

我走过去跟小二说话。

"这么冷你在这里做什么?怎么不回家?"

小二又"喵"了一声。

这时候彩云两手各拉着一个行李箱走了过来,她旁边是拄着单拐的凌画阿姨。

"你们去哪里?"

"机场！好烦哦，最讨厌晚上的飞机了。"彩云说。

凌画阿姨倒是不在乎，说："想想目的地，几点的飞机算什么？"

看她们上了出租车，我转身想抱小二回家，发现小二已经扭着屁股走远了。

我到家的时候小二已经坐在沙发上舔毛了。

妈妈一见到我就喷喷地说："你什么时候休年假啊？你看彩云，现在就休年假了，然后带着她老妈出门旅游去了，听说这一趟要走两个月！我也不求你两个月了，你能带我出门玩两天吗？"

"妈，彼此放过吧！我是一没时间二没钱，你是出门两小时就累得想回家，何必彼此为难你说是不是？"

"唉，那倒也是！真是佩服凌画，腿伤还没好全乎，又出门了！"

"大概就是为了更好地养伤才出门的吧！"我忽然想起来铺子，问了一句，"那杂货铺关了？"

"没关，今天来了一个小伙子，给她们看铺子。"

"是谁？"

"不认识。唉，没必要问，谁知道什么时候就走了呢！"

嗯，指甲刀是容易丢。

第七章
衣服都旧了,再给我做几套吧

在我希望你能吃完饭不只是顾着自己擦嘴也给我递一张纸巾的时候,你没有这么做,而你如今会这么做了,并不等于我就可以回到彼时充满期待的时间线上。

感觉这个东西是比感情更容易一去不复返的。

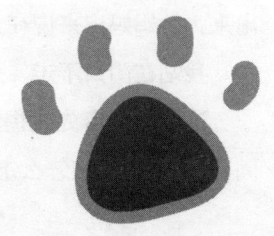

容巷的冬天即使下了雪，也常常会突然忘记自己是冬天，逮住几天艳灿灿的日头，将阳光全部收入囊中，捂着，藏着，在接下来的几天里慢慢地回暖，说不清楚是春还是秋。

　　晚上我下了班一头钻进容巷，一股暖意袭来时，舒舒服服地张开双臂将身体伸展开来。

　　这时候容先生的自行车打着铃铛，呼啦一下就从我身边过去了。

　　容先生是柳花阿姨的先生。

　　我小时候在石板路上玩的时候，就经常看见容先生戴着眼镜一身中山装，胳膊下面夹几本书走回家。有小朋友跟他打招呼，他也不多话，就抬手抿嘴一笑稍弯着腰，算是回了招呼，然后继续赶路。

　　不管男女老少，包括柳花阿姨，大家都喊他容先生。

　　小升初的那年暑假，我站在在天家门口，一声声喊在天，在天不出来，他妈妈出来说在天考试没考好，昨晚哭肿了眼就不出来了。

　　我站在门口不走，大声说我也没考好，你出来嘛！

　　这个时候容先生提着一桶油一箱牛奶走了过来，他微微弯着腰，问我："请问柳家怎么走？"

那时候的容先生十分清瘦，应当还是个少年。

"你说的是柳花阿姨家吗？"

他又害羞地"嗯"了一声。

"前面第三条巷子口就是柳花阿姨家，门上一块匾，写着柳花嫁衣。"

容先生谢过了我，朝柳花嫁衣走去了。

我原本打算不喊在天了，跟着容先生去看看热闹，没想到在天又出来了。

在天确实红肿着眼睛，我顿时有点不想跟他一起玩了，一次考试而已，有什么好哭的。

"安安，你饿不饿？能不能陪我去吃碗馄饨？"在天忽然问我。

"好吧。"

在天狼吞虎咽地吃完了一碗馄饨，说："安安，如果你爸妈离婚了你会怎么办？"

"我就去死！"

在天一下子就被我吓住了，瞪着眼睛看着我。

"跟你开玩笑啦，我爸妈才不会离婚。"

在天"哦"了一声，然后就陷入了长久的沉默里。

现在想想，十一岁那年的我就已经完全具备了没有眼色这一特征了。我就这样坐在在天的旁边足足劝了他一个小时，跟他长篇大论，一次没有考好并没有那么严重……再仔细想想，原来，那个时候在天一直是叫我安安的。

跟在天从老牛家出来的时候正好看见柳花阿姨送容先生。

他们走得很慢。

柳花阿姨和容先生走在一起时总有一种不那么协调的意味。

柳花阿姨那时候虽说才二十岁，虽说心灵手巧，虽说给别人的嫁衣做得满是仙气，可是柳花阿姨实在长得过于普通，甚至可以说不太好看，微胖，不高，面色发黑。这样的柳花阿姨走在一位羞涩的清秀少年旁边，柳花阿姨真的显得像个阿姨了。

那天我照例大声地跟柳花阿姨打招呼，但是她并没有照例大声回答我，她只是朝我笑笑，什么也没说。

柳花阿姨最后终是如愿以偿地嫁给了容先生。

据说柳花一开始并没有嫁给容先生的意思，她只是在家绝食三天，滴水不进，逼自己的老父一定要把容先生工作的事情给安排好。

柳花父亲气得大病一场，说自己一辈子教书育人没想到没教好自己的姑娘，姑娘从小就喜欢裁剪，不仅没有继承他的衣钵，如今连父母给的小命都不知道珍惜，为了个白面书生拿命跟父母对抗！容先生哪是柳花能降服的男人？柳花父亲高烧退去后找容先生谈话。

"你现在的问题就是户口问题。"柳花父亲说。

容先生一筹莫展。

"不过也不是没有办法，如果你成为我的女婿，你的户口我可以给你迁过来，那么就没有问题了。"

容先生沉默了好久，最后说回家跟父母商量。

柳花知道这件事后上门去找容先生。

"你先跟我结婚，等你户口办好了，工作落实了，咱们再离婚就是了。"柳花挺着胸膛眼里放光，不知道她是因为能给容先生解决工作问题高兴还是能跟容先生结婚高兴。

容先生说："万万不可，不能因为我的工作毁了你的名誉！"

"这有什么关系？名誉能吃还是能喝？做一名教师可是真的能吃能喝，更何况还是你的理想！"

容先生是外地人，教师资源这两年开始实行地域封闭政策，容先生也是在四处碰壁之后,经亲戚介绍才找到了柳花的父亲。

就在容先生的犹豫不决里,容先生的父母拉着容先生到柳花家登门提亲了。

结婚的当晚,在洞房里,柳花对容先生还是那句话,你如果不愿意,等你工作落实我们就离婚。

容先生如愿以偿成了一名教师。

有一回吃饭的时候,柳花盯着容先生身上的西服看了半天,第二天柳花就找来了一堆男士正装怎么剪裁的书来,不出一周,柳花就给容先生做出了一套西装。

容先生穿上,说柳花手巧。

柳花看着容先生,总觉得这衣服还缺点什么。

又过了一周,柳花给容先生做了一套中山装,容先生穿上,柳花开心地拍手,说这才是容先生。

柳花心里的容先生像是电视里民国剧中意气风发的书生。

柳花问容先生更喜欢哪一款,容先生说都喜欢。

但中山装容先生穿得多,柳花后来就成了做中山装的好手。

在遇见容先生之前,柳花只做嫁衣。

但是三年后容巷里流言四起。

说柳花这么一心一意也还是拢不了容先生,三年过去了,柳花连一个孩子都没有,虽说容先生从不提柳花说过的离婚二字,但是这没有孩子总是没有保障,容先生的后路就大,说不定什么时候就走了。

柳花听了这些话,气得很。容先生虽说跟她并不是十分多话,但恩爱还是算得上的,容先生跟她说话总是客客气气,从不高声大语,每回她给他端饭他都还要说谢谢,晚上他们也睡在一个被窝,容先生从没有嫌弃过她,他看她,也是眼里带笑的。

但有一天傍晚，柳花买菜回家，在巷口远远地看见了容先生，容先生对面还站着一个姑娘，手里也拿着几本书，应该是容先生的同事。

柳花本来想上前打招呼，可是看他们聊得十分开心，言语和笑容之间几乎没有缝隙，柳花怕自己的出现太生硬了，就茫然地站着。

谁知，一站就站了一个多小时，容先生和那个姑娘滔滔不绝地讲了一个小时的话，后来柳花受不了那个姑娘说话时候的掩嘴笑，转身走了。

她掰着手指头算了又算，一整天里，她跟容先生说话的时间能有十分钟吗？

有时候周末，柳花裁衣，容先生坐在旁边看书，屋里的动静只有裁剪声和翻书声，到了中午柳花说饿了吗？要不要吃饭，容先生说好……以前柳花觉得这样的日子甜得人心意满满。

可是偏偏让她看见了容先生和别人聊天的样子，而且还是别的女人。

"我早就说过，我们可以离婚的。"晚间吃饭的时候柳花忽然说。

容先生一愣，问柳花怎么了。

"不如离婚吧！"柳花说。

"为什么？"

"反正也没有孩子……"

容先生沉默不语。

第二天容先生请了假，带柳花去了医院。

柳花万万没想到，检查结果竟然问题在自己身上，天生子宫畸形，无法孕育。

容先生说："我只是想让你安心，我并没有故意不要孩子，我觉得你很好。"

柳花哭成了泥人，躺在床上扶不起。

之后漫长的时间柳花都在四处求医，她太想给容先生生个孩子了。

就这样一直到阿良失踪的前一年，容先生和柳花年纪也都慢慢大了，关于孩子仍旧没有消息。

前年过完了春节，柳花就把容先生赶走了。柳花说既然你不同意离婚，那就分居吧！

柳花把容先生赶走的时候，行李里还给容先生放了她新做的五套中山装。

阿良经常问柳花阿姨："容先生呢？"

柳花看着阿良，就想，哪怕有个阿良这样的孩子呢，也是好的。

"容先生好，我以后也要做老师。"阿良摸着柳花阿姨店里的那些布料羡慕地说。

柳花和容先生是不是真的完了？

巷子里关于这个猜测持续了一年多，后来也就不猜了，猜了这么久，答案很明显，那简直一定是完了。

自从容先生走后，柳花阿姨迅速地老了，她的脸上总是显着不耐烦的疲态，再也不高声大语，再也不在巷子里四处溜达。还有，她再也不做中山装。

就在阿良被找回来前一个月，容先生回来了，怀里还抱着一个三四个月大的婴儿。

几乎整个容巷的人都去围观了，看容先生这是要唱哪一出。

柳花阿姨看到容先生和孩子吓得不敢说话，她是决绝地想过要让容先生走的，但是她又非常害怕容先生真的带着他自己的孩子来跟她道别……

"这孩子是谁的？"柳花颤抖着问。

"别管这孩子是谁的，以后，就是我们的！"容先生说。

柳花阿姨看着容先生身上的中山装，泣不成声。

"衣服都旧了，再给我做几套吧！"

如今容先生依旧不多话，周末的时候经常看到他带着咿呀学语的女儿在柳花嫁衣店铺门口晒太阳，柳花就在店铺里忙着，偶尔伸头看看门外的父女，眼角眉梢尽是笑意。

"谁知盘中餐，粒粒皆辛苦！"容先生教孩子的声音传到柳花耳朵里，柳花的笑里立即多了几分温柔。

"不要，不要苦，要吃糖，糖。"

听见孩子的声音，柳花哈哈地笑，这般对牛弹琴的景象，竟如此叫人欢喜。

但这两年铺子里的生意每况愈下，如今的新娘，个个穿的是带着长长摆尾的婚纱，老式的嫁衣成了封箱底的旧物。幸好还有旗袍这一个项目撑着，不至于让铺子到关门的地步。

就在这几日容巷的冬日回暖里，从柳花嫁衣的铺子里传出来柳花阿姨怀孕的消息，惊动了整个容巷。

柳花嫁衣简直成了这几日容巷的著名景点，各家各户都去探询和恭喜了。

容先生就抱着怀里的孩子笑，说都是囡囡带来的福气。

柳花阿姨开心地坐在门边的沙发里。

那是专门给容先生置办的座位，他假日里就在那里坐着看书，手边放一杯茶，无声无息，能坐一整天。

柳花阿姨高声大语地说着笑着，说这下店铺没有因为过时关门，倒说不定要因为添丁进口关门了。

容先生就在一旁笑着说，不至于，不至于。

晚上老牛叔叔到柳花店铺的时候店铺门已经关了，老牛还是敲了门。

容先生开了门,见是老牛叔叔,惊讶地说:"您是店才关门吧?"

"是,我今天还提前了三刻关的门,没想到你们更早。"

"天冷,身体又不方便。您进来说。"

老牛叔叔进了店铺的门,四下扫了一眼样衣和布料,说:"我直说了吧,原本我不着急来请你家里的帮忙,但是我听说她有了好事了,当然,先恭喜你们。我是怕以后月份大了,她更不方便了,所以提前来了。"

这时候柳花阿姨也从内屋走了过来,说:"都是老邻里,有什么事,你说。"

"我找你,当然是做衣服。我想请你帮忙,按照三妹的身材给做一身嫁衣,最好的那种。"

柳花和容先生一愣,接着就笑了。

老牛叔叔赶紧解释:"你们先别多想,我只是有这么个打算,又怕拖到后面柳花没有精力帮我这个忙。以前,三妹就常说,当时结婚太仓促了,没有认真对待,最最遗憾的是,长年累月地看着柳花店里一件又一件漂亮的嫁衣,自己没机会穿。我想着,说不定,能有个机会……"

"行!"柳花一口答应,"你等我一个月,一个月后我保证给你一件满意的嫁衣。"

"好!另外,先帮我保个密。"

但是第二天柳花在铺子里裁料子时,路过的邻居问一句:"好料子啊,谁家有喜事啊?"

"给三妹裁的哦!"柳花笑呵呵地回答道。

老牛家的刘三妹即将要有一件全容巷都期盼的嫁衣了,这件事被大家心照不宣地划为容巷过年三大喜之一。

至于老牛叔叔为什么要做这件嫁衣，没有人问为什么。

这么顺理成章的事谁会问为什么。

大家更关心的倒是为什么柳花阿姨一天比一天好看起来了。

莎莉没事就双手捧着自己的大肚子到柳花阿姨的铺子里闲逛，一边逛一边羡慕："大家都是怀孕的人，怎么你一天比一天白净？你看看我，这一脸的痘痘和黑气，丑死了。"

"我听说变漂亮要生女儿的，变丑的要生儿子。"柳花阿姨幸福地说。

"那要是真的，我的儿子正好比你女儿大，到时候咱们定个娃娃亲。"

"哈哈，要是真成了，这一个巷子里的，走动多方便。"

"你这是在说我吗？"

莎莉说完柳花才意识到莎莉就是这个巷子里的人，两个人哈哈地又笑了。

期待一个生命，期待一个未来，这样的欢乐在两个女人之间成为心照不宣、相互理解的源泉。

谁能想到呢，最早下雪的这一个冬季竟然暖和。

周五的晚上原本答应了秋晨陪她吃泰国菜，但是藏红花忽然把我们一群同学拉进了一个没有井然的群里。

"晚上大家来帮个忙，捧个场，在我饭店里，今晚彩排，明晚本人正式向井然表白！"

藏红花这话一出，群里顿时炸开了，各种欢呼和呐喊，但闹腾之后立即有人带头说："早知道你们俩有意思啦，傻子才看不出。"

我仔细想想，确实连我也看得出。

但是藏红花先表白,并且如此大张旗鼓,到底还是在大家的意料之外的。

我在彩排里并没有充当什么重要的角色,全程跟着大家一起行动,从假装不知情的饭友到围出场子给藏红花发挥,从鼓掌到欢呼,从围观路人到撒花亲朋,我和大家一样,都做得兢兢业业。

一个简单的彩排,藏红花竟然反复来回了十次,每次都进行微小的调整,最后调无可调,她说要多练习几遍加深记忆,熟练了也就能壮胆了。

没想到藏红花也有胆怯的时候。

大概人一旦喜欢上谁就会不由自主地不自信起来了,通过喜欢的滤镜我们看到了最好的对方,于是嫌弃自己不够好。

这种体验在我初中几年,看着成绩排行榜上在天的名字和自己的名字之间的距离时,就深刻地感受到了。

但即使如此,周六那天还是出了岔子。

井然并没有按照约定时间来。

藏红花约井然六点吃饭,井然五点五十打电话给藏红花说来不了了,临时有事。

藏红花倒也执着,说:"没事,我等你,你什么时候办完事什么时候来。"

藏红花请来帮忙的同学朋友吃了晚饭,吃完晚饭刚过七点,藏红花说麻烦大家再等一等。

八点的时候,藏红花估计井然就算是跟别人吃饭大概也已经吃完了,于是给井然打了个电话。

"你什么时候来啊?酒都开好了。"

"我晚饭吃过了,不吃了,今天真的有事,一个老板忽然过来了,我得招待一下。改天咱们再约,咱们哪天不能约啊?"

星星与猫

"那你来吃夜宵！我等你。"

"怎么了？你是不是有什么事？"

"我没事，反正我等你吃夜宵，你什么时候忙完了什么时候来。"

到十点的时候藏红花看着呆坐着的一二十位朋友，说："大家都先回去吧，我看今天他是来不了了，这两天实在麻烦大家了，改天再设宴感谢！"

大家听了这话面面相觑，左右为难。

我觉得被这么多人看着藏红花这样等下去，简直像是对藏红花的凌迟，于是我站起来带头走了。

我站起来之后余下的人也都三三两两地离开了。

我们都不知道为什么藏红花准备了这么多却独独没有做好一定让井然到场的充分安排。

但我们都知道了，表白这件事，最好不要邀请众人围观。

由于等了一个晚上，我到家后倒头就睡了。

第二天醒来时初中班级的微信群里已经有了几百条未读信息。

我从下往上翻了半天，才看见夜里一点半藏红花开心地和井然自拍的照片，照片下面几乎全是大家撒花恭喜的信息。

我随手在群里复制了一个有情人终成眷属的表情图，也发了进去。

但是一直都没看见藏红花和井然出现，大家都猜想昨晚两个人睡得太晚肯定还没起床。

反正又是周日。

我倒了一杯咖啡提神，站在窗口隐隐觉得远处两棵柳树有了一层绿意。

小二竟然在我对面的屋顶上坐着，背对着我。

自打认识小二以来，我看得最多的就是它的背影。

我怀疑它是用背影来面对所有人，而这么做的目的可能仅仅是因为它在偷偷打瞌睡。

毕竟，整条巷子里的人都夸小二机灵，当初在流浪的时候也是靠着机灵度过了所有的腥风血雨。如今它生活安稳，大概闯江湖的心早已被瞌睡虫磨灭了，所以它背对着整个人群，独自承担自己的困意。

"安安！"我顺着看小二的视线往下看，巷子里站着的那个不是子婴吗？

他在叫我？

他叫我做什么？

"你下来一下！"子婴又喊。

我把喝了一半的咖啡放下，下楼去了。

子婴看见我，笑得露出两排大白牙，笑得好像我们昨晚刚刚分开，甚至分开前还一起吃了夜宵，笑得好像我们没有分手这回事，笑得好像我们也没有恋爱过这回事……笑得好像，我们刚刚认识。

"你怎么忽然来找我？"

"哦，我不是来找你，我到旁边银行办事，结果周日竟然关门了，我想起来反正是周日，你应该也没什么事，就来找你玩。"子婴说完又冲我露出他的大白牙。

唉，我在心里叹了一口气。

这应该就是真的没有好好爱过的样子。

真轻松啊。

"我也是恰好没有事。"

"请我吃一碗小馄饨吧！"

我想起来我只喝了半杯咖啡，也还没有吃早饭，再看看时间，竟然才刚刚八点半。

冬日周末，老牛面馆里这个时间没有一个客人。

我喊了一声老牛叔叔，老牛叔叔才从后厨走出来，问我们吃点

125

什么。

"两碗小馄饨。"子婴笑着回答。

我点点头。

其实我想吃碗牛肉面，加点辣油。但子婴说了之后我又觉得小馄饨也不错，多加一口醋，也是别样的安慰。

"你去银行做什么？"也没有什么话题可聊，我随口寒暄。

"我买了个房子，下周要付首付款，我去办张支票。"子婴说。

"年轻有为！"我承认我发出了不够真诚的夸奖。

"哪有！"但子婴给了我绝对真诚的谦虚，"我爸妈出的首付钱，每个月让我自己还贷款。反正就算不还贷款我也是月月空，这样至少以后还能落套房子。"

我从来都没有考虑过这个事，银行账户每月的进出我只有到年底的时候，通过账单才能知道。毕竟我也才刚刚工作不久，我甚至常常觉得我还是个大学刚刚毕业的小朋友，在容巷的清晨黄昏里摇摇晃晃，毫无忧愁，和爸爸妈妈住在那间已经几十年的老楼里，也是冬暖夏凉。甚至我经历的唯一遗憾和挫折是在天。

这样一看，容巷的饱暖真叫人胸无大志。

假如说买房算是志向的话。

"我就从没想过买房的事，总觉得不需要。"

"我听说容巷要拆迁了，你不知道吗？到时候就由不得你不想了，买哪个楼盘啊，什么户型啊，在哪个地段啊……都是要考虑的事，买一个房子就是购买一种生活方式。"

"容巷要拆迁？没听说啊。"

"可能你真的没有关心过吧。"

老牛叔叔端了两碗小馄饨上来，听见我们说到拆迁的事，说："我也听说了，但是还没有准确的说法。"

"如果真的拆迁了，老牛面馆打算怎么办？"我问老牛叔叔。

"再找地方开个新的呗，还能怎么办？别的我也不会啊。"

子婴听老牛叔叔这么说，惊讶地说："您还不退休啊？太拼了吧！要是我，趁着拆迁的机会赶紧退休享享福。"

"能一辈子做面馆才是真的享福了。再说了，什么叫退休？这就是我的生活啊，不过了吗？"老牛叔叔乐呵呵地笑着说，说着去了后厨。

子婴吃了一口小馄饨，嘴里哈着热气，说："你有没有发现，这个年纪的人都很拼，跟我们三观不一样，我们的人生理想就是及时行乐。"

"把们字去掉。"我说。

子婴抬头看着我笑，眼睛里一闪一闪地亮着让人捉摸不透的小心思。

"那去掉后能不能再加回来？"子婴说。

"嗯？什么？"

"就是我还能不能变成我们啊？"

"当然可以啊，根据语境的不同，有时候是我有时候是我们。"

子婴看着我，半天，苦笑一声。

我抬头，才忽然惊觉他话里有话，不由得后知后觉地"啊"了一声，也笑了，说："你看，你和我总是很难在同一频道上。"

他埋头吃馄饨，我也默默地吃着馄饨。

吃完馄饨，他从桌上的抽纸盒里抽出一张纸，一边擦嘴一边又顺手抽出一张递给了我。

我惊讶地接过纸巾，擦着嘴，说："长大了哦！"

"那么，还是不行吗？"

"不行。"我说。

在我希望你能吃完饭不只是顾着自己擦嘴也给我递一张纸巾的时候，你没有这么做，而你如今会这么做了，并不等于我就可以回到彼时充满期待的时间线上。

感觉这个东西是比感情更容易一去不复返的。

想到这里我看了一眼后厨,想到老牛叔叔就在后厨里忙着,想到老牛叔叔请柳花阿姨做嫁衣,忽然替他忧心起来。

让一个人回头,比一开始说服他要难得多。

但就在除夕那天,老牛领着牛嫂去柳花的店里取回了那件嫁衣。

取回之前牛嫂在店里试穿,柳花摸着还没显怀的肚子开心地说:"合适!"

牛嫂轻轻地抚过那些针脚,声音发颤:"岂止合适?"牛嫂说完不知道还能说什么好,举起大拇指给了柳花阿姨一个赞。

老牛叔叔脸上的笑浅浅的,他朝牛嫂点了点头,说:"好看!"

江美玲正好经过,走进了店,啧啧一连串的赞叹,说:"确实只有容巷的人才能懂,什么叫嫁衣。人配衣,衣配人,相得益彰,平平顺顺,和和美美,红红火火,一身都是幸福的日子。"

柳花哈哈大笑,说:"到底是你会夸。"

牛嫂眼圈泛红,以前也是多言多语的人,此时一句话也说不出来。

老牛也只是会笑,对柳花阿姨说:"行,好!实在多谢你了!"

柳花心里也开心,说:"小事一桩。你这一件嫁衣我做得也开心!"

老牛和牛嫂走了之后江美玲看了看店里的料子,又看了看柳花的肚子,说:"看来是来不及给我做一件了。"

柳花阿姨一愣,问道:"你这是……"

"就是想拍张照片。不急,看你时间,反正我有的是时间。"

"年后开春了,我给你做一件!给你做衣服就等于给我打广告了,我开心得很。"

"好,一言为定!"

江美玲舒了口气，心愿满足的样子，开心地说："牛家的兄弟还真是像，二爷以前就一再说起，要给他的新娘做一套柳花嫁衣，他说柳花嫁衣，平平顺顺，和和美美，红红火火，穿上以后，从此都是幸福的日子。"

柳花倒是第一次听江美玲喊牛家老二"二爷"，惆怅又幸福地摸着肚子，说："对，我结婚时穿的也是我自己做的嫁衣。"

这个事传遍了容巷，容巷人自然对柳花嫁衣竖大拇指，但同时也开玩笑地说，九千九百九十九这个价位都穿得起的人家，怎么也会幸福吧。

然而我唯有感慨，所有的回头一定是因为从不曾离去吧。

我果然还没到对价钱敏感的年纪。

也是在这一天的晚上，藏红花在群里宣布她和井然分手。

"咱们好合好散，以后还继续聚餐喝酒，我们都不介意的，大家也不要介意。井然那个王八蛋，我就祝他以后找个天天让他等到秃头的女朋友吧！"藏红花一番分手总结发表完之后，立即就约大家大年初二一起喝分手快乐酒了。

井然发了个捂着脸笑的小表情，回了两个字：孽缘。

第八章
从枯萎里盛开

即使林皎月已经在楼下住了一年了,容叔对她这个人的具体社会定位还是一无所知。她是做什么工作的?她有什么样的亲人和朋友?她听的到底是什么类型的音乐?她有爱人吗?已婚还是已离?

容叔只是眼睁睁地站在二楼阳台看着自己养在院子里的花一盆一盆地死去。林皎月几乎从不给花浇水,任由各盆花自生自灭。

但所有枯死的花,她都会认认真真地剪下来,参差地修剪后插进花瓶。

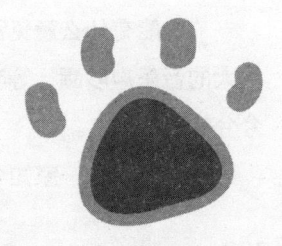

过了这个年就正式满四十岁的容叔一个人在家，一边打着桌球一边开着视频，这时候已经是午夜两点。

视频那边是远在温哥华的老婆和女儿。

老婆带着女儿去温哥华读高中已经一年了，这个春节没有回来。

"我妈今天做了糖醋排骨、酸菜鱼、板栗鸡，终于没有让我继续吃西餐，真想天天过春节。"女儿在视频里抱怨。

"你妈手艺突飞猛进啊，这些菜都做得出来了？"

"你要是整天三明治啊火腿啊汉堡包啊，能吃到这些菜哪里还在乎手艺？"

老婆把女儿挤出了屏幕外，说："别听她瞎说，放心，你女儿被我照顾得可好了。不过你这又半夜三更打桌球，不怕你楼下的租客有意见啊？"

"她能有什么意见？她天天不知道几点才睡，我经常半夜被猛地放大的音乐声吵醒，等我醒了音乐声又没有了。哎，不说她了，神经兮兮的一个女人。"

容叔虽说在一家知名公司里做工程师，待遇不错，但是为了女儿出国读书，他将一楼的房子租了出去。一楼有个容叔亲自打理的院子，所以容叔原本是想租二楼自己住一楼，但是租客来了之后一眼看上了一楼。

"一楼不租。"

"我可以出两倍租金。"

容叔只考虑了三秒就答应了。

租房的女人看着顶多三十来岁，合同上漂亮地签着林皎月三个字，甚至比她本人看起来还要漂亮。

确切地说林皎月算不上漂亮的女人，不胖不瘦的身材，不咸不淡的长相，不多话，更不多笑，像一汪清水，没有味道，没有波澜。

即使林皎月已经在楼下住了一年了，容叔对她这个人的具体社会定位还是一无所知。她是做什么工作的？她有什么样的亲人和朋友？她听的到底是什么类型的音乐？她有爱人吗？已婚还是已离？

容叔只是眼睁睁地站在二楼阳台看着自己养在院子里的花一盆一盆地死去。林皎月几乎从不给花浇水，任由各盆花自生自灭。

但所有枯死的花，她都会认认真真地剪下来，参差地修剪后插进花瓶。

她总有各式各样的花瓶，容先生一开始想数一数她到底有多少个花瓶，后来发现他从没在院子里见过同一只花瓶出现两次就放弃了这个念头。

林皎月的那些花瓶在插上枯花枯草后总变得特别鲜活，像是获得了额外的生命值，美丽也被加持，焕发出了迷惑人的魅力。

一开始容叔看林皎月对自己的花花草草如此不上心，以为她不爱这些玩意儿，可是林皎月还是一盆一盆地往回买新的花，来填补原先的位置。

怎么会有人喜欢一直买花，然后一直看花枯死呢？

一想到这一点就觉得林皎月心狠手辣的容叔又总是会在下雨的夜晚原谅林皎月。

尤其是春夏交接的雨夜，林皎月会打开那把她特地竖在院子一角的遮阳伞，然后坐在下面，一边抽烟一边借微弱的灯光看雨。容叔站在阳台上只能看见林皎月跷着二郎腿的一只脚和不断从伞下蔓延出来的烟气。林皎月的脚在烟气里显得过分柔弱，好像被雨惊吓一般地弱小。

容叔常被这种奇怪的直观感受惊到，但仔细一想，这大概源于自己对雨夜独自抽烟的女人的悲悯心吧。

也是在这样的时候，偶尔的，容叔会听见林皎月在挡着雨的遮阳伞下非常轻地哼着歌。

都是些什么歌呢？混在雨声里又和谐又混乱，容叔听不出个所以然来，但莫名地又觉得动听。

夏天晴朗的夜晚，林皎月经常就直接睡在院子里。

她就不怕蚊子吗？

整个秋天可能是林皎月最无所事事的时间，她几乎整日坐在院子里的躺椅上，看了一本又一本的书，看了一晚又一晚的星星，喝了一瓶又一瓶的酒，抽了无数支烟。

后来容叔对林皎月的评价就是，一个有着非常单调的生活却又极其让人费解的神经兮兮的女人。

但这些容叔自然是不管的，他只管按时收房租。

每次从林皎月手里接过房租，容叔都欲言又止，他怕哪天实在憋不住可能就要问一句："你这些钱都是哪里来的？"

但容叔到底还是只能说一句："你可以转账给我的，现在都转账了，不用每次都拿现金来这么麻烦的。"

林皎月就用她那总是干巴巴没什么表情的脸礼貌地笑一下，说：

"不麻烦。"

如果不是除夕这天夜里林皎月家里浓烟滚滚，吓得正在和老婆孩子视频的容叔大喊失火，我都不知道他家楼下还住着林皎月。

紧张又彷徨的左邻右舍披着棉袄在林皎月的门口拍了半天门，一直没有人开门，最后容叔只好拿出自己的备用钥匙打开了门。

林皎月躺在沙发上，整个人好像昏迷了，她面前一个铁炉上放着一个锅，锅里煮着一堆草一样的东西，但是水已经干了，草在烧红的锅底上冒着烟。

炉子里烧的是炭，正熊熊当势。

众人进屋掀开锅的时候锅底的火正好起来，容叔拿起炉子旁边的水瓶，把水倒了下去。

大家拍拍胸脯，幸亏发现及时，幸亏容叔就住在楼上，幸亏容叔嗅觉敏锐闻到了烟味，幸亏容叔送老婆孩子出国……

"糟了，她该不是自杀吧？"容叔看着一直没有醒的林皎月说。

大家一听这话，抬着林皎月就往医院奔。

人刚刚送到医院门口，林皎月就醒了。

"回去吧，我没事。"林皎月平静的样子好像大家为她跑这一趟理所应当。

"你忽然倒在那里挺危险的，既然来了，我看就做个全面检查吧！"容叔说。

"真不用了，我每年都体检的，没事，回去吧。"

大家沉默不说话。

林皎月解释说："我月光过敏，轻则头晕脑涨，重则昏迷一小会儿。"

大家"哦"了一声，掉转车头回了容巷。

回到家里容叔赶紧跟老婆汇报情况。

星星与猫

"没事了,她月光过敏,晒到月光昏迷了一小会儿,还好没有造成重大事故。"

视频那头的母女俩先是倍觉幸运地点了点头,少顷,疑惑地问:"除夕夜,农历三十,哪里来的月亮啊?"

容先生一愣,对哦,哪里来的月亮啊?

大年初一这一天要不是莎莉姐和容克哥哥的女儿降生,林皎月这个奇怪的女人的月光过敏事件一定能屠遍容巷。

生完孩子虚弱无力的莎莉姐躺在床上不服气地说:"看来我真的比你笨啊,听说老公智商高于老婆的话就会生女儿的!"

容克一边给莎莉擦额头的细汗一边说:"那你下次生个儿子扳回一局。"

"生不生孩子倒是小事,就是这两天卤肉店关了门……"莎莉姐的语气里竟有几分为了生孩子导致"不务正业"的遗憾。

容克给女儿取名初一,生在初一,也愿她如初如一。

从此容巷多了一个初一。

初一的话题热度渐渐退去之后大家终于想到了林皎月。

我妈妈站在窗户边目测了我们家和林皎月家的距离,担忧地说:"太近了!太危险了,这要是哪天再来一场失误,很容易就能烧到我们家。"

思来想去,她决定亲自到林皎月家关照一些消防知识。

她在家里看了一圈,于是提上一袋馄饨,和我去了林皎月家。

林皎月一开门,我们就看见了她饭桌上正在包着的饺子,我妈手里那一袋馄饨似乎浑身都散发出了尴尬的气息。

"原来你过年吃饺子啊?那正好,我给你带了点馄饨,你尝尝我们常吃的馄饨怎么样?"

这种时候，我妈那种比我多吃了二十多年白米饭的优势就显现出来了。

林皎月愣愣地看着我们，面无表情，问道："你们是？"

"邻居！我们就住在你旁边，都是一条巷子里的，还离得近。听说你昨晚生病了连夜去了医院，我想着你就一个人，所以来看看有什么需要帮忙的。"

林皎月听完又看了看我，我赶紧笑着说："哦，我是她女儿。"

林皎月似乎还有一些犹豫，并没有让我们进去的意思，说："一个意外，我已经没事了，多谢关心。"

"可不能大意！一个人住各个方面自己都要更加上心！我既然来了顺便帮你家里里外外都检查一下吧，我们容巷的这种老房子，我最了解了。"

我不知道我妈对着面前那种毫无波动的脸是怎么做到声情并茂并且毫不退缩的，我站在原地，只觉得面部肌肉僵硬，不知道摆个什么表情好。

我只好就盯着林皎月看，多看几眼后发现她有种特别的味道，一时难以形容，因为那不是漂亮，也不是性感，是一个女人少有的慵懒和刚毅。

真是奇怪，这两种感觉怎么会同时出现。

"真的不需要，谢谢了，我还在忙，不好意思了。"林皎月说完就关上了门。

我看了看妈妈手里提着的还没有送出去的馄饨，忍不住笑了一下。

具体是从什么时候开始的，我已经记不清了，总之就是在一个自我意识特别膨胀的早上，我一醒来，就开始盼着今天能看到妈妈因为自己固执的决定而出丑。

妈妈也算是积极配合了我的愿望，这些年给我提供了许多值得我开心地反击她的机会。

妈妈一边提着馄饨往家里走一边说:"你看看,年纪又大又独居的姑娘,时间久了就容易变得不可理喻。"

"人家是活得自在,不困在你自以为的社交里,我看着挺好。"

"什么挺好?你们这些年轻人真的越来越不懂事了,你看这大年初一的,巷子里没有几个人。往年,你还记得吗?这个时候,巷子里跑着的都是孩子,挨家挨户地喊着过年好啊,然后领一把小糖跑满整个巷子。今年听说要拆迁,连红灯笼都挂得不是很起劲儿了,以前……"

"别说以前了,爸爸还说过他小时候过年,在巷子口听戏呢。有钱人家轮番请戏班子来,能一直唱到元宵节。你再看灯笼,以前没有路灯,别说过年,就连平时巷子里也会点几盏红灯笼,可是现在哪里还需要灯笼?就算过年的时候大家门上挂两盏,那里面有烛火吗?没必要了,新时代就是新时代的过法了,所有对过去的怀念,只不过是个人对自己美好青春时代的难以忘却而已。"

妈妈冲我一瞪眼,说:"小兔崽子,花钱培养你就是为了让你来教育你老妈的是不是?"

妈妈说完提着馄饨加快脚步往家走了,将我甩开一段距离后又回头笑话我:"过年都没人约你!"

我没好意思反驳她,这个说法不准确,原本良敬约我春节假期一起去欧洲周游列国,但是我想想家中的老母亲,断然拒绝了他。

当然,最主要还是想到了银行账户上的数字。

但良敬说不需要我出钱。

那我就更不敢去了。

如果不出钱的话,我总要出一点什么……吧。

我慢慢往回走着,看着巷子里为数不多的几家挂出来的大红灯笼,在微风中摇摇晃晃,想起了爸爸说的过年在巷子口看戏的事情,倒也有几分向往。

这时候良敬给我发来了一张黄昏下的埃菲尔铁塔图,他自己在照片的右下角,露出了整张笑脸。

前一眼还是容巷的大红灯笼,下一秒眼里就装进了埃菲尔铁塔,顿时有种时空错位的感觉。

刚给良敬回了个过年好,林皎月手里抱着一个大箱子路过我身边,径直走向了垃圾桶。

她将整箱东西当垃圾一样倒掉之后拍了拍手往回走,这一次路过我身边时对我笑了一下,算是打了招呼。

我趁机对她说:"容巷的年轻人不多,你没事的时候可以找我玩。"

她停下脚步,转头看着我,眼神里是那种被突如其来的信息惊讶到了的询问。

她只穿了一件很薄的、长长的毛线外套,灰灰的颜色像是要把自己融入巷子里。

我接着说:"冬天有人一起吃火锅可以多吃几样菜!"

她难得地笑开了,整个人一下子生动起来,说:"如果你现在没有什么事能不能帮我一个忙?"

我早就知道我这个人虽然没什么拿得出手的本事,但我就是有那种天然的亲和力,容易和别人成为朋友,别人对我总没有什么防备。

这话我领导说过,说我出去采访最合适,问什么问题别人都不会生气。

这话我妈也说过,说我就是看起来傻,对阿猫阿狗都没有威胁,谁有必要防备?

林皎月将地上各种碎掉的花瓶碎片装进了两个纸箱,然后我们一人一个抱出去扔掉。

星星与猫

"怎么摔碎了这么多花瓶?"我抱着一箱碎片问道。

"我摔的啊!"

"啊?为什么啊?"

"有的是花瓶做坏了,不够理想,有的是为了得到最好的一块碎片。"她看我一脸的可惜,说,"有些死亡也是生命的另外一种开始,或者说,死亡本身也就是生命的一部分。"

我似懂非懂。

分明扔掉的都是垃圾,她却说是生命的另一种开始。

"给你看一点东西你就明白了。"

进屋之后她打开一扇门,门里堆满了各种画框和花瓶,空白的画框占据大部分,其余的画框上排满了花瓶的碎片和一些干枯的花草枝叶。

地上和架子上的花瓶找不出两个一模一样的,甚至连相似的也没有。

"花瓶你自己做的?这个应该还要烧制吧?你怎么做?"

"我定期会去一趟窑厂,不远。我自己做的自己烧,然后拿回来我自己挑选,每一种里只会留一个最好的,其余的就摔了。"

"所以你这里的所有花瓶都获得了独一无二的珍贵。"

"摔碎了的如果能得到漂亮的碎片,我就会用来做一些创作。"

我看着她这一屋子的创作,觉得样样东西都和她相似,没有夺目感,却别具一格地美丽。

"你这些东西出售吗?"

"当然,不然拿什么养活自己?我网上有个店铺,成交量不大,所以我自己也忙得过来。当然,我主要还是卖给一些喜欢艺术的平台和个人。"

她给我倒了一杯白开水,说:"不好意思啊,家里除了酒就是白开水，酒都放在院子里，怕味道熏了东西，那就脏了。"

我们坐下来一起喝白开水，一边喝着一边随意地聊着天。

我发现她的眼神里没有那种探究和拒绝的时候，整个人其实非常柔和，她轻声轻气地说着早些年的容巷，恍惚间差点让我以为她深深地爱着这条巷子。

她说，有一年春天，桃花开出院外，伸到巷子的小路上头，墙角里蒲公英开着嫩黄的花，天气温暖，巷子的蝴蝶在飞，走路还不太稳的小娃娃跟在后面追，喜欢的男孩骑着自行车，对坐在后座的女孩说，嗨，捉只蝴蝶给你啊……

"容巷的又一个春天就要来了呀！"她温柔的神情显然不是给我。

"你以前住在容巷？"

"不是，我初恋的大部分场景都在容巷里。"她说完笑了，说，"很奇怪，是早已死去的故事和忘却的情感，前两年没来由地忽然重新回忆起来了。我感到了往事复活的生命力，我喜欢这样的生命力，这种生命力不但让我活得鲜活，更给我无数的灵感。所以我回来了。"

她说完冲我笑了笑，说："可能因为春节吧，对着你这个陌生人也想多说点话了。"

"如果你愿意的话，我想写一篇你的故事然后放在我们的报纸上。"

"不带姓名的话当然可以。"

我内心不由得雀跃起来，开年的稿子有了。

"你是一直生活在这里的吗？"她问我。

"嗯，出生在这里，生活在这里。"

"从没想过离开吗？"

"想过，但不知道去哪儿。"

"还年轻。有时候感情会带着你去你该去的地方。"

星星与猫

我不知道。

年前的时候我给在天发了一条信息:"想过回来吗?"

他至今还没有回复我。

大概要到某一时刻某一种往事在他心头复活,他才会想到回来吧。

这时候林皎月看了一眼墙上的挂钟,说:"我要午睡了。"

我心里想,这才十一点多,但又不好对别人的作息发出质疑,于是起身准备离开。

"对了,听说你对月光过敏,是真的吗?"

"是真的。"

我在临走前听她亲口跟我承认了对月光过敏这件事,心满意足。

我离开的时候容叔才刚刚起床,他站在阳台上浇花,看见了我离开,我抬头时也看见了他。

容叔浇花的时候又仔细地看了看下面的院子。

空酒瓶好像已经被清理掉了,有两盆新买的蝴蝶兰,是开得正正好的过年气氛,容叔想,就这样放在外面冻,早晚也是一命呜呼的结局。

院子里好像多了一个小木屋,非常非常小,如果是给流浪猫准备的似乎只有不出三个月的小奶猫才能用得上,之前倒是没注意到这个小木屋,什么时候有的呢?

容叔正想着,小二一点一点地从小木屋里挤了出来。

等到小二全部身体出了小木屋并且伸了一个大大的懒腰的时候,容叔看得分明,小二有小木屋两个体积大。

昨夜才去了医院,今天也不知道那个女人怎样了,容叔想。

于是这个时候他叫住了我:"安安,你从一楼出来的?"

"是啊容叔。"

"人没事吧?"

"没事！好着呢！"

"哦！"

容叔继续浇花，一边浇花一边感叹，一个叫皎月的人对月光过敏，这到底和月亮是有着怎样神奇的缘分啊？

容叔拿着手机在家里转了两圈，打开了电视，把音量调到了五十，想了想又调到了三十，看了几次时间，想着老婆孩子估计都在梦中，也不知道要怎样一个人过这个年。

以前这二楼是父母居住，自己一家三口就住在楼下，谁知道前几年父母相继去世，他常常觉得自己在这世上孤独了好一段时间，只有看见老婆孩子时才又安心下来。

他没有兄弟姐妹，父母去世后亲戚之间也很少走动了，加上老婆孩子这一出国，他觉得自己越过越像姜爷爷了。

已经一年了，容叔一不小心观察了林皎月一年的独居生活，实在没有弄明白她为什么在做那些奇奇怪怪的事，还总透着一股兴致勃勃。

而容叔自己，一个人在家实在没有任何兴致，他宁愿去上班，忙完一天，晚上跟老婆女儿连个视频，聊几句日常，然后睡觉，再睁眼就又是类似的一天。

只是随着时间的推移，自己和她们视频的频率越来越低，她们融入了新的世界里，有很多新鲜的事情要做，顾不上他了。

这是好事，她们适应得好，免去了他许多的担心。

但大年初一这样的时刻，他坐在沙发上看着无聊的电视节目，忽然叹了口气，说："还是上班好啊！"

容叔从没想过会有这么一天。他想起工作就觉得亲切并且充满对明天的盼望。

盼着假期赶快过去，盼着再次走入工作的节奏，盼着见到同事，盼着忙碌，盼着有实实在在的事件填充他的每一个时间。

原来一个人无所事事地度过长天白日是这样痛苦。

容叔想,那林皎月是在受罪还是在享受呢?

容叔转头看见阳台上的花花草草,里面有一些枯黄的枝叶和生命晚期萎了的花朵。他想了想,拿把剪刀,把这些都剪了下来,然后放进一个铁锅里,再放上水,打开火……

最后会烧成什么样呢?

容叔继续回到沙发上看电视,直到鼻子闻到一股像是森林深处散发出来的各种植物混合着的味道时才意识到炉灶上的水烧滚了。

容叔关了火,掀开了锅盖,更浓烈的森林的味道飘散开来,立刻弥漫了整个厨房。

锅里的东西倒是没有什么明显的变化,只是原先干瘪的枯老,如今变成了饱满的枯老。

完全充满的水分也无法改变生命终结的事实。

但是这味道,容叔实在无法忍受,于是赶紧大开门窗,忍着屋外的冷气侵袭,让味道尽快散去。

容先生下楼扔垃圾的时候正好遇见了林皎月,林皎月看了一眼他垃圾袋里煮过的枝叶,没说什么,脸上也没有半分好奇。

倒是容叔不好意思,解释说:"我纯粹好奇,就烧了一锅。"

"哦,那是你的自由。"

"不过味道真的有点不习惯,你烧了这些到底做什么?"

"熏屋子,熏花瓶。"

"熏了干吗?"

"不干吗,像吃饭一样平常。"

没半分能继续聊下去了,容叔知道自己想和林皎月聊个天太难了,想从她那里咨询一点儿独居的妙招也是不可能的,他们的对话最让人舒服的还是交房租的时候。

"这是下个月的房租，你点点。"

"不用点，信你。"

还是这样的对话让彼此心情舒畅。

虽然林皎月走后容叔都会把钱点一遍。

但钱从没少过，所以这对话的愉悦感是非常真实的。

午夜一点，容叔从沙发上醒来，第一时间拿起手机，看见一个小时前老婆发来的信息："今天要上烘焙课，等空了再和你联系。"

容叔伸了个懒腰，从茶几的烟盒里摸出一个烟，拿着打火机向阳台走去。

容叔的打火机还没打，就看见楼下院子里点着一盏微弱的灯，林皎月正裹着一个厚厚的毛毯坐在灯旁，盯着眼前的一个道具。

林皎月一动不动，容叔忘了点烟，也一动不动。

看了半天，容叔忽然后背一凉，这才想起来这夜里还是寒气逼人，他赶紧进屋穿了件外套。

等到容叔再回到阳台的时候，林皎月面前的道具已经拆掉了，现在在她面前映着那盏灯光的，是一个透明的花瓶。

容叔当然认得，上一个冬天，也是大年初一的夜里，那时候林皎月才刚刚搬到楼下不久，她就是这样在午夜，用水生生冻出了一个玻璃样晶莹剔透的花瓶。

然而今年冬暖，去年的花瓶还坚持到了第二天中午，今年这一只，怕是连看见阳光的机会都没有。

到底为什么呢？

林皎月在那个冰冻成的花瓶里插上了一枝蝴蝶兰，然后就进屋去了。

容叔将烟点上，看着那盏灯旁活不到明天的花瓶，顿时觉得那支

星星与猫

蝴蝶兰充满温情,蝴蝶兰身上莫名地涌起的那种伴君一程的感觉,真是奇妙极了。

容叔将烟圈吐在半空,心想看了这一年多,竟然也能感受到林皎月那些矫揉造作里的美来了。

但他还是不太明白,一个独居的女人,为什么热衷于制造枯萎和消亡。

但又很奇怪,她在制造枯萎和消亡的同时,又全力享受了生命。

容叔抽完了一整支烟。

算了,眼前还是好好想想该怎样学会一个人生活吧。

但无论如何,不能跟林皎月学。

第九章
半出戏

但李老爷不知道,李辰生这一份惹人喜爱的缘由恰恰是他无所求。社交场上的老狐狸们什么没见过?看一眼李辰生,一眼就看到了他眼底的清澈,人人都觉得看到了未入世的自己,人人都觉得李辰生是自己难得的初心。所以人人喜欢李辰生。

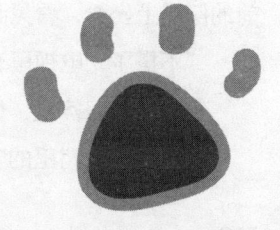

年前良敬出发去欧洲度假之前给我家送来了一车年货,他的车停在巷子口,一个人来回跑了四趟才把年货全部搬进我家。

我妈看着屋里堆着的一堆年货,说:"你早说,我们一家人一起下去一趟就拿完了呀!你每次都说最后一趟,结果跑了这么多趟。你这孩子!"

妈妈说良敬的时候完全是那种说自家女婿的语气。

这语气比良敬搬来的年货还让我为难。

毕竟万一最后一拍两散,年货可以换算成钱归还,可我妈释放出来的这种"快把我女儿娶走吧"的信息,如果给了良敬错误的引导和伤害,我确实不知道该从何处弥补。

我对良敬很有信心,但我对人与人之间的关系没有信心。

那天送良敬走出巷子的时候,路过容老爷家大门,姜爷爷正在门前的门槛上坐着,看见我不清不楚地问了一句:"还搭戏台吗?"

"不搭了,电视里有戏台,晚上被窝里看哦,姜爷爷。"我回他。

姜爷爷没回答我,也没有再问了。

良敬指着大门里的宅子,说:"每次路过都想问,这家好像没有人,但又是你们这条巷子最大的宅子了,就这么空置着?"

"其实这不是容巷最大的宅子。最大的是巷口第二家。"

那个宅子外面看起来没有容老爷家的宅子宽阔,但是走进去久久不到底,幽长的小径尽头藏着连篇往事。

听听容巷的名字,再想想容老爷,也知道容老爷家在容巷是独一份儿的。子孙家业繁荣昌盛,加上容老爷还有官爵在身,整个容巷至少有一半的生计都在容老爷这个家族的庇佑下。

加之容巷其他零散容家也不在少数,所以容家在容巷的地位无人可比。

但容家对整个容巷确实也算一视同仁,外姓人并不觉得自己被排了外,谁见了容老爷也都要恭恭敬敬行个礼。

忽然有一年,一位姓李的老爷空降容巷,先是置了一处宅子,然后没出两个月正值盛年的李老爷接替了容老爷的官位,类似于现在的市长秘书长。

那时候正好临近过年,那一年李家在容巷巷口整整搭了一个月的戏台,容巷的人听了一个月的戏,从此个个认识了李辰生。

李辰生是李老爷的小儿子,当时刚满十八,正是青春好少年。

巧得很,这一年容老爷家的大孙女容言也正好十八。

那天容言经过戏台时台上演的正好是一出武松打虎,容言瞧了一眼,那武松看上去清秀瘦弱,眉眼间哪里有武松一丝一毫的坚毅,要说有点什么,那应该是小孩子的倔强。

容言对身边提着菜篮的想姐说:"这位武松是怎么上的台?他能摔起那老虎?"

"那小姐要不就看看?"

容言就站着看。

星星与猫

这位武松确实差了许多的力道,老虎靠在后肩,他努力了三次,老虎硬是纹丝不动,最后还是老虎懂事,直接自己捂着胸口躺倒在地,心甘情愿地接受武松的拳头。

戏台下哄笑一片,若不是因为听了李家一个月的戏,观众个个心里舒坦,这个时候怕不是要轰武松下台了。

李老爷就坐在第一排,今天这一出武松打虎是这一月来的最后一场,结束后他准备上台讲几句话收个尾,但谁能想到最后来了一出窝囊武松。

武松等老虎躺倒在地的时候,冲台下的李老爷呵呵一笑,李老爷这才看清楚,台上的武松是自己的儿子李辰生。

李老爷忍着气,站起来给大家道歉:"不好意思,这武松是小儿,他瞎胡闹,但也逗大家一个开心,马上我就让他换真正的武松上来。"

李老爷说完转身瞪着李辰生。

李辰生的戏妆本来也就上得不全面,大家原本觉得眼熟,经李老爷这么一说,全都认出来了,哈哈笑着鼓掌,算是谢李公子博大家一笑了。

李辰生下了台,卸了妆,听见前台武松威武地给了老虎一个过肩摔,台下喝彩连连,不禁抬起自己的胳膊,纳闷地想:我吃的肉难道还不算多吗?

容言和想姐一路笑回了家。

容言想起来初冬的一个傍晚,她在巷子里遇见过李辰生,李辰生当时穿着长褂还戴了一个眼镜,看见了容言,侧身让路,还俯身给容言作了一个浅浅的揖。那时候容言看李辰生还以为他是秀气书生,这一回一瞧,原来是个浪荡公子。

这一年清明节前一天,容老爷在家摆宴,大院子里十几桌是给容巷的老老小小预备的,正厅三桌主席,坐的都是有头有脸的人物,其

150

中包括李老爷和他的儿子李辰生。

李老爷觉得李辰生已经成年,除了读书增长知识,更重要的还是要多积累人脉和经验,所以他决心以后大大小小的社交场合都带着李辰生,全凭看也要叫他看个熟练。

李辰生是李家二公子,老大一门心思搞学术,出国读书三年未归,李辰生虽然才智上比起老大要稍微逊色一些,但他又比老大多几分人间独一份的灵气,活泼爱笑,总能讨得别人的喜欢。

但李老爷不知道,李辰生这一份惹人喜爱的缘由恰恰是他无所求。社交场上的老狐狸们什么没见过?看一眼李辰生,一眼就看到了他眼底的清澈,人人都觉得看到了未入世的自己,人人都觉得李辰生是自己难得的初心。所以人人都喜欢李辰生。

但李辰生是真不喜欢这样的场合,尤其是刚刚过去的整个正月里他已经陪着李老爷吃了无数的宴席。今天坐下来看桌上的人,几乎没有什么变化,大家好像手牵手说好了似的,从这家吃到那家,一样的话说了不知道多少遍,面对彼此都快笑不出来了,还硬挤着笑容,李辰生觉得胸口闷得慌。

李辰生想了个主意,对桌上的各位长辈说:"想起之前跟容老爷的孙女借了一本书,今天正好过来了,我去取一下。"

李老爷一愣,虽然从未听说过李辰生跟容老爷的孙女还有什么交情,但在众人面前也不好表现,而李辰生这话一说,倒又显得他李家和容家常来常往关系亲密,所以笑着点头。

李辰生走了之后,桌上的各位果然是和李老爷一样的思路,立即夸起李老爷,初到此地就已经和容家结为好友。

李老爷笑着客气了几句。

容家的家仆认认真真地把李辰生往容言的住处领,正好途中遇见想姐,这才知道容言在后花园里,想姐怀里抱着一堆五颜六色的瓶子正要给容言送去。

李辰生反正无事可做,跟着去了后花园。

初春,后花园里两树梅花开得正好,一树嫩生生的粉,在阳光里耀眼。

容言站在树下,面前摆着一个画架,旁边凳子上摆着各种颜色的颜料,她手里拿着一支笔,正在描绘着。

李辰生从未亲眼看见过人画油画,但从大哥那里听说过,大哥前年过年回来的时候带回了一张油画,大哥介绍说是高手模仿的莫奈,画的是一池莲花。当时带着老花镜的爷爷还抱怨了一句还是国画好看,这东西油乎乎的,模模糊糊,看不清楚。

不管是哪一类的画,李辰生从来都不感兴趣,这种静止的艺术对他来说实在太沉闷了,他还是喜欢在戏台上耍枪弄棒。

然而此时看着容言,李辰生忽然有了一刻的恍惚。

这个十八岁的女孩在春光中认真地画一树梅花的样子,远比她面前的画和梅花都要好看,甚至比春天还要叫人心动。

李辰生忽然有一些懂了画的好。

想姐将颜料放好,对正在聚精会神地画梅花花蕊的容言说了一句李家公子来了。

容言没领会,注意力依旧在画上,说:"李家哪个公子?"

想姐看了李辰生一眼,小声说:"就是武松打虎的那个。"

"哈哈,他也来了?那估计是跟着他父亲来的吧,老虎打不过,也不知这酒杯能不能端得起!"容言哈哈笑着,停下手里的画笔。

"酒杯能不能端得起,改天等容小姐有空了我端给你瞧瞧,但这画笔我是真的不会拿,不知道容小姐能不能教教我。"

容言转身一看,见李辰生就站在自己的身后,埋怨地看了一眼想姐。

李辰生笑着对容言作揖,说:"小生李家晚辈辰生。"

容言浅浅回了一礼,说:"容言。"

"那咱们就算是认识了。也不要改天了,今天正好碰见了,不如就打此时学起,看看梅花是怎样画。"

容言瞅了一眼李辰生,对想姐说:"想姐,给李家公子搬个凳子来,今天这个学生我收下了!但是课堂一旦开始你可不能早退哦。"

"那是必然!"

李辰生乖乖地坐在了容言的旁边,看容言在画板上一会儿画一会儿点,一层干了又有一层,一个颜色混着另一个颜色,一会儿水一会儿泥,李辰生坐得挺直,腰都酸了容言的画板上还没开两朵梅花。

李辰生想起还没搬到容巷来的早些年,被爷爷牵着去文人雅士家里吃茶,吃到高兴时笔墨纸砚一摆,有人上去写一幅龙飞凤舞,有人上去画一个牡丹富贵,那都是分分钟的事情。

怎么容言画一幅油画比春柳发芽还要慢呢?

要不是容言摆弄起这些小玩意儿的姿态实在比花开好看,李辰生真是坐不了这么久的板凳。

今日大晴,春光柔和,日头渐渐近了正午,阳光的暖意里稍微藏了一点点烈性,晒久了难免叫人发昏。

加上容言一直站着作画,额头竟出了些细细的汗珠。

李辰生见了,从怀里掏出手帕,刚想举手去擦又觉得不妥,将手帕递给了想姐。

想姐正轻轻地给容言擦着额头的汗珠时,容家刚刚领着李辰生的家仆匆忙赶来。

"李家少爷,可叫大家好找,这都什么时候了,宴席都快开了一半了,您怎么还在这儿唱起《西厢记》了?"

容言一听，转过头来瞪了家仆一眼，家仆抬手抽了下自己的嘴巴，说："我就是打比方、打比方，我这一辈子就看过这么一出戏，这么巧，今天正好就说上了。李家少爷咱们快回去吧！"

李辰生笑着说："我做了你们家容小姐的学生了，老师不放人，我可不敢走。"

容言扑哧一笑，说："那你走吧，小心回家被打屁股。"

"打屁股不要紧，老师得答应我给我补课我才能安心走。"

容言咬着画笔笔杆看着李辰生，说："没想到你长得眉清目秀，无赖气质却深入骨髓。"

"如果你这样认为而我不这么做的话，那我可亏大了。"

"那你在这儿坐着吧。"

"那等会儿容家上下还有今天的宾客可都要知道我们在这儿唱《西厢记》了。"

他还真的成了一个无赖了。

无可奈何，容言只好答应了他，让他走了。

李辰生走后，想姐才想起来手里还捏着李辰生的手帕。

"都擦了汗了怎么好直接还，洗了再说吧！"容言说完，又从鼻孔里哼了一声，嘟囔道，"这算什么《西厢记》？乱弹琴！"

但不知道为什么，李辰生和容言在容家后花园唱《西厢记》这事，忽然就传开了。

李家老爷私下和夫人合计："这小子虽说一贯不正经，没想到闷不吭声做了件正经事。这门亲要是真的能成，咱们在此地根基就算提前扎稳了。"

夫人倒有些担心："容家姑娘我也没见过，不知道人品如何。辰生才十八，太早了，心不定吧，以后要是辜负了人家可不好交代，又不是一般家庭。"

"放心吧！是个好姑娘，辰生要是敢乱来，我打断他的腿！"

李辰生无论如何想不到，自己和容言不过两面之缘，其中一面还只是巷子里的擦肩，如今在父母的嘴里竟然都到了可以谈婚论嫁的地步了。

但李家宅内一片安静，李辰生还在谋划着怎么让容言还他的课呢，全不知两家背地里对他们的编排。

容家老爷喊儿子训话："容家虽说子孙众多，但是言儿得了更多的偏爱，你是有数的。年前才跟薛家谈起他们家长孙，比言儿大三岁，就等着过了年言儿满十八来提亲，现在这风言风语要是传过去了可怎么办？"

"没有那么严重，家仆那边我都问了，什么事都没有，就是借了一块手帕，想姐说马上就送还回去，两个人连话都没说上十句。"

"他们口里能有实话？再说了，事实是什么不要紧，要紧的是不能传出去。"

领了容老爷的教训，容家在一次全体会议后上上下下得了指示，从此容家后花园成了"不可说"。

有仆人在巷子里遇见邻人，邻人想打听一两句容言和李辰生的事，仆人闪闪躲躲地摇头摆手："不可说，不可说！"

邻人恍然领悟，原来竟是"不可说"！

容言对这些全然不知，只知道被父亲叫了去，母亲也在，二老十分严肃地让她做好准备，近日薛家要登门做客。

容言看父母都一脸的不想多说也没问，事后不解地跟想姐念叨："薛家登门做客关我什么事？为什么要我做好准备？"

想姐从别处听了些消息，吞吞吐吐不知道说是不说，只好说："要不今天我就去把手帕还给李家公子吧？"

"这跟还李家公子手帕有什么关系?"

"听说薛家公子要来,他知道了总归不太好。"

"这又关薛家公子什么事?"

容言问完,见想姐沉默着没回应,只是为难地看着自己,恍然道:"该不是要给我相亲?"

想姐点点头,又问:"手帕我洗好晾干了,要不今天就送还回去?"

容言想了想,说:"也好,你一定要还到李辰生本人手上,顺便问一下他最近有没有时间,如果有时间尽量不要出门,过几天我给他补另外的半堂课。"

想姐为难地看着容言,说:"老爷太太会打死我的。"

"有什么事我顶着!你怕什么?"

"小姐你该不会……"

"什么?送你的手帕去!"

想姐去李家叩门,说找李少爷,辰生二字都还没出口,仆人们就欢天喜地地领她去见李辰生了。

李辰生正在后院独自演练武松打虎,见了想姐,接了帕子,又听了想姐带来的话,原本这几日是想着约几个哥们儿看戏,权衡稍许,应了想姐。

想姐临走李辰生又问:"开课了如何通知我?"

虽然容言没有多说,但想姐聪明伶俐,说:"你留意着,薛家来容家做客的时候你就来。"

"为何?"

"小姐不想招呼客人。"

"好!"

李辰生倒也没有多想,但还是天天留意着容家来了什么客人。

薛家来的当天李老爷看见李辰生出了门,并且确定了他是去的容家,李老爷叹着气对夫人说:"辰生是认真的,咱们得想想办法。"

李辰生走的后门,直接到了后花园,还未到晌午,阳光大好,后花园里画架颜料等画画的装备已经全部摆好,但是却不见容言,想姐也不在。

李辰生一个人站着也无聊,干脆拿着画笔,想着上次从容言那里看来的一些招式,随意地在画板上涂抹起来。

抹了两笔,李辰生倒是抹出了感觉,这个颜料比起爷爷案头的水墨要可控得多,而且颜色鲜亮,抹一笔,像春天在纸上铺开。

心里得了这一点的喜之后李辰生胆子就大了起来,开始无所畏惧地在画板上涂抹起来。

一块画板叫他涂得几乎再没有喘息空间的时候,容言和薛家少爷一起走了过来。

薛家少年薛俊怀,在当时光景正是婚配的年龄,薛家也是大门大户,与容家不相上下,加上薛俊怀与容言站在一起实实在在郎才女貌、一对佳偶,两家人看了都心满意足。

但是容言的冷淡,薛俊怀一眼就看了出来。容言倒也不是十分排斥薛俊怀,但是才十八岁的容言觉得自己还没有长大,她还想有机会去看看油画里的欧洲还有欧洲的女人们呢,可是定了亲就等于不自由,她想着自己至少还得自由十年。

薛俊怀见了容言,也并未有怦然的心动。

对于二人来说可能只是一次平常的见面。

容言只稍稍露了下脸,然后说:"后花园里画架还支着,我就不陪各位长辈了。"

容言的父母赶紧劝说薛俊怀一同前往,逛逛园子,看看容言的画,正好也不打扰长辈们说话。

薛俊怀自然跟着出了门。

"我不是那种什么都听从长辈安排的乖巧小孩。"去后花园的路上容言忽然没头没尾地说了这么一句。

薛俊怀低头默默一笑，忽然觉得容言有趣起来。

"容小姐多虑了。"

容言看了薛俊怀一眼，怀疑地说："哦？是吗？你不这样认为吗？"

"容薛两家也算世交，长辈们多是故友，新春访友，常事而已。"

"那就好！"

这时候后花园里的李辰生正在琢磨着如何在自己面前这幅说不出哪里好但就是叫人心情愉悦的画上再加点什么，容言和薛俊怀先后走了过来。

"在你的层次里再加一些亮黄试试。"容言对着李辰生的画说。

李辰生头也没转，笑着说这是个好主意，随后挖了一块亮黄，像捉迷藏一样地分布在自己的画布上。

亮黄上完，李辰生长舒一口气，站直了腰，说："现在看着舒服了！"

容言拍手鼓掌，说："好悟性，这满幅的乱七八糟竟然莫名地和谐。"

薛俊怀不懂油画，笑着不作声。

"是不是该取个名字？"李辰生盯着自己的大作，笑着问容言。

"你看你这嫩生生的、满满的绿，绿里生着红黄蓝，又藏着其他百色，不如，就叫春天吧！"

李辰生听了惊讶地转头看容言，一句夸奖的话还没说出口，看见容言旁边站着一个男人，奇怪地住了口。

薛俊怀听了容言这话，觉得这个女孩不但有点趣味，还有点意思。

意思是什么呢？

薛俊怀说不清，总之就是那么点意思，一点点，像春初微风，只有一点点的暖，但吹得人耐不住雀跃。

薛俊怀看了李辰生一眼。与容言同岁的李辰生，可能因为还是个贪玩的男孩的关系，显得比容言多了许多幼稚，一脸的不谙世事，说得直白一点，懵懂无知。

薛俊怀稳稳当当地一笑。

一周后，薛俊怀约容言和李辰生看戏，本地最大戏院最好的戏班子最好的一出《游园惊梦》。

恰好是容言念着要去看的戏。

雅座里三个位子，容言坐在中间，薛俊怀和李辰生分别坐在两边。

"你那幅春天我拿去装裱了，好了是你来拿还是我送去？"容言对李辰生说。

"送你了！还拿什么？就当谢师礼了。对了，我最近置办了一整套的油画材料，准备发展成第二爱好。"

"那李兄第一爱好是什么？"薛俊怀插话问道。

"他啊，打老虎。"容言说完掩嘴笑着。

李辰生笑着看了容言一眼，又对薛俊怀说："游手好闲惯了，爱唱两口戏。"

"下回我包个场子，你挑个拿手的，上台子唱给我们听，你看可好？"容言一脸的坏笑，容家十八岁的姑娘到底与小家碧玉不同，大大方方的自信里揉着花香和刺。

李辰生没皮没脸地说好啊。

薛俊怀看了眼前二人这一来二去，倒放了心。

薛俊怀只比二人大了三岁，但是因为跟着长辈做生意比较早，常年在眼色中历练，人跟人之间的关系他眼光一量，心里也就明白了七八分。

加上李辰生和容言心性简单，不掩饰不保留，拿出几分就是几分的真。薛俊怀已经看出来这两人相识不久，普通朋友，心里对彼此有没有想法估计他们自己也完全不知道。

更何况目前看起来还没有什么特别的想法。

那么就要快一点了！

一出《游园惊梦》看完，天色已晚，薛俊怀将容言和李辰生送到容巷，李辰生先回了家，薛俊怀站在容家门口问容言："天都晚了，不留我一顿晚饭吗？"

容言觉得这也是合情合理，毕竟人家还请自己看戏了。

因为薛俊怀来了，容家厨房特地加了几个大菜，晚上薛俊怀陪容家长辈喝了两杯清酒。

清酒入口，薛俊怀稍微一品，说："是容巷钱家酿的吧！出了名的酒香量少，十分难得！我之前也只喝过一次。"

容老爷点头大笑："好记性！钱家的酒每年能出容巷的没有几两，几乎都要被我们容家包圆。我们家还藏着几坛钱家特制的女儿红，是言儿出生那年特别委托钱家做的，就等着有缘人来开坛了。"

薛俊怀会心一笑。

三天后薛家登门提亲，连容家都吓了一跳，知道是早晚的事，但没想到薛家这么着急。

容言简直不敢相信，在房里皱着眉头走来走去，说："这个人怎么说话不算数？都说了现在不想嫁人。"

"那小姐你是现在不想嫁人，还是不想嫁给薛家？"想姐问。

"我谁都不想嫁！"

"那就好办了，薛家只说定亲，你什么时候想嫁什么时候再嫁，不急。"

容言一愣，倒是不知道该如何反驳。

可既然不用立即成亲，现在定什么亲？

容言气势汹汹地去问母亲，母亲拍拍她的头，说："薛家说，俊怀心意坚定，此生非你不娶，母亲也为你开心，真正难得啊言儿。"

"你瞧你俊怀叫得亲，也不问问你女儿的想法。"

"那你是什么想法？"

"我不想定亲！"

"你只是说不想结婚，那人家就等着你，多久都等着你，你还想怎样？"

"既然多久都能等，为何现在定亲？"

"人家还说，定了亲你若不满意也可以退，你还要怎样？人家已经是天大的诚意！"

"你们嫁女儿难道是看对方的诚意定的？"

"那对方如果没有诚意，我们肯定更不能把你嫁过去啊！言儿啊，别犟了，薛家这样的门户已经数一数二，人家如今来提亲，就是甘愿为了你拒绝了其他所有合适的姑娘，就等着你一人。这样的人家，这样的人，你还不满意的话，我倒不知道这天底下哪里还能找到合适你的人了。"

容言心下委屈，但也明白说是说不过母亲了，两个人的评价体系完全不同。

薛容两家的定亲礼办得声势浩大，容巷围观的人私下议论，定亲已经如此，婚礼倒是要如何盛大才行？但一想两家的家底，也是无话可说。

李家老爷原本看着辰生受容家小姐的影响，忽然把心思从戏曲上抽了几成出来放在油画上，还以为自己可以坐等水到渠成的那一天。没想到中间出来一个薛家，三下五除二就把事情干净利索地办了。

但李家也不好说什么，只能拱手祝福。

李辰生听说了容言和薛俊怀订婚的消息，猛一下地想到了那个站在春光里画一树梅花的姑娘，春光照得那姑娘也像发着光，暖风从梅花间吹过，再掠过画画的姑娘身旁，最后吹到他的鼻尖……

他想起那一刻的眩晕，心尖猛地一颤，小声说了一句："怎么好好的姑娘忽然就订婚了。"

这年中秋，八月十五，容巷戏台又搭了起来。

想姐脚步匆忙，叫醒了一个午睡睡到天将黑的容言小姐，说："中秋节戏台又搭起来了，李家辰生少爷托人带话来，今晚他要上台唱戏，说是欠了小姐你的，让你记得去看。"

容言从梦中醒来，听了这话坐了起来，迷迷瞪瞪地想起春天的事，不知道是午睡太长，还是秋意绕梁，容言心里怅怅的，久久不说话。

"小姐，去是不去？"

"过节嘛，出去走走吧！"容言说。

过去的春天热热闹闹，谁都知道容言和薛俊怀定了亲，薛俊怀三天两头来容家做客，再或者邀请容言散步听戏，集市采买，不见消停。终于到了夏天，酷暑闷热，容言就有了理由窝在家里，不接受任何邀约。

薛俊怀给容言送的礼物容家就差腾出一间房来专门放置了，容家上上下下谁不说容言小姐命好，得了薛家这样人家的疼爱，不知道是多大的福分。

容言渐渐有些沉默。

前几天薛俊怀又大包小包地往容家送了一堆中秋礼，容家拿薛俊怀也已然是姑爷待遇了。

容言知道自己是躲不掉要嫁人的这一步，但是却也不甘心就这样嫁给了薛俊怀，究竟是何不甘心，她心下迷茫。

人人都说这是最好的归处，她无法反驳，也不知该去何处。

中秋的月亮照得巷子里亮亮堂堂，戏台上挂着的大红灯笼映着台上人的脸，影影绰绰，摇曳生姿。

台上唱得一出《霸王别姬》，容言一眼就认出了虞姬，那个家伙身段还算不上流畅，大约临时急训，总比不得童子功，但眼神里、唱腔里，还是有缠缠绕绕的深情和不舍。

容言想起他笑的样子，分明是混不吝的坏小子样，言语之间甚至还有几分轻佻，怎么穿上这身戏装就完全盖住了他的玩世不恭呢？

虞姬在台上献了最后一刎，下台后对镜卸妆。

"怎么老虎打不过改虞姬了？"容言掀帘进来，冲着李辰生笑着说。

李辰生从镜子中看见容言，一张乏得没有精神的脸。

"我这个人呢最会变通了，一条路不通就走另一条喽。"

"不知道是该夸你聪明还是怪你没毅力。"

"看你高兴喽。"

李辰生的妆还没卸完，但说话间已经全没有了虞姬的那份难为。

容言走近了仔细看李辰生怎么卸妆，觉得好奇，啧啧地赞叹，说："以前倒是也见过人卸妆，怎么你这手法就觉得像是抹墙，这张脸皮是有多厚才经得起你这样用力？"

"你这么一说我倒是真觉得疼了，可是轻手轻脚的也不会，最后一次了，随便吧。"

"真是稀奇，自己的脸还不知道轻重！转过来！"

李辰生将脸转到了容言的面前，容言拿起桌上的一张草纸，沾着倒好的香油，俯下身子，轻轻地在李辰生的脸上擦起来，一边擦一边惊奇地说："给人卸戏妆还是头一回，真是有趣。"

李辰生默不作声，容言手轻力浅，脸上分明没有了疼痛感，却还是有些火辣辣。

"你刚刚说最后一次是什么意思？"

星星与猫

"以后再不登台唱了,这些年也玩够了,自己徒有爱好没有天赋,过了中秋节我要去大哥那边了,他给我联系好了学校,我去学油画。"

容言手上的动作顿了一下,然后"哦"了一声继续给李辰生擦脸上的妆。

想姐站在一旁,说:"小姐,你这样擦,李少爷这个妆你怕是要擦到明天早上也擦不完。"

容言没答话,又说:"去多久?"

"暂定两年。"

"如果不是暂定呢?"

"可能更久。"

容言忽然直起身子,将手上的草纸往桌上一扔,说:"这什么妆也太难擦了!"说完转身掀帘子走了出去。

想姐刚想跟李辰生说句抱歉,李辰生笑着一挥手,让她赶紧去追小姐。

李辰生转身对着镜子继续卸妆,粗糙的草纸在脸上用力地扯着,刚刚被容言擦干净的右眼里盛满笑意。

容言二十岁了,薛家一点儿催婚的意思也没有,薛俊怀真的就等着,就顺着,就没二话。

"该玩够了,年纪也不小了,正正经经定个日子把婚礼办了吧!"母亲苦口婆心劝了两年了。

容言就好似不懂的样子,眼睛也不离开手里的书本,说:"我多大了?我一辈子都是你的小女儿。"

"人家不可能就这么干等着。"

"那他要是着急就让他娶别人好了。"

"你真是块冷石头!我看这两年俊怀和你相处不错,怎么还是焐不热你？你就是任性惯了，当初说要学画画，那么些乱七八糟的东西弄了一屋子，结果两年前你又要学唱戏，你看你这光是戏服摆了多少？俊怀也真是宠你！陪着你闹，你瞧你唱得那都是什么？亏得他给你捧场！"

"所以为了报答他我也得好好学好好唱，如果最后夫妻做不成，也得让他成功地捧出一个角儿，给他挣点脸面和小钱不是？"

"你看看我们两家谁需要你挣钱？你这混账话可不要到你父亲面前去说，要不是俊怀一味支持你，你以为你能唱呢？"

容言手里拿着的是戏本子，这时候不想继续和母亲争执，咿咿呀呀地唱了起来。

"再不能由着你了，过了年就办！"母亲一边说一边出了门。

容言像是没听到，继续唱着。

年前薛俊怀往容家送年货，容家打算直接与薛家把婚期定下来，这话容家也不是第一次说，以往薛俊怀只说看容言的意见，今年容家一提，薛俊怀恭敬从命。

容家长辈心想，这位少爷大概也是等急了。

容言是最后一个知道自己的婚期被定在了正月十九的，这时候距离婚期只剩三天了。从过年到元宵节，容家上上下下忙忙碌碌，容言是见惯了的。屋子里里外外地翻新，红灯笼红绸子挂得喜喜庆庆，容言也是见惯了的。只是过了元宵后，容言忽然觉得他们似乎更忙碌了，想姐动不动也不见踪影，过年备下的猪牛羊已经足够多了，元宵都过了，怎么还往家里成车地拉菜？

容言还想着晚上好好地问一问想姐家里发生了什么事，可是要请客？结果到了晚上想姐手里捧着一身大红嫁衣送到她面前，让她试穿。

尺寸是想姐给的，陪容言做了不知道多少身衣服了，不用量她心里也有数。

容言看着嫁衣，想着家里的一切安排，这才明白过来。

"日子定了？"

"定了。"

"什么时候。"

"十九。"

"正月？"

"正是。"

容言沉默了好一会儿，然后拿过嫁衣，在手里看了看，说："你们也太狠了，这样欺我瞒我，倘若我不嫁呢？只有三天了，你们怎么办？帖子都发出去了吧？容家，薛家，两大门户的脸面怎么办？"

想姐低声说："既然小姐你这样说，你心里是很清楚的。"

"能不能约薛少爷来见我一面？"

想姐为难地说："老爷说了，婚礼前你们不宜见面。"

"怎么？还怕我说动了薛少爷反悔？不结这个婚了？怎么可能？"

想姐不出声。

容言叹了口气，说："给我试试吧！"

嫁衣寸寸合身，在烛台灯光的映照下，朦朦胧胧带出了容言的美，还比平时的容言多出几分温柔。

想姐看了也觉得欢喜起来，说："小姐真漂亮，难怪薛公子会一心一意等小姐。"

容言对着镜子照了照，说："如果是欢欢喜喜地嫁给期待的人，那该多漂亮啊！"

镜子里容言的脸一闪，她忽然想起来两年前那张卸着戏妆的脸，眼睛周围的颜色全都抹去后，眼神干净清亮，但又留有少许台上的一汪深情。

容言脱了嫁衣，对想姐说："明天你去传个话，随便传给谁，总之最后要到薛俊怀的耳朵里。成亲后如果我还要唱戏,甚至我还要登台唱戏,他若同意,我就嫁,不然成亲那天他接不到新娘。"

正月十八,薛俊怀亲自登门,没有见着容言,但在容言父母前面承诺,成亲后容言想做什么就做什么。

想姐详细地把薛俊怀说话时的场面向容言描绘了一遍。

容言点头,"嗯"了一声。

正月十九,容言顶着红盖头出门,路过李家,听外面乱糟糟的声音,问想姐发生了什么。

想姐说,李家辰生少爷回来了,刚刚到家。

仲春,大地回暖,李辰生十分洋气地在容巷旁边一处旧宅子里办了一个个人画展。

李辰生自己也没想到,自己十八岁接触油画,学了短短两年,却像是与油画一起度过了一生。他知道自己的这些画太稚嫩,但是他就是想做一次综合的展示,让世人看看,他这些画里的少年气息。

画展的正门进去,迎头只看见一面白墙,空空荡荡的,十分惹眼。

"这儿是不是也应该放上一幅?"客人提醒道。

"原先是准备了的,后来另作他用了,所以就空了一块地方出来。"李辰生解释。

正月十八,李辰生进家门的时候容言的花轿正好抬走。

"谁家的喜事?"李辰生问。

"这个排场,当然是容家,小姐嫁给了薛家少爷。"

李辰生愣了一愣,"哦"了一声,放下行李,从层层叠叠的衣服里拿出一幅画就出了门。

容家见李辰生登门吃了不小的惊,但李辰生没说什么,只是前来送贺礼,祝容言小姐新婚快乐百年好合。

李辰生走后，容家人对着这幅画看了半天。

一片春光下，满园梅花盛开，一个妙龄少女站在梅花丛中画梅花。

容言的父母对望了两眼，说："收起来吧，就别告诉小姐了。"

又过了五年。

李辰生天南海北地走，画了许多出名的画，当然，不出名的更多。

这五年时间，容言已经是一双儿女的母亲，薛俊怀也守着他的诺言，给容言唱戏的自由。

容言再没画过画，画笔一扔这么多年，从未提起，好像画画这件事从来没有存在过她的生命里一样。

李家的宅在往纵深处不断地扩着，家业越来越大，但李辰生四处游荡，一直也没给家里娶进一个少奶奶，好在大哥也回来了，宅子里光是大哥撑起来的亲眷已经足够热闹了。

李辰生每年春天总要在家短暂停留，看着扩张的宅子里自己护下的那片梅花开得可好。等到梅子成熟，李家会有人替李辰生摘下做酒，等着哪天李辰生回来了喝上一口。

李辰生喜欢在喝两口梅子酒后画画，他不管天色，看不清楚也要画，第二天阳光一照，画里的梅子酒气熏得人也要有半分醉了。

一晃就这么过了五年。

这一年正月，薛家出资新开了一个戏园子，听说开张第一天的戏就是容言上台。

她唱了许多年了，这也是第一次上台。

嫁了人后容言继续唱戏，别人一开始也是说她任性，如今谁见了这情形不说一句薛俊怀会宠人？

李辰生很多年没听戏了，拿着薛俊怀送来的请帖掂了掂，换了新年刚做的一身绸缎青袍出了门。

容言上了戏台，谁也认不出这是容言，画了这张脸谱，合着这副身段，唱出口的都是曲中人。

李辰生听了台上那句"落花水流红，闲语万种，无语怨东风"，想起当年一句《西厢记》的玩笑话，没想到这么多年过去，会真的听见容言在台上唱这么一出《西厢记》。

等到容言小步下台，李辰生鼓了掌，然后起身离开。

"少爷，没结束呢，后面还有。"身旁的人提醒李辰生。

"曲不必听尽。"李辰生笑着说着出了戏院。

曲不必听尽，故事无须剧终。

一幅好画。

第十章
一生温柔给了酒

她应该是想起那些年跟在九儿屁股后面满巷子跑的情景,想起九儿偷给她的那一口酒,她只碰了一下嘴唇,就辣晕了头。但眼神深处包裹着的,还是那时候的九儿,分明有着一等一的闺秀美貌,却总有飒爽之姿。彩云看了实在羡慕,所以她天天盼着能喝上一口钱家的酒,她觉得喝了就能成为九儿。

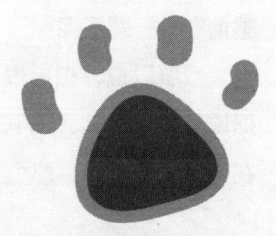

"后来呢?"

没想到良敬也会问后来呢。

后来就是眼前这样啊……

"宅子都空了,你看不到后来吗?"

"我的意思是李辰生和容言的后来,没有后来了吗?"

"别人只讲到这里,其他的我也不知道了。我只知道如今这两家都不在这宅子里住了。容家后花园的梅花树,不知道是谁做的主,都给挖了。李家虽说也是空宅子,但是现在每到春天长得高的梅花会开出墙外。过一阵子春天来了,你如果留意,就能看到。"

良敬用充满可惜的语气"啊"了一下,然后看着我,说:"虽说有些可惜,但是也怨不得别人,为什么不说呢?硬是要错过。后来李辰生娶了妻没有?啊,应该是有的,谁会为了一段模糊的、没说出口的感情守身一辈子呢?"

"所以说,相逢恨早,太模糊了,自由度又不够。容言和薛俊怀据说是和和气气、无争无吵地过了一生。李辰生娶妻三次,离了三次,在当时轰动不小,那个年代没什么人离婚。"

大概还有许多的细节不为人知吧。

就像这还冷得叫人伸不开手的季节，柳条已经凑着立春的日子默默为抽芽做准备了。

"请你喝杯热酒吧，天太冷了。"良敬说。

我又想起冬天和春梨还有重夏一起吃火锅的日子了，那一口温暖真是叫人难以忘怀啊。

对他们来说，我不过是个过路者，我听了吉他，吃了咕噜噜的豆腐，整个人被裹在冬天的热气腾腾里，心里尚有这排遣不掉的岁月和回忆，他们自己到底是要如何度过分开后的每一天呢？

全凭时间为水，一点一点冲刷掉心中堆积的回忆，不知道这个过程会有怎样的痛感。

天冷，没走多远，良敬推开一家新开的小酒馆，我抬头看了一眼门牌，"巷子深"三个艺术字漂漂亮亮地挂着。

良敬领我进了一个雅座，说："这地儿离容巷近，这个位子长期给你留着，你想什么时候来就什么时候来，账全部记我名下。"

"没想到现在还能包座？"

"那要看谁是老板。"

"你开的？"

良敬笑笑，点了招牌的热汤锅和一壶黄酒，吩咐店员把酒温热，安排妥当后说："天气预报说今天可能会下雪，我看这天气极有可能。"

"在冬天等雪是我们这里每年的常规项目，但是大部分时候雪都不会来。"

"大概雪来不来都没有关系，等雪的那份心情才更值得拥有吧！最好是一边喝酒一边等，更好的是，和你一边喝酒一边等。"

良敬直视着我笑，我慌忙避开他的眼神。

认识了这么些日子，总觉得还是慌张，不太能坦然地接受他所有的示好,甚至觉得好像是被模模糊糊地追赶到这一天的,我并没有主动往前走一步。

热汤锅上来了,下面还有一盆炭火,红通通地暖着锅。

"这和火锅有什么区别?"

"大概是火的区别吧!"

我笑了,捞起一块嫩豆腐,喝了一口黄酒。

哎,从良敬这里得到的所有的暖都太叫人迷恋了,忍不住就跟着他走远了。

人是多么容易被温暖诱拐啊。

就在我被这带着酒气的暖意迷得晕头转向的时候,良敬忽然说:"如果我也要出国两年,我回来的时候你会嫁人吗?"

"不会!"我坚定地说。

"这么肯定?"

"嗯,我没想过三十岁前结婚,两年后我才二十五岁,不可能结婚。"

良敬盯着我,长长地"哦"了一声,说了一句"原来如此"。

那不然呢?

我问那不然呢。

良敬笑笑,说:"我问错了。我重新问,假如我要出国两年,等我回来的时候你会有新男朋友了吗?"

"这怎么能知道呢?首先是不是你一走就会跟我分手?其次我也不是容言,哪有那么多薛俊怀等着娶我。"

良敬点点头,说:"我觉得最公平的是分开的时候我们就是自由的个体,彼此做什么都可以,两年后的事,两年后再说,不必一定等着,不必一定留着机会,不必刻意,顺其自然。"

我从热汤锅的热气里看着良敬认真讲这番话的样子,忽然意识到了什么。

良敬走得非常突然,其实春节的欧洲度假也并不全是实话。

我们喝酒的那天最终没有下雪,但良敬走的那天雪花飘得很大。

良敬像一阵疾风,迅速地占据了我的生活然后急速离开。

他走的时候就像他来的时候一样,我毫无准备。

我没有去送良敬,良敬说不必相送,来时也不必相迎,我们平常地对待这一次分离,就像普通的朋友那样。

就像普通的出差那样。

我看着雪花,下了班给秋晨打电话,想跟她倾诉她给我介绍的这一位普通的朋友如何普通地和我度过这个秋冬。

结果一见面,秋晨就笑嘻嘻地说:"我要结婚啦!"

"为什么这么……突然?"

"遇见了想结婚的人呗!"

"会不会太仓促?"

"我看那些做了充足准备的人,也并没有在婚姻生活里获得比别人更多的幸福。"

确实无可辩驳。

秋晨又接着说:"再说了,早结婚还能早反悔。万一不是良人,离婚的时候我也不着急。"

我忽然觉得自己的倾诉每一句话都无法出口,秋晨已经开起了战斗机了,我哪有资格埋怨自行车掉链子?

"我结婚的时候你来做伴娘哦!五月份,春暖花开。"秋晨幸福地笑着。

"是谁?"

"改天介绍你认识。特别巧,年前有一次我去看电影,我很少一个人看电影，那天忽然就想一个人去看电影，真的很奇妙的缘分。结果整场电影就两个人，他就坐在我旁边。电影结束他请我喝了一杯奶茶。"

"年前才认识的？还是一起看电影的陌生人？"

"所以这种缘分才真的叫人欲罢不能，你懂吗？你不懂！这么大的世界，这么多人，你想想我们这样相遇的概率有多小？这就是金星木星一相撞！火花四射！"

"你这基本等同于闪婚了吧！"

"大家都挺忙的，没有那么多时间试验。"

"忙什么呢？"

"人生太短暂了，我们要抓紧时间做完该做的事，然后好好享受生活。"

"什么是该做的事呢？既然最终是为了好好享受生活，为什么不从一开始就享受生活呢？慢慢体会好了。"

"你总是这样消极。"

消极？

我也不想争辩，我们活着，从始至终都要明白，不要试图说服别人。

"良敬出国了，两年。你说我怎么能不消极？"我顺着秋晨说。

"没邀请你一起去吗？"

"那你真是还没有他了解我，他邀请了我也不会去。"

"所以说你消极，你对待人生的态度就很消极，从不主动争取，就好像总是在那里等，等着别人来给你点什么。你需要的你想要的，你就跑过去，伸手去拿啊，你等什么呢？"

看起来没有在奔跑的我想到这个晚上不会有人来接我回家，于是没有喝多。

回到容巷的时候老牛面馆已经关门了，远远地，我看见了杂货铺的灯光。

凌画阿姨和彩云回来了。

她们刚刚到店里，正开着门收拾，我哈着气一头钻进了杂货铺，说："我坐一会儿。"

"行，你就坐着，别帮忙就行。"彩云笑着说。

我乖乖地坐着，看着巷子里雪化后湿漉漉的石子路，忽然想起阿良。

石子路上再也没有阿良了，容巷里也没有在天了，我下班的路上也不见良敬了。

最后大家都要离开啊。

我知道大家都要离开，但是此时我更深的体会是，大家好像都说好了要离开我，都是非常短暂地陪过我一程，然后决然离开。

门外又有了滴答的落雨声，轻悄悄的，但在寂静的夜色里渐渐也分明起来了。

雨滴就像是打在我一片白茫茫的脑袋里，此起彼伏地织出一片琉璃光景。我想起小时候拉着阿良去钱家讨酒喝，钱老三不给，说你们还小不能喝酒。但他用筷子蘸了一下坛子里的酒，我用舌尖舔了一口，辣得我舌头伸在外面伸了半天。

那时候也是冬天，舌头被冻得冰凉后赶紧缩回嘴里，哇，像是夏天吃到了冰激凌。

彩云忽然将一张面纸递到我面前，说："擦擦眼泪。"

我接过面纸往脸上一擦才发现我真的流泪了。

我哇的一声哭出了声，一边哭一边说："我好久好久没有这么难过了，都难过地哭了……"

"怎么了？失恋了？"凌画阿姨坐在暖炉旁的躺椅上，看着彩云忙来忙去地收拾屋子，这个时候转头看着我。

"我连是不是失恋了都不知道！这算什么呢？"

这时候门口石板路上匆忙走过三个人，夜色里的脚步声显得格外急切。

"发生了什么事了吗？"彩云嘀咕了一声。

没多会儿，又有两个人从门口闪过，都没有打伞，脚步快到就要小跑起来了。

彩云忍不住站在门口往外看了一会儿，回头看着凌画阿姨，说："好像都进了钱老三家，我看位置挺像，不至于这么晚了大家一起去讨酒喝吧。"

"我腿脚不方便，你去看看，是不是发生了什么事。"凌画阿姨说。

彩云看了我一眼，我擦了把眼泪站了起来，跟她一起在小雨里一路小跑，冲到了钱老三家的门口。

钱老三家大门敞开，屋子里已经站满了人，所有人都朝着里屋的方向看，屋子里有低低的抽泣声，还有姜爷爷说话的声音，听不太清晰。

我和彩云一进去便由于年龄和性别上的突兀一下子引起了大家的关注，但所有人也只是看了我们一眼，便转过头去。

我忽然看见老爸也站在人群里，他也看见了我，朝我走了过来。

"你怎么来了？你怎么回事？这副样子？"

"我心里难受。"

"你都知道了？是挺突然的，大家虽然都来了，但是也没能见最后一面，只能说送最后一程吧，从此容巷再也没有钱字号的酒喽！唉！"

"嗯？"

彩云看了我一眼，轻声说："看来是钱老三过世了。"

这时候姜爷爷从人群里慢慢踱出来，拐杖下面半截都湿了，一下一下地敲在地上，说："都回吧，该留的留下来就行了，钱老三这一次醉酒醉得厉害了，不回来了。"

姜爷爷说着就出了门，彩云转头去扶姜爷爷，我跟着去了。

"路滑，我扶你回家吧！"

我和彩云一人一边扶着姜爷爷往家里走，没走两步，姜爷爷挣脱了我们，说："别扶，年纪大了，被扶惯了就不会自己走了。"

我们不再扶着姜爷爷，一左一右摇摇晃晃跟着姜爷爷在小雨里往前走着。姜爷爷的拐杖敲在容巷的石板路上，在黑夜里发出的咚咚声带着水汽，潮湿掩盖了清脆声，沉闷闷的，像一口锅扣下来。

"再也没有酒喝了。"姜爷爷小声说。

我和彩云都不出声，我才想起来，我不久前才喝到两腿轻飘头脑旋转，这世上的酒何其多，怎么会就没酒喝了呢？

不过钱家酿酒只传到了钱老三这里，钱老三先后娶了两个老婆，生了一儿一女，但是听说没有一个孩子愿意学酿酒，这手艺确实断得可惜。

"再也没有酒喝了！"姜爷爷又念叨一遍。

"姜爷爷，回头我买瓶好酒给你尝尝。"我说。

姜爷爷听见我说话，忽然站住了，转头看着我，问我："阿良呢？怎么这么久没来给我送报纸？"

唉，谁也说不准姜爷爷会在什么时候忽然就犯了糊涂，但是我发现他只要一看见我就总能糊涂，他好像被我的声音拉进了时光隧道，穿过一段很长的路，来到了以前的容巷里——那里我和阿良还成天地坐在石板路上扔石子，那里阿良还孩子一样地在容巷里奔跑，每天每天地给他送报纸。那里还有毫无音信但他相信一定会回来的野草。

都没有了，连同姜爷爷的清醒，都被岁月带走了。

"钱老三死在酒里了，唉，钱老三死在酒里了……"姜爷爷念念

179

叨叨这一句一直念叨到家。

看着姜爷爷进了家门，我和彩云才转身离开。

彩云伸手接雨，说："雨要停了，你酒气该消了吧？还伤心吗？"

酒气感觉还有一些，脑袋木木地感受不灵敏，但是在眼前这场生死离别面前，我正在经历的分离忽然就不太让人伤心了。

我摇摇头，冲彩云笑了笑。

"那去我那里，我忽然想喝一杯，你陪着我，你不喝也行，你看着我喝，我就是想找个人陪着我。你明天还上班吗？"

"明天周六。"

"毕竟周六需要上班的人也很多嘛。"彩云笑着挽着我的胳膊往杂货铺走去。

她说得没错，毕竟我就是经常需要周六上班的人，但这个周六我不上班！

我失恋了，如果还要上班，太残忍了。

彩云在炭火炉上架了一个铁锅，放了水和半块火锅底料，然后从冰箱里拿出各种肉丸子和牛肉卷，说："回来得晚，没有时间去买蔬菜了，全是之前冻在冰箱里的食物，将就吃吧。"

彩云从里屋里搬出来一个小坛子，吹了吹坛盖上系着的红绸子上的灰尘，打开后凑近闻了闻，说："香！钱老三虽说做黄酒不在行，但还是香。"

凌画阿姨闻见酒香，从躺椅上醒来，问道："钱老三家出了什么事？"

"钱老三过世了。"

凌画阿姨愣了两秒，叹了口气，说："可惜，手艺绝了。"

凌画阿姨这句话说得好，一语双关，我一时竟分不清楚，是钱老三的手艺绝顶的好,还是钱老三的手艺就此绝迹。

但随便是哪一种意思,钱老三都担得起。

"据说是醉死的。"彩云说。

"一辈子跟酒打交道还能被酒绊倒了?"凌画阿姨说。

彩云拿了三个杯子,一一倒了黄酒,炭火上铁锅里的水和各种肉丸子一起咕噜咕噜了,彩云搓搓手,说:"说不清楚,明天你去一趟吧,今晚没留几个人。"

凌画阿姨起身,拄着拐杖坐了过来,说:"最后一坛了,我也喝点吧。"

彩云冲凌画阿姨一笑,说:"就是开给你的,钱老三走了,酒不要剩,喝完,就当送钱老三一程。"

我端起黄酒喝了一口,温润的香气,带着一股温暖柔和从嗓子里落进胃里,在这样阴雨的冬天里实在太合适不过。

我想起钱老三平日的样子,沉默的、严肃的、不苟言笑的,甚至有些冰冷的样子,实在不敢想象他如何酿出这么温和的酒来。

凌画阿姨喝了一口,说:"到底还是钱家米酒好喝,但这口香也是上等了。"

铁锅里的暖气熏着我,加上刚刚的一口黄酒,我的眼睛一下子就重得睁不开了。

彩云看我一眼,说:"你去躺椅上躺一会儿吧,等我们吃完了叫你,差不多这一口黄酒也全醒了。"

我在躺椅上刚刚躺下去就睡着了,睡着前只听彩云说了一句:"也不知道九儿明天来不来,挺想她的。"

我醒来的时候彩云和凌画阿姨已经喝完了一坛黄酒,坛子不大,里面顶多一斤酒。铁锅里还有肉丸子在咕噜咕噜地冒着泡,我确实清醒了，一看时间竟已经凌晨一点多了。

我看了一眼手机，上面没有一个未接电话，没有一条信息。

无人询问这个夜晚我在哪里，真是自由得叫人失落。

我起身回家，刚走出杂货铺，收到一条QQ消息。

在天问我："看天气预报容巷下雪了，是吗？"

看了这条信息才发现上面还有一条过年之前的信息："如果这个冬天容巷下雪了，拍张比较整体的照片给我吧，麻烦了。"

我之前怎么完全没有发现这条信息呢？

如今我不但错过了这条信息，在天也错过了容巷的雪啊。

雨已经停了，我给在天回信息："今天小雪转雨，一片都没有留下，年前的雪倒是来得很早，抱歉我没留意你的信息。"

"没关系，可能还有机会等下一个冬天。"

我没在意在天这句话，这个晚上信息量太大了，我脑袋里残余的酒气让我反应迟钝，但我还是没有忘记把钱老三过世的消息及时告诉在天。

在天说了句"可惜啊容巷没有酒香了"，接着又说："太晚了，你早点休息吧！"

这是中断聊天的意思。

我数了数，一共就说了三句话。

唉，在良敬从我的生活里出走的这个晚上，我拥有了在天三句话的安慰。

我回到家里，爸妈都睡了，我站在他们门口委屈地说："我这么晚了不回家，你们也不打电话找我！"

我刚说完就听"砰"的一声，有什么东西砸在了门上，从声音和力感以及她的习惯来判断，应该是靠枕。

"好好的觉都给你吵醒了！滚回房间睡觉去！"

第二天中午时分,阳光和小二一起从窗户跳进我的床上,我翻了个身,和小二脸对脸。

"小二,你怎么这么肥?"我伸手去摸小二垂下来的肚腩。

小二干脆坐了下来,在我面前抬手洗了一把脸。

手机里躺着一条五个小时前良敬发来的平安落地的消息,我看了看,回复了"好的"。

多一个字都不知道该怎么说。

起床后摇晃了两下脑袋,从窗口看见巷子里零零散散站着许多人,莎莉姐抱着初一在阳光下踱着步,彩云正并肩和一个跟她差不多大的姑娘从巷子一头走过来。

小二跳到窗台上,打了个哈欠,专心地晒起了太阳。

我洗漱完,从锅里盛出留给我的粥,才吃一半,老妈回来了,手里拎着菜篮子。

"你爸在钱老三家帮忙,中午不回来吃了,咱们简单吃点吧!"她说完又看了看我碗里的半碗粥,说,"算了,不做了,我一个人也没必要开火。"

"钱老三到底是怎么忽然就没了的?"

我妈叹了口气,放下菜,坐在我对面,说:"谁能想到呢,一辈子跟酒打交道,竟然死在酒里。就好比游泳冠军被淹死了,你说这世事多无常?"

"真是醉死的?"

"谁敢信呢?谁也不敢信啊!说是酿的新酒出了,钱老三尝了一口,满意得不得了,哈哈大笑了好一阵子,实在开心。晚上就着一碟萝卜干一个人喝了二斤。"

"怎么喝那么多?"

星星与猫

"家里人也没在意他一下子喝了那么多,而且说往常,出了好酒,他喝个斤把都是常事。他不常喝酒,只出新酒当晚开心喝上一些,他只是爱酿酒,并不酗酒。这一次,据说他喝了二斤也没看出来一丁点儿的醉意,所以谁也没想到。还说他因为喝了酒,很早就上床睡了,睡之前还开心地说酿出了这一杯酒敢去见祖宗了。他老婆半夜起来去厕所觉得他不对劲,一摸,已经没了呼吸了。所以赶紧喊邻居帮忙想送他去医院,大家伙儿一看,送医院也没意义了,但还是打了120,叫来了医生。医生说是醉死的。"

我看她坐在桌前,更像是自言自语地说了这么一段,脸上尽是萧瑟。

其实大家虽然惋惜,但是心里也都明白,钱老三也算是死得其所。

"九儿回来了吗?"

"回来了,看了一眼,没掉一滴泪,又走了。"她说完又转头看了看我,眼神里渐渐盛满不满,然后"哼"了一声,说:"养你们这些白眼狼有什么用?"

这又关我什么事?

我快速地扒拉完碗里的粥,出门就往杂货铺奔。

我刚刚窗口看到的和彩云走在一起的,想必就是九儿了。

我对九儿的记忆非常模糊了,她随着母亲搬离容巷的时候我才改名叫安安不久,九儿大约十四五岁吧,但已经是容巷里出了名的厉害姑娘了,端起碗大口喝酒,放下碗翻一个筋斗两米高,这些事儿传遍容巷。

我印象里九儿是个美人,记忆太模糊了,不太清楚,只是后来在容巷人的嘴里听到过几次九儿,都说她小小年纪已经漂亮得叫人如立雪中,又冷又美。

据说九儿出生的时候钱老三喝了一顿闷酒,唉声叹气,说怎么是个女儿。

哪怕这个女儿也是钱老三婚后三年好不容易得来的。

钱老三后来一直想再生一个儿子,但是直到九儿五岁老婆的肚子也没动静,钱老三就越来越急躁,经常酒后和九儿妈吵架。

"就一定得要个儿子吗?"

"不生儿子怎么跟我学酿酒?"

"女儿怎么就不行?"

"祖上规矩!"

"祖上都是死人,你女儿是活人,你为谁活着啊?"

"再说一个女孩子干不了这个活!"

"她干不干这个活还说不定呢!你看你酿的酒能养活谁?"

……

两个人长年累月的吵架声像一层黏膜覆盖在日子上,透不过气,看不见光。

钱老三没说一定要让九儿学这门酿酒的手艺,但是却把九儿锻炼得越来越像个男孩子,送六岁的九儿去学武术和跆拳道,不到八岁就用小碗让九儿尝酒……

九儿在钱老三指定的规则范围内猛烈地生长着,但烈酒喂大的孩子,性子也烈了起来,十来岁开始就以反抗钱老三为荣,留长发穿裙子,偶尔偷偷抹妈妈的口红,不早起练功,不跟钱老三多说一句话。

只因为钱老三整日要求她像个男孩子,只因为钱老三喝了酒就说你要是个儿子就好了……

九儿那时候还不知道什么是自我,但她小小年纪已经隐约觉得自己好像是一个并不存在的什么人的替身,她凭什么要做替身?

九儿过早到来的叛逆,加速了一家三口的破裂。熬到了九儿十四五岁,钱老三离婚了。

钱家因为世代酿酒,在容巷也有一份不小的家业,大门大院,还有专门的一间房放酒。这些年就算钱老三在酒上没有什么特别大的成就,光凭基业,也够他躺着过好这一辈子了。

所以离婚后不到三个月,钱老三另外娶了年轻的妻子,第二年就给钱老三生了一个儿子。

钱老三给儿子取名钱十。

钱老三解释,是因为十全十美。

跟九无关。

九儿从此没回过容巷。

钱十十分厌酒,自己不喝,也见不得钱老三喝,自家酒场更是半步不想踏进,现在在外省读大学,难得回来。

以后大约也不太会回来了。

我奔到杂货铺的时候九儿正好从里面出来,我深吸了一口气。

真是难得一见的美人!

九儿大约三十五了吧,这个年纪的女人的美正是熬到了最好的火候,骨子里都是岁月的香气,脸上没有多余的赘肉,胶原蛋白刚刚流失的那一部分正好把脸上优越的骨相显露了出来,似花开在浅溪,水流在花上。

藏蓝色的长风衣把九儿修长的身段都掩藏起来了,但英气还是从她周身散发出来,逼得人移不开眼。

她迎面遇见我,看了两眼,说:"安安吧?"

谁能想到她还记得我?

彩云都震惊了,在九儿身后说:"好记性啊,不但认得出,还记得人家名字,以前,安安只是个小萝卜头吧!"

九儿婉然一笑,笑里平平静静,平平淡淡,她说:"我回来过,都是偷偷的。"她转头问彩云:"你还记得你小时候我从后门进酒窖偷酒给你喝吗?"

彩云忍不住笑起来,她深深地看了九儿一眼,眼神里满满的回忆。

她应该是想起那些年跟在九儿屁股后面满巷子跑的情景,想起九儿偷给她的那一口酒,她只碰了一下嘴唇,就辣晕了头。但眼神深处包裹着的,还是那时候的九儿,分明有着一等一的闺秀美貌,却总有飒爽之姿。彩云看了实在羡慕,所以她天天盼着能喝上一口钱家的酒,她觉得喝了就能成为九儿。

谁知道,那时的她连酒都喝不下口。

"后门还是常常失守,小时候,尤其是刚离开容巷那几年,我常常回来偷一口,其实也并不是馋酒,我不是馋酒的人,但就赌口气似的,总要偷上一口。"

九儿说着望着钱家的方向,微微一笑,说:"走了,以后如果有机会偶尔路过这里,我就带上我做的青梅酒,请你喝,这次不用偷了。"

彩云点头,说:"过段时间容巷的梅花就会开了,你来吧!"

九儿也点头,跟我们说了声再见,然后将手上的红色围巾围在了脖子上,将手插进风衣里,迎着风走了。

"真帅啊!"我看着九儿的背影不由得感叹了一句。

彩云自豪地说:"那当然!那可是我女神!"

"没想到你这种做别人女神的人也有女神。"

"听再多女神的恭维,我也是凡人,但她不一样,她是仙儿。"

九儿从容巷离开不到一个钟头,关于钱老三死后尸身落泪的传闻就沸腾了整个巷子。

虽说有好些唯物主义者都认真地给大家解释这其实是自然,万物来去都有规律,没有什么好惊讶的。

但是人们还是讲故事般讲得魂灵颤抖。

据说九儿见了钱老三,没多说话,叫人拿了一碗酒,敬了钱老三,恰好是钱老三最新酿的酒,九儿喝了,说:"是碗好酒!我还没到这火候!"

九儿敬完酒就走了,但九儿走后,钱老三眼睛里流出一行泪。

钱老三究竟哭的是什么?是后悔?还是愤怒?或者别的?

钱老三是没办法给大家一个解释了。

钱十在傍晚时分也赶到了家,他对自己的爸爸钱老三很漠然,就好像是为了一个不得不做的任务一样回到家里,像个儿子一样处理着后续的事务,妥妥当当地送走了钱老三。

送走钱老三之后,他看着家里的酒窖,对自己的母亲说:"让姐回来吧!"

"我问了,她说这家宅她一间不要,都给你,她已经得了她应得的那份。"

钱十看着整坛整坛的酒,说:"都封上吧!"

第十一章
东方百合

"为什么咖啡馆的名字叫东方百合啊?"江美玲坐在沙发里问东方先生。

"因为我叫东方啊。"

"那百合呢?"

这个时候一个女人推门进来了。

东方先生对着进来的女人笑了,说:"百合来了。"

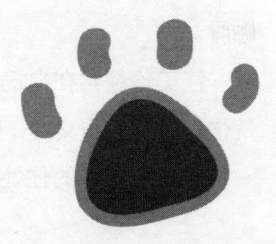

梅花开的时候，江美玲从柳花阿姨那里领回了自己的嫁衣。

鲜亮的红色经春光一照，光彩映在江美玲的脸上，如时光倒流，将容巷整个儿地陷进与她有关的青春里。

江美玲一脚踏进青春期的时候，她家楼上住着全容巷唯一的一个租客。

那个年代租客少，容巷这个地方也没什么特殊，青砖白墙里是各种老百姓普通如水的日子，朝夕的余晖中挑拣不出什么辉煌，鸡毛蒜皮整日在巷子里打转，油盐酱醋的事儿都摆在家家门口。

就连菜市场都是露天聚集，买不买菜你都要从菜皮鱼水满地的路上踏过去。

这样的容巷里没有人在乎咖啡是什么东西。

更没有人会爬二层楼去一家不知道里面装着什么的咖啡馆里喝咖啡。

江美玲经常在自己家的院子里闻到楼上传下来的咖啡的香气，恍恍惚惚的，又香又冲，她说不清楚那种感觉。

江美玲当时的住处早已转手他人，如今江美玲偶尔经过的时候，猛然地好像还能闻见那股香。

楼上的东方先生端着一杯咖啡，站在窗前，梳着油亮亮的头发，他喝了一口咖啡，看着远方。

好像是这样的。

谁也不知道从哪里来的东方先生，忽然住进了容巷，每天早上八点准时穿着西装拿着一个黑色皮包，梳着油亮亮的头发一脸严肃地离开容巷，晚上八点又会准时回来，原封不动地回来，就好像他这一天在外并没有发生任何事，他将早上的自己保存在一天的时间中，晚上再运回来。

一年后东方先生忽然将自己住的地方重新装修一番，自己的卧室还是保留，厨房客厅连带一起改成了一间小小的咖啡馆。

容巷的人在咖啡馆开业的第一天去凑过热闹，但一次不能去太多人，超过十个就拥挤得不能说话了，好像你一开口空间就被撑爆了。大家轮流看了一眼装修，啊，原来咖啡馆长这样；喝一口咖啡，啊，原来咖啡是这个怪味。

酒红色的油漆刷满墙，墙面上没有任何装饰，干干净净地空白着，原木色的桌子凳子不讲队伍地摆着，桌子只有三张，一张双人桌两张单人桌。

只有靠墙的一张湖蓝色双人沙发大家都坐上去试了，是整个咖啡馆里最让人舒服的物件了，甚至有一种把你陷在里面不想出来的魔力。

但即使如此，后来整个容巷的人再也没有人去坐过那张沙发。

除了江美玲。

"为什么咖啡馆的名字叫东方百合啊？"江美玲坐在沙发里问东方先生。

"因为我叫东方啊。"

"那百合呢？"

这个时候一个女人推门进来了。

星星与猫

东方先生对着进来的女人笑了，说："百合来了。"
女人看着比东方先生大了几岁的样子，江美玲也不知道为什么有这样的感受，但女人比东方先生更成熟的气质从她一进门江美玲就感受到了。
百合笑着脱下外套挂在门旁的衣架上，说："今晚很冷，你这营业到几点？"
"客人不走，我不打烊。"东方先生笑着说。

即使开了咖啡馆，东方先生仍旧准时过着他的早八点晚八点的生活，东方百合只在节假日和晚八点后开张。
东方先生不在的时候会有人站在巷子里看着二楼挂着的东方百合的牌子不解，咖啡馆都是这么"洋气"的吗？白天关门夜里开门？不对着街道挂在楼上？不在乎能不能赚钱只在乎腔调？
没人敢问东方先生。
东方百合到底有没有客人？自然也是有的，大多数是节假日里出来放风的附近的学生们，有小情侣坐在咖啡馆里谈情说爱，也有三两个女学生围在一起互通八卦的有无。
但迦叶是自己一个人走进来的。
那天原本飘着雪花，后来渐渐成了雨夹雪。
正逢初一，迦叶送妈妈到容巷附近的友人家抄经，她一个人闲来无事就在容巷逛逛小店，东方百合的牌子亮起来的时候，她走了进去。
迦叶进去的时候百合正在那面只有酒红色油漆的墙上画画，东方就站在百合的身后，笑眯眯地看着。
门开的时候东方吓了一跳，说："我以为这天气不会有客人呢！"
百合停住画笔，说："要不改天继续？"
"没事，一个人，不耽误。"

东方说完过来招呼迦叶。

迦叶听见百合的声音有些吃惊，走了进来仔细一看，喊了一声老师。

百合一转头，看见迦叶，尴尬地笑笑。

她完全不记得班上有这么一位学生。

"设计三班，迦叶。"迦叶又对百合解释了一句。

百合想起来了，迦叶这个名字她有印象，第一次看点名簿她就在心里想是什么样的女生会叫这样的名字。但后来还是忘记去关注到底是个什么样的女生了。

这一天见了，百合仔细看了看迦叶，笑了笑，没说话。

迦叶不像她的名字这么佛气，二十岁，凌厉的青春和个人特色尖锐地横在她周身的空气里，有股生人勿近的冷峻感。

东方招呼迦叶在一张单人桌旁坐下，拿出新到的咖啡豆，取了一勺放在磨豆的机器里，手摇着把手，咖啡豆碎裂的声音从清脆到沉闷，最后越来越轻，轻到只有把手摇动的声音……

迦叶看着东方先生的动作，他没有用油梳起的头发清清爽爽地垂在眼角处，遮盖了眼神里的专注，却又叠加了一份魅惑。

百合正在墙上画着百合，红底的墙面，大大小小白色的百合盛开，说不出的艳丽。

"你怎么会到这里来？"百合一边画着一边问迦叶。

"我妈让我陪她一起去抄经，我觉得太闷了，就自己出来逛逛，正好逛到这里。"

"哦！你妈妈是佛教徒？"

"算是吧！"

"所以给你取名迦叶？"

"取名的时候她还不能算得上是佛教徒，她说是佛的指引，我生下来，她脑子里就蹦出这个名字了。后来，她果然与佛结缘。不过我倒是无所谓，名字不过一个代号，叫什么都行。"

迦叶说完又看了看东方，再想想咖啡馆牌子上挂着的东方百合，问道："老师，这是你开的咖啡馆吗？"

"不是。我对这个咖啡馆唯一的贡献就是现在正在画的这个。"

"名字不算吗？"

"好吧，也算。"

东方做好了咖啡端到迦叶面前，说："糖放得很少，应该合你口味。"

迦叶喝了一口，使劲点头，说："正合适，谢谢。"

东方说了句慢用，转过身又站在了百合身后，看着她一笔一笔描绘着百合。

"你还记得吗？当时我们在东京住的那个地段，春末的时候有一条街道上家家户户门口开着百合。"东方用特别散漫的语气和百合聊着天。

"嗯，记得。"

"那些百合和你画的应该不是一个品种吧，花朵很小，微微偏绿色。"

"你记性不错。我只是更喜欢这种热烈的，用力盛开，用力枯萎。"

"你就是太用力了，来我这里还不放松一些。"

百合转身看了东方一眼，将画笔放下，说："我现在真的要放松一下了，剩下的有时间来了再补完。"

百合说完拿掉头上报纸折的帽子，脱下围裙，往沙发里一陷，伸手指了指咖啡豆。

东方笑嘻嘻地赶紧去磨咖啡豆。

迦叶想起来，开学的时候班级里已经有男生打听到了百合老师的一手资料，三十八岁，三年前离婚，没有孩子，曾经在日本留学，如今除了在大学任教还有自己的设计工作室。男生们围在一起，用手盖上三十八这个数字，无限感慨，明明是标准白月光，偏偏三十八。

迦叶又看了看东方先生，这个男人看起来能有三十岁吗？迦叶不确定。这个男人和百合老师又是什么关系？迦叶还是不确定。但看起来绝不是姐弟，这一点迦叶很确定。

迦叶第二次去东方百合是整整半个月后，每月十五，迦叶照例陪妈妈去抄经，照例一个人出来闲逛。

圆月将容巷照得分外冷清，巷子里没有一个人，东方百合的牌子亮着。

迦叶推门进去，东方一个人坐在沙发上看漫画。

墙上的百合已经画好了，除了盛开的两朵大百合，墙的左下角画了一排清丽雅致淡绿色小百合，百合花丛里好像还隐隐约约有一些人家，院墙，枫树，篱笆，小屋，在百合里自成一片桃源。

"没想到还有回头客。"东方从沙发上起来去磨咖啡。

东方看起来雅致正经，但一张口说话又莫名地周身轻松。

真是有趣。

上回来因为百合老师在，迦叶没有更多地观察咖啡馆，今天才发现咖啡馆里有很多漫画书。

"这个很少见啊。"百合说。

"大部分都是我从日本背回来的。"

"你也是在日本留学吗？"

"学了几年漫画。"

"那个时候认识的百合老师？"

"是的。"

迦叶看着东方先生磨咖啡，不说话了。

东方磨好咖啡，抬手将眼前的头发一股脑儿地都掀到了另一边，然后神情严肃地在杯顶用奶泡画了一片枫叶。

迦叶看着咖啡上顶着的一片枫叶，不忍下口。

东方又坐回到沙发上，继续看他的漫画书。

两个人各自沉默，什么话也没有。

迦叶自己喝着咖啡，看了一本漫画书，约莫到了和母亲约定的时间，在桌子上放了钱然后离开了。

迦叶走的时候东方歪在沙发上睡着了。

第二天中午迦叶和同学在校门口买水果，看见东方和百合老师坐在一家小饭店里，两个人脸上都没有表情，面前的桌上有三盘菜，谁也没动筷子，也没说话，都微微低着头坐着。

东方梳着油亮的头发，眼前一片肃静，西装板正，跟迦叶在咖啡馆看到的东方有很大的区别。

迦叶买完水果回头，发现只有东方一个人坐在饭桌前，百合老师的座位已经空了。

菜似乎还是没有动过，东方低着头，头发并未垂下来。

可惜啊，迦叶想，还是头发遮下来更好看。

这个晚上八点钟，东方先生没有准时回到他的东方百合咖啡馆，这可以说非常稀有。他时常伴身的黑色皮包就放在学校篮球架旁边，他穿着西装皮鞋，不知道从哪里借来一只篮球，非常笨拙地一个人在篮球架下一下一下地投篮。

一看就不会打篮球。

迦叶是走读生，但今晚因为赶一个设计稿准备住在同学宿舍，她从教室回宿舍的时候看见了篮球场上孤零零一个人对着篮球架的东方先生。

在东方的身后是七八个蹦来跳去打篮球的男学生。

这画面，如冬夏交织。

迦叶走过去，一把抢下东方先生手里的篮球，在东方身后拍球绕圈，然后三步上篮，投中！

"漂亮！

"看见没有？基础动作！你站在那里不动怎么打篮球？"迦叶对东方先生说。

东方勉强跑了两步，但兴致寥寥，又站住了。

迦叶一个球冲着东方砸过来，东方身体往后一倾，倒是接住了球。

"一人一次，一刻钟内谁投得多就算赢，输的那个请夜宵。"迦叶笑着说。

"那不用比了，我肯定输。"

"不比我可不能承认自己赢。"

东方无奈，跳起投篮。

竟然进了。

东方笑了起来，说："哇，神奇，今晚上我投进的第一个球。"

一开始迦叶就发现了，东方笑起来的时候，整个人身上会散发一种让人无法抗拒的甜意，这和他梳着油头冷淡的样子判若两人，天差地别的气质同时藏在一个人的身上。

他应该在心里还藏着什么，是自己没有发现的。迦叶想。

东方脱了西装外套，往篮球架上一搭，跑起来投篮的时候整个人都洋溢起来了。

但东方的积极并没有改变他输给迦叶的结果。

东方请迦叶在学校门口一家小店吃酸辣粉，迦叶不加醋不加辣，吃了一碗不酸不辣的酸辣粉。

"你看着一点儿也不像运动型或者活泼型的女生。"东方说着话又往自己的酸辣粉里加了一勺辣。

"你看起来也不像会单身的男生。"

"我不是单身啊？谁说我单身了？"

197

迦叶"哦"了一声，低头吃粉。

过了一会儿，迦叶抬头，笑着问："你是和百合老师一起在日本留学的吗？但是你年纪看起来好像更年轻啊。"

"我在日本留学的时候她正好来我们学校做一个项目，我当时也是帮忙的学生之一，给一片村落的开发做一些艺术上的设计。她当时也不是项目的主导，工作人员之一吧，所以很多杂事我们经常会有对接，就认识了。"

"原来你能一口气说这么多话哦。"迦叶笑着说。

"怎么，我看起来话不多吗？"

"不是话不多，是压根儿不想说话。"

"哦，那可能因为大部分时候都在心里说完了吧。"

"那后来呢？"

"后来？"

东方想起来那时候，他和百合住在同一个街道，从四月到六月，整整三个月，他总是搭着百合的车去学校，再搭着百合的车回来。周末的时候百合的老公会过来看她，两个人偶尔出门在小街上逛逛，但大部分时候就在家里看书吃饭睡觉，偶尔饮酒，会叫上东方一起。

东方很少喝酒，对清酒没有一点儿了解，喝的时候觉得是个温和的家伙，谁知道被假象欺骗后得到的是溃不成军的回馈。

东方第一次在百合家喝到昏睡不醒，百合夫妻俩只好把他安置在沙发上。

第二天东方醒来看见桌上的留言条，百合夫妻俩出门买菜，让东方喝了桌上的蜂蜜水，蜂蜜水旁边还有一片头疼药，让东方酌情考虑。

东方晃了晃脑袋，感觉昨晚喝的酒全部变成了水积攒在头部，整个头重得抬不起来。

他喝了蜂蜜水，吃了药，又帮百合把客厅整理了一下。

正准备出门的时候百合提着一袋子菜回来了。

"他临时有事先走了，我做点饭你吃了再回去吧，醉酒后吃点舒服的食物胃里会好受些。"百合对东方先生说。

百合做了米饭、番茄鸡蛋汤、黄瓜炒鸡蛋、韭黄炒鸡蛋、鸡蛋羹。

东方看着满桌子的鸡蛋扑哧笑了，他才知道之前吃的饭菜都不是出自百合之手了。

菜寡淡无味，好在米饭香甜，加上食物新鲜，胃确实舒适了不少。

饭后百合为了挣回颜面，给东方冲了一杯咖啡。

那是东方喝过的最好喝的咖啡，满口的咖啡香久久不散，鼻子也想凑近杯子多闻一下。

"弥补你的味觉。我实在不太会做饭的。"百合把咖啡端给东方时说。

那是五年前，三十三岁的百合身上还残余一些青春的影子，消瘦却又饱满，冷静却又热气腾腾。

还有她开车的样子，看着非常随意，但其实十分专注，打方向盘时那种超越性别的帅气十分像她在设计稿上精确有力地画上一笔又一笔，每一笔都不需要擦拭。

就像她的高分人生，她心里笃定的答案完美地填在每一张考卷上。她至今唯一的犹疑和涂抹是和一起在日本工作生活的丈夫离婚。

其实那个季节樱花已经尽数凋落，但是无论何时，东方一想起来眼前都还是一片朦胧的粉色，就像是站在樱花树下抬头看天空的蓝，蓝越清晰，樱花越模糊，最后连成一片，在记忆里荡漾。

混着百合带给他的那一杯咖啡的香气。

后来百合告诉他，咖啡好喝其实跟她的手艺无关，主要是咖啡豆好。

六月，百合结束了项目。

东方总是刻意回避百合很快就要离开的事实，每一个早上都当作之前一样搭百合的车去学校。

百合走的那天他也是搭着百合的车去学校的，一路上两个人甚至还像以前一样讲了两句笑话，咖啡的温度如往常，天气晴好，道路干干净净，红灯停绿灯行，平平常常。

但是东方正在上课的时候，听到同学说百合今天要走，已经和各位老师辞行了。

东方追到大门口，百合的车已经没有踪影。

东方借了辆自行车飞快地骑到百合家。

百合的行李已经收拾了一半，她开门看见东方的汗水顺着下巴滴到脚尖，惊讶地问："你这么着急做什么？"

"我差点，忘记，问你了。"

"什么？"

"你的咖啡豆是在哪里买的？"

东方喘着粗气，手扶着门框，说："写给我。"

后来呢？

后来东方把那张写着咖啡馆名称和老板名字的纸条藏到现在。

"百合老师离婚是因为你吗？"迦叶忽然问道。

"我也希望是。"

这几年东方喝的咖啡一直是从百合给他的咖啡店老板那里代购的，老板自己进货的同时给他带一些。

东方其实并不是咖啡爱好者，他只是想着，或许至少偶尔有那么一次，他能在老板那里遇到百合，就算遇不到，哪怕是从老板那里知道一点百合的消息也好啊。

她应该一直在老板这里代购咖啡豆吧。

但是百合离开后就如石沉大海，再也没有任何消息。

然而东方却习惯了这一家的咖啡，一时改不过来，别处的咖啡喝了也总觉得不对。

两年后东方回国，戒了大半年的咖啡后忍不住给咖啡馆的老板去信，信里放了现金，希望老板给自己寄一些咖啡豆。

两个月后东方收到了两大袋咖啡豆。

老板在信里写，其中一袋请麻烦转交给同城的某某大学设计系百合老师。

该怎么形容那一刻呢？

如同茫顾四海，在深不见底、遥不可及、重复的无望和寂寞里，直直地，朝着自己的方向，驶来了一条船。

是获救的感觉。

"你多大了？"迦叶又问。

"年龄重要吗？"

"有时候很重要。"

"二十九。"

"我二十了。"

迦叶说完冲着东方甜甜地笑，东方不解。

"你觉得从你的角度看我是怎样的？"迦叶说。

"没想过。"

"哦。原来是这样。"

"我说我没想过。"

"对啊，你没想过就是我对你来说的定义。或者说，也就是你对我的理解。"

"你到底想说什么？"

星星与猫

"我想说，九岁的距离，就是这样的。"

迦叶吃完不酸不辣的酸辣粉满足地回了学校。

东方在冷风里透了透刚刚吃酸辣粉时积攒在身体里的热气，然后向远处走去。

迦叶去东方百合越来越勤了，不分初一十五。

那天是初春的一个周六傍晚，迦叶站在东方百合的门口推了推门，门推不动，大概是从里面锁上了。

可是屋里分明有音乐声传出来。

迦叶刚准备敲门，忽然听见里面不知道是板凳还是桌子倒地的声音，紧接着是一些窸窸窣窣的难以分辨出来源的声响，再然后是百合老师压着嗓子但又明显很用力地喊了一声东方。

屋内安静了下来。

门忽然打开了，百合满脸通红，嘴上的口红像一幅不小心被蹭到的画，而画的颜料还没有干，嘴角有口红经过的痕迹。

百合看了迦叶一眼，什么都没说，越过迦叶，下楼离开了。

迦叶小心翼翼地推开门，看见了东倒西歪的桌子和歪在地上的凳子，看见了右边半个身子躺在沙发上左边的胳膊和腿都垂在沙发边缘的东方，还看见一杯咖啡，喝了一半，洒在桌子上一半，地上有半瓶清酒，倒了，一滴一滴地往下流……

迦叶走过去，站在东方面前，不知道该说什么，就干脆不说话，只是看着东方。

东方闭着眼睛，皱着眉头，他知道有人进来了，但是他不敢睁眼。

迦叶想了想，小声说："我不是她。"

东方听见迦叶的声音，眉头松开了，但睁开的眼睛里又全是失望。

但也仅仅是数秒而已，东方的眼神忽然凶狠起来，他一把拉过迦叶,将迦叶拉倒在自己的身上,然后一翻身,迦叶整个人就被他压在了沙发上。

迦叶在被东方拉倒在怀里的时候有瞬间的震惊,但随即就全盘接受了一样地放松了下来。

背景音乐是什么?

迦叶完全听不清了,她耳边全是东方的喘息声。

她希望东方能好好地吻她,让她忘记此刻的恐慌和疼痛。

但显然是不可能的,东方呼吸里带出来的酒气熏得迦叶也要醉了。

东方在听见迦叶声音的时候身体顿了一下。

谁能想到呢?

百合忽然回来了。

她推门看见沙发上凌乱不堪的两个人后竟然也没有落荒而逃,只是脸色平静地转身走了。

迦叶和百合对视了一眼,但东方毫无知觉,他还沉浸在自己跟自己情绪的战斗里。

东方在沙发上清醒过来的时候,怀里还抱着迦叶,沙发上的毛毯裹在了两个人的身上。

东方慌忙起身,撑着双手俯瞰迦叶。

迦叶微微一笑,伸出双手勾住东方的脖子,将东方的脸拉到自己的面前来,然后凑上去,给了东方深深的一吻。

"好了,两清。"迦叶说。

东方避开迦叶的眼神,慌张起身。

东方懊恼地捶了一下沙发。

"她都看见了,你不必这样了。"

"你在说什么?"

"我说百合老师,她后来又回来了。"

"什么?"

东方匆忙起身,整理衣服的时候手慌乱地颤抖着。

他跑出去的时候没有回头看迦叶一眼。

迦叶躺在沙发上,静静地看着东方,看着东方奔出去,又看着他耷着脑袋回来。

他可能只是开门在门口站了一下,门外的凉风一吹,他就清醒过来了,无人可追。

东方进门后,一直一直都不敢看迦叶,也不知道该说些什么。

他点了一支烟,凶狠狠地几口就抽完了,然后抱着头懊恼地说了一句对不起。

迦叶走到东方面前,说:"天要黑了,我得回去了。"

东方这才抬头看她。

迦叶的脸白亮得像个瓷娃娃,笑意和不拘一格掺和在一起,行成了迦叶独特的气质,但这气质在今天稍微不一样,因为里面掺杂了刚刚那一刻的温柔。

东方坐在凳子上,忽然一把抱住迦叶,将脸埋在迦叶的怀里,颤抖着,哭泣着。

迦叶伸手反复抚摸东方的头发。

东方觉得今天的自己整个儿崩塌了,长年累月撑起的那份执着和等待全部倒塌,他放纵自己,并希望从迦叶这里得到更多的慰藉。

迦叶留了下来,陪东方度过他不知道第几次失恋的夜晚。

但这个夜晚也因为有迦叶,变得没有之前的那么难熬。

他们躺在床上,拥抱,讲故事。

"我非常爱她。"东方说,"知道她离婚后我疯狂地追求她,我为她开了这个咖啡馆,希望她在自己喜欢的咖啡香里度过和我在一起的时间,但她好像只想要一场与我有关的短暂的恋爱。我要跟她结婚,我觉得我不能再等了。但只要我提，就会分手。分手后都是我熬不过，继续去找她，她并不狠心赶我走，我曾经想只要她还愿意留下我，我就永远会主动去她身边。"

"她比你大九岁，你们不现实。"迦叶说。

那时候这样的年龄差确实如银河般无法跨越。

"我不在乎。她也不是会在乎的人吧。她活得太潇洒了，无拘无束，心上也没有围栏，她有时候是云，有时候是星星，但绝没有一个时候是属于我。我后来放弃了，只要她和我在一起，我们就这样度过这一生，也行。"

迦叶抱住东方，在黑暗里找到他的嘴唇，温柔地亲吻他。

她爱这个男人的深情。

她想起来了，第一次来东方百合，第一次看东方冲咖啡，她看了好一会儿，失了神。大约是从那时候开始，她就被东方的深情俘获了。

他连冲咖啡都是深情的。

东方接受了迦叶的安慰。

整个春天，东方都在迦叶给予的爱里慢慢修复自己。

直到他忍不住，实在忍不住，借口去学校找迦叶，远远地站在教学楼旁的草坪上，看着下了课的百合背着包从教学楼里走出来，白色的连衣裙裙角在风中飞舞，搅得东方心烦意乱。

他明白，他对迦叶是贪，他贪图她的爱，但他对百合是迷，迷恋她的成熟。

但他总是被这种迷恋支配，让他一次又一次地站在这里，远远地看着百合。

他连去跟百合打个招呼都不敢，他一直努力在百合面前表现得像个成熟的有魅力的男人，到头来却在那样的场合下关系破裂。

他不敢想象百合会在心里如何定义他。

一想到这些，噩梦一样。

两年后迦叶毕业离校的那一天，东方没有出现。

晚上迦叶去东方百合，从门旁花盆里拿出钥匙打开门，屋里漆黑一片。

迦叶打开灯，桌上留着一张纸条。

"我走了，不要找我了。留在这里我活不下去了。这个房子还有一年的租约，你用着吧。"

落款是东方。

迦叶在黑暗里坐了一夜，第二天回校找百合老师。

也许百合老师能知道点什么。

随便什么都好。

到校之后才知道百合老师辞职了。

没人知道她去了哪里。

第十二章
请你赏这一枝梅

　　但我还是不得不领了这个任务——深度挖掘容巷故事，借由故事打响容巷品牌。

　　我琢磨着这句话，心里一片白茫茫。

　　容巷是条巷子，是个家，怎么就是个品牌了？

　　品牌这个词，是个多生硬冰冷的东西啊？

"这个故事是真的吗？"

江美玲点点头，说："那是容巷第一家咖啡馆，至今为止，也还是保持着唯一一家的记录。"

"后来呢？"

江美玲叹了一口气，说："想起来给你讲这段故事是因为前几天我听到消息，迦叶皈依了。听说她母亲去世后她一直还在继续帮她母亲抄经，但是抄着抄着，自己竟六根清净了。"

"她后来没有结婚吗？"

"一直都没有。唉，这世上总是有一些人，看起来普普通通，却总是做惊人的事。"

那东方呢？百合呢？

江美玲摇摇头。

容巷大概都没有人还记得这两个人了，谁会知道他们的去向呢？

但我确实好奇，为什么容巷没有咖啡馆呢？

如果说以前这个巷子里没有咖啡市场，如今容巷里喝咖啡的年轻人也有很多，为什么没有人开一间咖啡馆呢？

江美玲笑着说那你开一个。

我倒是也没有这样的想法。

傍晚，小二跟在我身后，踩着标准的猫步往巷口老牛面馆走。

"我要去吃碗小馄饨，你跟着我干吗？找个舒服的墙角去晒今天最后的阳光不好吗？"

小二不理我，还是贴着我的脚后跟走着。

小二一直跟着我走进了老牛面馆。

这个时间正是饭点，店里很忙，小二进来看见这么多人也不打怵，找了一个桌子，钻到下面，然后开始舔毛。

一看就是常客。

我要了一碗小馄饨。

坐着等馄饨的时候看见一个人拉着行李箱，一边四处打量一边朝着老牛面馆走来。

傍晚的霞光正好落在他身上，他就像是从光亮中走来，朝着我走来。

他长高了许多，脸上的棱角已分明起来，眼镜下面还是一双总也看不见我的眼睛，瘦削，挺拔，看着就很聪明，有礼貌，同时也很虚弱，总让你想赶紧接过他手里的一切重物，怕他累到。

他像梦一样虚无得随时都可能消散。

他怎么可能是在天啊？

我把所有的运气加起来都不敢这样奢望。

但他好像真的是在天啊！

直到在天走了进来，是真真切切的一个大活人走进了老牛面馆，我才回过神来，眼前的在天，是真实的在天。

不是梦里的迷雾，也不是回忆里的幻觉。

我站起来，完全不知道自己是以什么样的姿势跑向他，跑到他面前,伸手挥舞,说嗨。

他看了看我,然后微笑,说嗨。

"你怎么会回来?"

他示意我等一下,然后喊老牛叔叔,说:"给我一碗小馄饨,谢谢。"

在天将行李放在门边,然后走过来和我面对面坐下,这才说:"接了一个大工程,回来参与。跟容巷有关。"

"跟容巷有关?那是什么工程?"

"容巷要改造你不知道吗?"

"改造?之前有听过风声,但是也有说要拆迁的,所以具体怎么改造一直都没有定论,后来说着说着也没什么影子,就算了。"

小二走了过来,坐在在天面前,盯着他看。

"没事,它叫小二,在欢迎你。"

"它的眼神不太像欢迎的样子。"

"不要管它,回头你把小馄饨给它一只,它立即认你当亲人。说说容巷,怎么回事?"

"还在筹划,要做详细的规划,目前还不知道,但是可能会涉及一些人的搬迁,毕竟巷子要扩大,还有店铺的改良等等。"

"我家就在路边啊,会拆吗?"

"现在都说不准,等最后的定稿出来吧。"

"怎么会找到你?"

"我导师是项目负责人之一,我又是容巷人,对容巷比较了解,就参与进来了。"

我"哦"了一声,在心里开始琢磨着这件事到底意味着什么。

我没能想得特别透彻,毕竟在天回来这件事已经打乱了我诸多思路。

"所以你跟我要雪后的容巷照片,其实也是想做一个参考,是吗?"

"是一方面。另一方面,不知道以后还能不能看到那样的容巷了,想看一眼。"

小馄饨端了上来，在天夹起一个，看了看我，又看了看小二。

"你扔在地上就行，小二流浪猫出身，没有那么多讲究。"

在天把馄饨扔在了地上。

小二闻了又闻，确定没有问题这才吃了起来。

吃完馄饨的小二看也不看在天一眼，钻到桌底继续舔它的毛去了。

"看你拿着行李，你是要住在你自己家吗？"

在天将嘴里的小馄饨咽下去，摇摇头，说不，原来的家里估计不能住人了，暂时先住在姜爷爷家里。"

这确实也是最优的选择。姜爷爷一个人，家里宽敞，互不打扰。

"十年了，这碗小馄饨还是这个味道，一点儿也没变。"在天轻声说。

"而你也还记得。"我笑着看着他。

一别十年，十年后在天像是老熟人一样坐在我面前，我以为的拘束和尴尬并没有出现，我们像是老邻居，工作了一天在晚饭时遇见，然后坐下来一边吃小馄饨一边聊天。

正说着话，老牛叔叔忽然笑眯眯走了过来，在我们桌上放了两张红色请柬，说："如果有时间就来，后天。"

我打开请柬一看，竟是老牛叔叔和刘三妹的婚宴。

"恭喜恭喜！一定去！哇！在天你运气真棒，你一回来就赶上喝老牛叔叔的喜酒。"

不明状况的在天一时不知道说什么好。

我笑着说："放心啦，还是刘三妹！"

在天脸上一丝震惊闪过，对老牛叔叔说了句恭喜。

"在天难得回来，后天有空一定要来啊。"

在天认真地点头，说一定去。

星星与猫

吃完馄饨，容巷里还余留今天的最后一道霞光。

在天拉着行李箱背着包，我两手空空走在他旁边，小二就跟在我们身后，和我们一样不疾不徐。

莎莉姐抱着初一从杂货铺出来，一眼看见我们，惊讶地说："天呐，这是谁啊？看着这么眼熟？"

彩云也赶紧从杂货铺出来，看到了在天，一脸惊讶。

我笑着给大家介绍："在天回来啦！"

在天笑着和莎莉还有彩云打招呼，然后冲着莎莉怀里的初一温柔一笑。

"这是初一，莎莉姐和容克哥哥的孩子。"我赶忙介绍。

在天忙说恭喜，又夸了句孩子可爱。

凌画阿姨坐在杂货铺内，冲在天喊："有空来玩啊！"

在天答应了一声。

然后我和在天还有莎莉姐以及初一一起往前走。

"比以前更帅了啊，是外面的饭比容巷的更好吗？这么多年都不回来！"莎莉姐开玩笑地说。

"总是在忙，总是没空。其实我也一直想回来看看。"

我是不信在天这句话的。

一个连QQ消息都不能准时给他的老同学老邻居回复的人，他根本没有时间想起容巷吧。

"柳花阿姨怀孕了，不知道你还记得不记得。"

"当然记得。我记得她先生是位教师。"

"嗯嗯，没错！"只要在天记得关于容巷的事，嗯，任何事，我都开心，开心得想要张开双臂拥抱他，拥抱容巷，拥抱这抹晚霞。

"江美玲回来了，你还记得容巷有江美玲这个人吗？小时候我们看过她拍的牛奶广告,她现在就住在以前……"我忽然想起来在天根本不认识春梨和重夏。

在天也不记得江美玲。

"梅花是不是该开了?"在天见我停顿,岔开了话题。

"有赶早的已经开了,要不要去看看?刚刚路过李家的宅子就应该去看看的。"

莎莉姐逗着怀里什么也不懂的初一:"小初一,你看你安安阿姨,看见老朋友回来开心成什么样了?也不知道让人家先休息一下。"

阿姨?

我竟然成了阿姨?

"小初一,你看,你安安阿姨都高兴呆了。"莎莉姐还哈哈笑着。

我的思路好像被阿姨两个字定住了,正在心中寻找自己的定位。

"看来真的是很久了,再回到容巷我的辈分都长了。小初一,叔叔下次见了你再给你礼物吧!"

听在天这么说,我好像才算把自己又拉回了容巷里。

我和在天踏进了姜爷爷家的大门,莎莉抱着初一去了隔壁的自己家。

小二先我们一步跑到了姜爷爷的脚边。

姜爷爷正蹲在炉灶旁,眼睛盯着自己正在蒸着的梅花糕。

我和在天都喊了他一声。

"来了?再等几分钟,梅花糕马上就好。"姜爷爷说,说完好像才想起来在天并不是出门遛了一圈弯回来了,他手上拿着行李,行李里装着十年光阴。

姜爷爷往里屋指了指,说:"往里走,左手边门上贴着福字的那间房,是你的。"

星星与猫

在天去放行李，我蹲在梅花糕旁，问道："姜爷爷，你还会做这个呢？"

"你有没有良心？你从小吃过多少我做的梅花糕？你现在还问我会不会做这个？除了阿良，就你吃得多！"

我嗓子眼一个咯噔，做梅花糕的梁爷爷十几年前就过世了。

梁爷爷以前有个小店铺，就在杂货铺的对面，他整天就在店内做他的梅花糕，偶尔做一些玉兰饼。

我和阿良吃过的梁爷爷的梅花糕远远不能和在天相提并论，毕竟，梁爷爷是在天的亲爷爷。

这样想来，在天一家搬离容巷也就在梁爷爷去世后两三年。

在天全名梁在天。

这么多年没有人再提起梁爷爷，所以大家好像都忘了姜爷爷曾经在容巷有一个好兄弟。

以前，姜爷爷隔三岔五地提着刘阿婆家的卤肉，去找梁爷爷喝酒。

梁爷爷经常自己做一些米酒，自鸣得意，说是从钱家偷师来的技术，绝对好喝。

酒是不是好喝其实不重要，喝来喝去，还是喝得晚来风急时一捧炉火。

在天的奶奶走得早，梁爷爷独身一人，也不与儿子一家同住，觉得一个人自在。

姜爷爷在自己的寂寞长天里吃着等待的苦果，也不愿委屈将就。

两个人就喝着酒，说着酒话，偶尔抱怨，偶尔满足，偶尔也喝得人事不省。

梁爷爷去世后姜爷爷就很少喝酒了，他说自己并不是好酒的人。

梁爷爷曾经的店铺还在，只是现在变成了一家外地人开的麻辣烫店了。

我去吃过。

很奇怪，总觉得麻辣烫里莫名地有一股梅花糕的味道。

在天放好了行李，也过来看着梅花糕。

姜爷爷看了看火候，开锅，吹了吹蒸腾的热气，拿了一个递给在天。

在天拿着烫手，不停地吹，最后只好顺手拿起旁边的盘子放进去。

"还是老人的皮厚，我不觉得烫。"姜爷爷说完看着在天，"你快尝尝，味道如何。"

在天咬了一口，脸上浮起一层如月光般的忧伤。

"我小时候最怕吃梅花糕，因为我爷爷几乎天天给我这个，看着我吃，我吃得越香他越开心。我每天都在吃梅花糕，吃到都快不知道梅花糕到底香不香了，我甚至一直庆幸梅花糕是小小的一块，不然我不知道该如何拒绝他。"他停下来，又咬了一口梅花糕，慢慢地，慢慢地，在嘴里咀嚼。

"十几年没吃过了。姜爷爷，你手艺真好，这是我长这么大吃过的最好吃的梅花糕。"

"时间就是酵母，梅花糕发得正好，味道自然也就最好了。"姜爷爷说完也递了一个给我。

姜爷爷仍旧在他自己的时间线上很好地很自在地活着。

我咬了一口梅花糕，鼻子一酸。

眼泪差点落下来的时候我抬头哈着嘴里的热气，说这梅花糕也太热了，烫得我要流眼泪了。

因为才吃完小馄饨，我和在天都只吃了两块梅花糕。

姜爷爷自己也吃了一块，吃完后他莫名地有些不开心，于是自己倒了一杯酒，喝完睡觉去了。

我和在天坐在炉火前，似乎也没有什么话要讲了。

星星与猫

"要去看梅花吗?"

"现在?"

哦,那我知道你并不想去了。

于是我让他早点休息,起身准备离开。

小二在炉灶旁打着呼噜,它今晚可能不打算回家了。

离开之前我看了一眼被我放在凳子上的老牛叔叔的请柬,假装没有看见。

谁知刚走到门口,在天忽然喊住我:"你的请柬!"

啊!我知道你并不想让我明天再来找你了。

我接过请柬,脑子里忽然蹦出一个问题,这个问题我在心里惦记了这么多年,没想到真见了在天,竟然忘记了。

"阿良以前有给你送过信吗?"

"为什么这么问?"

"因为,阿良他不在了,我没办法问他了。"

"阿良去了哪里?"

我指了指天上。

在天一下子沉默了。

"那你到底有没有收到什么信件之类的东西?"

在天摇摇头,说:"我十年没见过阿良了,怎么能从他那里收到什么信件?"

好吧。

知道你是完全不觉得十年前我们之间还存在什么值得保存的回忆了。

回家的路上收到良敬发来的图片。

西班牙明亮的街道上没有几个人,阳光刺眼,天很蓝。

是一张合格的明信片。

赌气似的，依旧没有回他。

回到家里刚想跟老爸老妈讨论一下老牛叔叔婚宴的事，结果他们就容巷的改造吵了起来。

"到时候如果真的要拆迁可怎么办？"我妈很担忧的样子。

"如果真的要拆迁，会给你安排好的，你放心，不会让你流落街头！"

"安排安排！你知道怎么安排？安排的地方我不满意怎么办？我在这里住得好好的为什么要我走？凭什么他们说改造就改造？征求过我们的意见吗？"

"你看你，平时整天说要离开这个破地方的是你，现在还只是说有可能要搬，你就瞎嚷嚷。怎么又不肯走了？"

"我还整天说不想跟你过了呢！"

老爸不吭声了。

我将老牛叔叔的请柬放在了桌上，说："老牛叔叔给的喜帖，你们去不去？"

"当然去！"老爸老妈异口同声地说。

我有时候会发自肺腑地认为他们还是分开比较好，尤其这几年，老妈的脾气越来越不受控制，面对我的时候还能收敛收敛，但是对我老爸就完全是随心所欲地发火和攻击。

我有时候看着他们就对婚姻生活失去所有的期待感，甚至还有些恐惧。

但他们又完全没有一丁点儿要离开彼此的意思。

大概互相折磨也是一种难以割舍的牵绊吧。

"还有，在天回来了。"

星星与猫

"在天?"

我一看我妈那一脑门的问号就知道她已经完全忘记了在天这个人了。

"做梅花糕的梁爷爷的孙子,我的同学,中考后搬家走了。"我简单解释了一下。

"哦,回来得真巧,他家估计也要搬迁。"

"他就是回来参与容巷的改造的。"

老爸老妈惊讶地看着我,齐声问是不是真的。

当然是真的,但是我一看他们的表情就知道他们在想什么了,赶紧说:"没有用,他什么都决定不了,而且我们也只是普通朋友。"

非常普通。

我普通,我们之间的关系也普通。

但最让人忧虑的是,如今看在天,竟觉得他身上也多了几分普通。

但又庆幸,他的那三分普通,正好是我可以靠近的部分啊。

我躺在床上,回想从看见在天的第一秒到分开前他所有的神态,他弯腰放行李,他低头吃馄饨,他伸手想摸初一的头,他拉着行李走在容巷的石子路上,他坐在炉灶旁吃梅花糕,他看着姜爷爷微微地笑……

他此时的礼貌和温柔让人觉得是情理之中,但又是意料之外。

这些年他经历了什么呢?

他是怎么样长大的呢?

时光将他身上的木然和冰冷都洗去了呢,怎么做到的呢?

但也许都是假象。

因为我给他发信息,说你哪天有空,我带你去看梅花啊。

他没有回我。

一整个晚上都没有回我。

第二天我起晚了，眼看上班要迟到了就决定不吃早饭了。

老妈往我包里塞了一个包子，在我临出门时说："是不是分手了？给我个准话。"

"你问这个干吗？"

"我是你妈，我还不能问了？"

"没有！真的没有！"我说完就跑了。

绝对不能给我妈任何安排相亲的机会！

但是毕竟是两年，要么我真的就和良敬维持关系，要么就在老妈动手之前找个男朋友！

真糟糕，我妈像是拿着把刀在我寻找爱情的道路上追赶我。

走进容巷，高空白云盛开，春风疾行，吹得谁家铁锈的大门晃荡晃荡地响着。

是在天家的大门。

十年未开过的大门竟然开了，我一开始想大约是在天开的，但是再一看，锁是砸开的，心里一惊。

但想想自己的身手，决定还是不能冒失。

"有人在吗？"我冲着里面喊。

在天探出头，问我："什么事？"

"怎么会是你？我看锁是砸开的，还以为进了小偷。"

"时间太久了，锁已经锈成了石头，再说，我也没有钥匙。另外你看这座空房子，小偷进来能偷什么？"

十分合理。

我刚想走进去，在天拍拍手上的灰尘走了出来。

"我已经找了保洁，今天下午会过来，之后再看看需不需要找一家装修公司简单给我整理一下。"

"怎么？你要住吗？"

"倒也不是一定会住，再看看吧，我也不想一直打扰姜爷爷。你去上班吗？"

我点点头。

"我正好要去吃碗牛肉面。"在天看了看巷口。

"我正好也要去吃碗牛肉面。"

"那一起吧！"

反正我确实没有吃早餐。

至于迟到那件事——

你知道，有些事已经在你的人生里迟到了那么多年，就不要再错过了。

我倒不是说要和在天发展成什么关系，我仅仅是说，我和在天一起吃早饭这件事。

我和在天在老牛面馆吃过小馄饨，吃过牛肉面，但可惜的是都是晚饭或者夜宵，从来没吃过早饭。

我一直想着，能不能有一天，我们一起吃一顿早饭。

一起吃早饭这件事在我心里和情人节互送巧克力一样甜。

石板路边边角角里蒲公英都开好了，成片成片的嫩黄。很少有孩子会去摘，大家都在等，等蒲公英变成小伞，然后吹一口，看它飞满容巷。

"凌画阿姨去年出门旅游摔伤了腿，所以现在大部分时候都在店里坐着。"我一边走一边继续给在天介绍容巷的变化。

"哦。"

"对了，姜爷爷要找的人找到了。但人已经不在了，她孙子通过报纸上的寻人启事联系的我。"

"哦，那件事我好像知道，曾经上过热搜。"

"还有，牛二去世了。不知道你还记得不记得，江美玲把他带回来安葬了。"

"有印象。"

"阿良，他走之前救了张警官的儿子。"

"阿良，阿良。"在天念了两遍阿良的名字。

快走到巷口的时候，远远地能看见李家后花园里有一枝开好的梅花露出半张脸，惨白的粉色。

但我没有打算提醒在天。

我知道用什么办法可以进到李家的后花园里，那一片墙都快被容巷一代又一代的小孩子爬秃了。

但在天并不知道这些事。

我想起来了，我跟井然一起爬过。

容巷的各家家长心里也都清楚，没进过李家后花园的孩子那还能算得上是容巷的孩子吗？

这么一说，难怪后来在天离开了容巷。

我那时候跟井然爬进去偷梅子吃，梅子还青得很，我们也不懂，摘了一个就咬，酸得牙齿一星期不能咬东西。

没有人会去邀请在天一起爬墙，我不邀请的话，就真的没有人了。

但我不可能邀请他，我怎么能让他知道我是一个会爬墙的人呢？

我心里正美滋滋地想着如何在一个月色如水的夜晚带在天去爬那道墙，一抬头看见老牛面馆的门关着，上面贴着一张告示：因店主有事，休店三天。

以为马上就会实现的一起吃早餐的愿望一下子破灭了。

小二不知道打哪里跑出来，嘴里含着什么，跑到老牛面馆门口，放下嘴里的东西，得意扬扬地席地而坐。

我刚想凑近了瞧瞧是个什么东西，在天说，是老鼠。

星星与猫

"小二你真是昏头了,老牛叔叔要你这种大礼?"

我刚说完在天扑哧一声笑了,笑完他抬手掩了一下嘴,又轻微咳嗽两声。

"有……什么好笑的?"我很意外。我从小一直一直致力于逗在天笑,但是从来都是惨败。

真是无心插柳。

我竟然想知道是什么原因,总结经验下次说不定能做得更好。

"没什么,就是忽然觉得,你跟小时候一样,没什么变化。"他说完四下看看,问我,"这儿还有哪家可以吃早点吗?"

"你往西,大概一百米,有一家粥铺,有南瓜粥紫薯粥皮蛋瘦肉粥,还有油条豆浆玉米,不过豆浆不好吃,牛奶更一般,南瓜粥非常好。如果你不习惯,我这有一个包子,我妈包的,自己家的东西,放心。"

我从包里拿出我妈塞给我的包子,递到在天面前。包子装在保鲜袋里,现在拿着还一股温热。

我没有想过他会接过包子。

但他真的接过去了。

"萝卜丝馅儿的吗?"

"你怎么知道?"

"小时候吃过很多次,尤其冬天,早上上学的时候你会硬塞给我。"

是有这件事。

但我竟忘了。

我所有的记得,都是在天如何将他掩埋得很深的情绪传递给我,实际上也并不是他传递给我,而是我穷追不舍地在挖掘。

至于我对在天做了什么,除了那一封他完全不知道的信之外,我大多都忘了。

"姜爷爷大概起来了,我回去陪他吃梅花糕吧,还有包子。"

在天笑着跟我再见,往容巷里走去了。

在天脱掉了书包的背影,像极了童年时被夕阳拉长了的、走在我前面的他。

毫不意外地迟到了。

虽然全勤奖没有了,甚至还要倒扣五十块,但已然富裕的我并不在乎。

午饭后老大忽然找我。

"你知道你家那条巷子要大整吗?那可是条老巷子,据说几百年的历史都是有的,虽然有很多人家的房子都翻盖过,但巷子里藏着的故事可是悠长悠长的。这次我们想配合有关方面为容巷做一些宣传。"

"有关方面是谁?"

"你看看,永远抓不住重点,你难道不应该问我们的任务是什么吗?"

"那任务是什么?"

"你对容巷肯定很了解,去挖掘一些故事,我们这次要做大的。"

"做大是什么意思?"

唉,跟领导讲话太费劲了。

但我还是不得不领了这个任务——深度挖掘容巷故事,借由故事打响容巷品牌。

我琢磨着这句话,心里一片白茫茫。

容巷是条巷子,是个家,怎么就是个品牌了?

品牌这个词,是个多生硬冰冷的东西啊?

同事们在一起欢快地说着南湖那片新植的樱花开得如何如何,我心里飘飘忽忽,莫名地有些雀跃。

井然忽然发来消息,先打了三个感叹号,然后问我,在天回来了?

我说是的。

"容巷三巨头不聚一下吗？"

容巷三巨头？我看着井然的形容哈哈地笑，容巷三巨头里有两个不知道自己是容巷三巨头之一吧。

我自告奋勇去约在天。

两点给在天发的消息，三点他就回我了。

更棒的是，他说好的。

我们约在"巷子深"。

就坐在良敬给我留的雅座里。

对于在天和井然认识这件事我已经很惊诧了，没想到两个人竟然还有话说。

我因为到得比较早，在天来了之后坐在了我对面，井然来了之后竟然一屁股就坐在了我身边。

我也不能拒绝。

我要了一壶黄酒一壶米酒，问了店员才知道米酒是之前在钱老三那儿买的，余货已经不多了。

"别卖了，留着以后都卖给我。"我第一次在"巷子深"行使特权。

"什么时候开了这么个店？"井然坐下就问我。

"我以前的、现在不能确定还是不是男朋友的人特地开在这里的，而且非常体贴地在他出国之前开了这家店，说方便我喝酒，尤其是一个人的时候，喝醉了晃两步就到容巷了。"我解释说。

"这么体贴他干吗还走？"井然说。

在天忽然低头笑了一下。

我对在天的这个笑更感兴趣，看着他。

在天推了一下眼镜，说："没什么，就是觉得井然也是一点儿没变，现在也还是一样，没有逻辑。"

井然不服气，说："怎么没有逻辑？你看我要是有个特别喜欢特别心疼特别想照顾的女朋友，我干吗跑那么远的地方去？"

"女朋友不是全部的人生。"在天明明是笑着说这句话的，我心口一冷。

但他是对的。没有办法。

"那……那也对，那就不要这么体贴嘛，让人怪放不下的。"

"也可能是基本礼节。"

在天真是句句话都堵在了井然的出口，让井然无路可走。

井然只好哈哈一笑，说在天："你小子也是一样，没变。"

"哪一点没变？"在天竟然追问。

"当然是让人讨厌的点没变啊！"井然哈哈地说。

"我其实并不喝酒，但你这么说，今晚我决定开戒。难得遇见一个懂我又愿意说真话的人。"从在天的神情来看，他不是在开玩笑。

我给在天倒米酒的时候说："钱老三酿的酒，绝版了。"

"钱家的米酒我知道，是闷在容巷里的一块招牌。本地的人基本都知道，但是能喝到确实不容易，量少酒贵。"井然喝了一口，说好喝。

在天也端起米酒喝了一口，说："清甜，但我确实不懂酒的好坏。"

"你不需要懂。世界太大了，我们能弄懂我们在意的就很不容易了。"

我说完这句话发现井然盯着我看，问他怎么了。

他坏坏地一笑，说："我觉得你说得对。"

"对了，钱老三是不是有个女儿？"在天忽然问。

"对，九儿。钱老三去世的时候我看见过她，难得一见的美人。"

井然一听忙说："有多难得？"

我不客气地回他："你配不上的那种。"

井然哑火。

星星与猫

在天又说:"今天下午我可能看见的那个就是九儿,她穿着白色的衬衫,天蓝色牛仔裤,外面套着一件长款针织衫,梳了一个马尾,很长。我看见她从钱老三家出来。"

"哇哦,你连她穿什么都记得这么清楚哦?"我觉得我没必要掩饰语气里的羡慕。

在天端起酒杯,说:"因为,确实……难得一见。"

我一点儿也不想在这个晚上谈论九儿。

但话题真正回到我们每个人想要的题目上时是在酒过三巡。

在天对容巷的记忆真的寥寥。

他说他很少很少会想起容巷,平时太忙了,没有时间也没有心思去回忆以前,况且以前也并没有给他留下什么难忘的回忆。

他只是偶尔在梦里,非常偶尔的,梦见容巷站在清晨里,被薄雾笼罩,他在巷子里奔跑,没有尽头,走不出去,也回不了家。

醒来之后梦里的一切又变得模糊,只依稀有清晨有薄雾有容巷。

我问他,你还记得容巷里和你一起长大的小伙伴吗?

这一题太明显了,那样的小伙伴除了我还有谁呢?

"我偶尔会想起阿良。我现在还记得,有一次陪阿良看星星,是深夜,我爸妈吵架,我跑出来了,遇见坐在石凳子上仰着头的阿良,他笑嘻嘻地邀请我和他一起看星星。我那时候看着他,说阿良真羡慕你啊你快乐得像个傻子。他说,你这话是什么意思?我当时也觉得自己好笑,阿良他不就是个傻子吗?但他也是真的快乐。那天我们看了很久的星星,没有任何人来找我,也没有任何人来找阿良。我也不知道几点了,阿良说是时候回家了,再不回家星星就会熄灯了。"

井然哈哈地笑,说:"原来你还陪阿良看过星星。有一次傍晚放学,阿良喊我,一起看星星哦,最勤快的星星现在已经出来喽。我给了他一块糖,让他自己乖乖去旁边玩。"

"我还陪阿良在阴雨天看过星星。"我非常想念阿良。

非常想念。

井然忽然说:"其实容巷挺好的。如果我没有搬走,就住在容巷里,再娶一个容巷里的姑娘,在容巷里度过我这一生,想想还真有点幸福!"

"你说的不就是容克和莎莉?"

"啊?果然有人过上了这种生活?"

在天笑着说:"你现在回去也来得及,容巷的小姑娘还多得是。"

"你才回来怎么知道容巷有很多小姑娘?"我不服气地问。

"猜的。但就基本的逻辑事实来看也应该如此。"

"你一直活在逻辑里吗?谈恋爱的时候也是这样吗?"

"我还没有谈过恋爱,没办法准确地回答你这个问题。"

在天竟然还没有谈过恋爱。

这个时候井然惊讶地说:"这么巧?我也还没有谈过恋爱。"说完,井然意味深长地看着我。

那眼神很明显已经将我扫射成恋爱经验丰富的情场老手了。

"别造谣了,是谁前不久才在同学群里高调分手的?"

井然摇摇头,说:"你真的没有智商,那件事很明显是我为了对方的面子委屈自己演了一出真假难辨的戏而已。从没谈过!真的!骗你是小狗!"

连骗你是小狗这种古早的话都说出来了。

我们嘻嘻哈哈地碰杯,庆祝久别重逢和依然幼稚。

从不喝酒的在天一直到最后还是保持清醒。

酒量最好的井然最早大舌头。

我到最后也是眼神迷离,神经兴奋。

所以我抓着那个多年的问题不放,一直在问在天:"你到底有没有收到那封信?我写给你的信!你收到没有?"

井然在旁边帮腔:"你就告诉她你到底收到没有。"

"对,你说实话,你收到没有!"

"十年前的事了我真的不记得了,应该是没有收到的。"在天无奈地说。

"我让阿良送给你的,阿良说他送了。阿良从不骗我!阿良说天上有星星,你看,天上就是有星星!阿良从不骗我!所以,他一定给你了!"酒精让我理直气壮起来。

"你是不是没回信?"井然说,"没事,你如果没回信,你现在回也行,你看瑶瑶多可怜,问这么多年。"

"瑶瑶?你怎么也叫我瑶瑶?"我看着满脸通红的井然,觉得他像六岁。

"你忘啦?你虽然很早就改了名字,但瑶瑶就当个小名一直叫到小学毕业,我们私下里一直叫你瑶瑶的。在天,你说是不是?"

在天点点头。

天旋地转的,我像是回到了那个时候。

容巷大雪,在天在我前面走,我看着他的背影,一直看着,一直跟着,看他滑倒在雪里,看他自己起来,看他继续往前走……

我在酒意里迷迷糊糊地好像找到了这些年一直都想不明白的答案。

为什么在天对我来说有一种奇怪的吸引力?我此时看着在我眼前模糊着摇晃的他,想想那个在雪地里的男孩,我知道那是什么了。

是他身上自始至终都笼罩着的一层忧郁。

就像他的梦。

如清晨被薄雾包裹着的容巷。

他站在那里,因为忧郁显得又温柔又寂寞。

就像……

就像记忆里夜深时悠长的灯光，昏暗的巷子。

店里已经没有其他客人了，甚至一般的服务员都下班回家了。

我们三个站在"巷子深"的门口说再见。

是我和在天跟井然说再见。

在天把井然扶上出租车，然后一把拉住我的胳膊，架着我往容巷走。

我感觉路软绵绵的，踩在上面好像一脚下去不知道自己会陷在什么位置，所以心里完全没数，就这么深深浅浅地走着。

"你会喜欢我这样的女孩吗？"我胆子太大了。

"我没办法回答你这个问题。"

"为什么？"

"因为我连你是什么样的女孩都不知道。"

"哎，好烦，为什么每次你都是对的。"

"我也很想错一次。"

"那还不简单？"

"很难。"

"想错还难？"

"因为人生没有什么是绝对正确的，那么什么是错的谁又能知道呢？既然不知道，那又要如何错呢？"

唉，他又是对的。

"我带你去看梅花！"

在天被我拽着，一路小跑起来。

早春夜晚的凉意不断地给我的脸降温，跑起来的时候凉风拂脸而过，惬意。

星星与猫

在天犹豫了一下,还是跟着我翻过了被爬得又秃又光滑的矮墙头。梅花已经开了几树,在微弱的夜光里显得十分娇羞。

我太开心了,我晃着手指着面前的天地,说:"我以前,就想着带你来一次这个后花园,最好就我们两个人,爬着墙进来。但不是这个时候,是在梅花要落的时候,我们就躺在树下等着,等风吹来,然后梅花落满身。"

"那你为什么没带我来?"

"我怕你嫌弃,嫌弃我瞎做美梦,嫌弃我像个野孩子,嫌弃我爬墙头。"

"那现在就不怕了?"

"现在?反正就算你不嫌弃我,也不会喜欢我,那还怕什么?"

他点点头,说也有道理。

我摘了一朵梅花,放在手心,感觉像是漫画版的雪花冲破了界限来到了我的世界。

在天站在一棵梅花树下,头顶正好一层梅花,我看着不免感叹,公子入画,画中梅花心花怒放。

"容巷还是很美的。"

在天点点头。

"那能不能留下来?"

"嗯?"

"我是说容巷!你看,容巷能不能留下来?"

"容巷不会走,它就在这儿啊。"

"不是要整容?改头换面?能不能尽量把原来的样子留下来?"

在天指着梅花说:"我想,至少它们是能留下来的。"

那也是好的。

第十三章
对不起,打扰了

她的人生在她的心口向来是没有边界的。

但钱老三去世的那天,她好像忽然在心上摸到了一处栅栏,栅栏里拦着的是弱小的、对这世界上所有美好充满期待的自己。

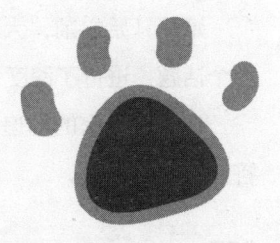

九儿真的租了钱家的房子。

我在老牛叔叔的婚宴上听到了这件事完整的消息。

确切地说，九儿租的是钱家的酒坊，她说想用钱老三留下来的所有东西就着这一季的梅子做一批青梅酒。

这真的是最后的一批了。

钱老三走了。

容巷能不能留，谁也不知道。

老牛叔叔的婚宴选的酒店就在容巷附近，酒店算不上豪华，但容巷的老老少少拥进去，对着照片、鲜花、红酒杯又是点评又是拍照的时候，温馨充满了整个空间。

在天与姜爷爷、彩云与凌画阿姨、还有江美玲与抱着初一的莎莉姐，和我们一家坐在一个桌子上。

婚礼开始之前，大家主要围绕九儿租钱家的房子以及容巷改造这两个话题，进行了深度讨论。

在天在大家的围追堵截中频频扶眼镜，所有的问题都只有一个回答：还没出方案。

刘三妹穿着柳花阿姨做的嫁衣，挽着穿中山装的老牛叔叔的手臂，随着音乐声进场了。

跟在他们身后的是他们的儿子，也是我见过的年纪最大的花童。

当然，从体型上看也是最大的。

一家三口脸上都挂着最朴素的幸福。

在司仪大概说遍了这世界上所有的婚礼贺词后，老牛叔叔拿过话筒，拍了拍，对着话筒"喂"了一声，大家都笑了。

"我这辈子最大的福分，就是娶到了刘三妹！我知道，我一直欠三妹一句话！今天，我要说给三妹！三妹……"

老牛叔叔看着刘三妹，刘三妹激动得嘴唇微微颤抖，明明笑着，却看起来就快要哭了。

老牛叔叔又喊了两次三妹，脸涨得通红，那句话一直压在嗓子眼儿，就是说不出来。

所有人都笑了。

"三妹……"老牛叔叔又鼓起勇气用力喊了一声。

这一声后，台下紧接着齐刷刷地替他喊了出来："我爱你！"

群众的呼声太高了，谁也不知道这里面到底有没有老牛叔叔的声音。

但就当他说了吧。

这件事在大家哈哈的笑声中结束了。

老牛叔叔看着刘三妹，挠了挠头，说："三妹，我想说的是，这一次是我追的你，扯平了。以后别生气就离婚了，结婚开销挺大的，得做将近一万碗面呢，我年纪大了，体贴一点我吧，好吗？"

刘三妹擦了一下眼角，歪过头对着话筒说："没事，如果还有下一次，我出钱！我有钱！离得起！"

"不行不行，别想骗我们份子钱哦！"

哈哈！

233

莎莉姐逗着初一，说："应该让你老爸也过来看看，老婆本要一直攒的哦。"

彩云也笑着说："那我岂不是要好好攒离婚本？"

姜爷爷指着红酒对在天说："现在可以喝了吗？"

在天给姜爷爷倒了一杯红酒，又问桌上的各位还有谁要。

我和彩云各要了一杯。

老妈看着在天，说："你妈妈还好吗？当年咱们还经常一起去买菜，经常讨论你们两个的学习，转眼这么多年过去了，你都是大人了。"

"她很好。"

在天多一个字也没有，老妈只好闭嘴。

在天就坐在我的旁边，他抬手拿面前的水杯时，我能闻见他身上淡淡的香气。不过我分辨不出来是哪一款香水，毕竟我唯一能识别的是和我同款香水的味道。

我们这么近地坐着，他也并没有显出一丝局促。

我也是第一次知道，两个人之间的泰然自若在某些时刻并不是一件好事，甚至还有些伤人。

"你不喝一些吗？"我端着红酒问在天。

"我真的不太喝酒。"

"今天可是老牛叔叔的喜酒！难得嘛，咱们小的时候哪里敢想，有一天能喝到老牛叔叔的喜酒。"

在天微微一笑，给自己也倒了一杯。

姜爷爷举起酒杯。

大家跟着也举起手里的杯子，欢欢喜喜，美美满满。

婚宴结束的时候，月光刚刚抢占了夜色，开始在人间显摆。

姜爷爷只喝了一杯，微微有些兴奋，嘴里低声哼着《苏三起解》，拄着拐杖摇摇晃晃地往家里走。

容克下了班特地过来接走了莎莉姐和初一,江美玲去打包剩下的鸡鸭鱼肉准备带回去给小二,彩云裹了裹外套回自己的工作室去了,我爸妈约了几个邻居去广场上看人跳广场舞了。

我和在天一左一右跟着姜爷爷,送他回家。

走到巷子中间,姜爷爷看了一眼石凳子,忽然走过去坐了下来。

"姜爷爷,夜里天冷,还是回家吧。"在天说。

我倒是没有这么想,毕竟月色正好,如果姜爷爷和在天不着急回去,我也能借口多得一分月色。

"你们去玩你们的,不用管我,我没事,我就是想一个人坐一会儿。几点了?"

我看了一眼手机,告诉姜爷爷:"八点半了。"

"那还早啊,怎么没有孩子出来玩石子呢?"

"天还很冷呢,而且现在也没有石子玩了。"我说。

"哦。那再等等。我坐在这儿等等,你们去玩吧,去吧。"姜爷爷冲我和在天挥手。

姜爷爷是个倔老头,活到如今,你很难说他是根本不需要陪伴,还是不屑于有人陪伴。他一个人一辈子,这种习惯让他安稳地度过了每一个夜晚。

"时间还早,你要回家吗?"我问在天。

在天无奈地看了看姜爷爷,又抬头看看月亮,说:"我本来是想回去的,但是姜爷爷他……"

"他一个人没事的,我请你看电影吧!"

"电影的话……时间会不会太长了?"

"那我请你唱歌,唱歌时间可以自己掌控。"

"那还是看电影吧!"

我领着在天往巷尾走。

"你还没去过巷尾吧？我记得小时候你也很少往那头走，我们是整个巷子地跑，你只走这半个可以去学校的巷子。"

在天笑了一下，说："这两天没事的时候，我已经把整个巷子转了十遍不止了。"

"哦，对了，忘了你回来是要改造容巷的。那你走到巷尾的时候有没有看见一家新开的私人影院？叫'阿斯'，其实是英文里的 us，'我们'的意思。但很巧的，店主的女朋友就叫阿斯。店开了两年了，据说年年亏本，但是还一直开着。"

"我几乎已经能记下容巷里每一家店铺的名称和相应位置了。"

今天因为老牛叔叔的婚宴，容巷里各家店铺都早早关门了，反而这个时候有些店面里才开始露出灯光，大门虚掩着，欲拒还迎的样子。

就在这灯光和月光的交映之间，九儿从钱家的大门里走了出来。

九儿身上藏蓝色的缎面风衣在月光下隐约反着光，头发梳成了一个丸子头，围着薄薄的酒红色围巾，肩上背着一个帆布包。

月光下斯人如梦，伸手可触，又遥遥不可及。

虽然距离我们还有七八米远，但我一眼就认出来了。

九儿的好身段，就连我这样对外貌不太在意的人也见之难忘。

我和在天刚准备走过去打招呼，忽然钱家门旁边走过来一个男人，站在了九儿的面前。

那男人原本靠墙站着，一点声息没有，一身黑色，很难让人注意到。

九儿也是吓了一跳。

但她反应太迅速了，胳膊肘迅猛地往上一抬，男人捂着鼻子哎哟哎哟地蹲了下来。

九儿说了声怎么是你，赶紧从包里拿出面纸递给蹲在地上的男人，说:"擦擦吧。"

九儿下意识的动作甚至比她的眼睛将信息传给大脑更要迅速。

难道九儿至今还在练跆拳道吗?

这个问题我后来问了彩云,彩云哈哈地笑,说:"你可别被她看起来纤细的身板给骗了,她有一家自己的跆拳道馆,她也是教练之一,她身上没有一块混吃混喝的肌肉。"

但此时我刚想上前一探究竟,在天一下子抓住了我的胳膊,说:"别去了,人家多尴尬。"

我懂事地点点头,跟在天一起站在原地,看着那个男人一边哎哟一边站起来,然后跟九儿一起往巷尾方向走了。

"巧了,这可不是我要跟着。"我说完继续往前走了。

在天也跟着我走,他看着九儿的背影,说:"那是九儿吧!"

"嗯,是她。容巷虽然美女很多,但是如果九儿来了,别人谁也不敢说自己是第一。"

我刚说完手机滴答一声。

良敬又发来一张明信片。

他到了意大利。

天气还是晴朗。

他所到之处总是晴朗,他不用标注微笑,我也知道他过得很好。他是有本事可以过得很好的人。

对于这条信息,在天什么都没有问。

我心里一阵失落,他是真的绝无可能喜欢我吗?

前面和九儿一起走的那个男人伸手想搂住九儿的腰,被九儿拒绝了,他只好晃着胳膊,找机会牵住了九儿的手。

这次九儿没有挣脱。

"看来是男朋友。"我推测说。

"关系不稳定。"在天说。

这世上有什么是稳定的呢？相爱的人会分手，陌生的人会相遇，今天会成为过去，明天会成为今天，没有什么是稳定的。

这件事大概也包括我爱你。

"啊，有点冷。"

我其实是随便一说，在天忽然尴尬地看着我，说："那……需要我脱外套给你吗？"

"不用不用，马上就到阿斯了，我的意思是等下可以要两杯扎啤，一份烧烤，一边吃一边看电影，暖和！"

"你确定喝扎啤能取暖吗？"

"扎啤，烧烤，电影……"我想说，还有你，都能取暖。

正说着话，就看着九儿和那个男人也拐进了阿斯。

阿斯里最后一间靠窗的房间正好被先到的九儿定去了，我和在天分到的观影房虽然没有窗户但空间比其他房间大，荧幕也要大出一寸，沙发宽阔得像一张小床。

我要了扎啤、烧烤，点了一部《真爱至上》。

在天没有看过《真爱至上》，他看过的电影非常少，《钢铁侠》《蜘蛛侠》这些系列影片就可以占据他大部分的观影经历了。

他大部分的时间不是在图书馆就是在实验室。

他所有的成长轨迹好像就在我眼前发生的一样，他真的就完全按照我想象的样子生活着。我真的很后悔，我为什么不想象他无可救药地迷恋我。

《真爱至上》我其实已经看过很多遍了，但我第一次看这部电影的时候就想，如果能推荐给在天看就好了，像他那样的情感严重迟钝患者，应该多感受感受人间真情。

你看，那时候我甚至不敢想，如果我和在天一起看这部电影就好了。

生活给我的竟然比我想要的还要多。

真是意外。

在天看得很认真，扎啤摆在他手边，只喝了一口。

我是喝一口想一次，要不要等到电影里出现"我荒废的心会一直爱你"这一幕告白的时候，就在手机上做一个告白滚屏？就写"我一直在找你"？还是"我一直在等你回来"？或者"我一直喜欢你"更好一点？

等一下，手机上屏幕滚屏那个 APP 叫什么？上次秋晨给我推荐的时候我好像没有下载。

应该听她的话，即使不去追演唱会也还是该多掌握一点技能的。

在这样反复、忐忑的思考中，我快速地喝完了手里的扎啤。

我忘记在此之前我已经在老牛叔叔的婚宴上喝过一杯红酒了。

所以我完全无法抗拒地睡着了。

第二天我醒来的时候，荧幕上定格着的是《西雅图不眠夜》的结尾字幕部分。

我身上盖着毛毯，躺在床一样的沙发上，摸手机的时候才发现已经是早上七点了。

在天就坐在我旁边，双手抱臂，靠着沙发，眯着眼。

他的眼镜放在了桌上。

可能是听见我的动静，他醒了，揉了揉眼睛，拿眼镜戴上。

"你不会就这样睡了一夜吧？"我问他，"你怎么不叫醒我？"

"叫了，叫不醒。"他无奈地冲我笑笑，说，"你喝多了酒倒还挺省心的。"

我看了一眼桌上的扎啤，他的那一杯才喝了一半。

其实我只是正好喝到了可以助眠的量而已，并没有喝醉，如果真的喝醉就不会那么省心了。

239

九儿他们想必早就走了。

在天站起身,摇晃着头活动筋骨。

没想到我此时心里的抱歉比羞涩更多一些,不停地对他说着对不起。

"没关系,正好我最近一周都不需要工作,我比计划提前回来的,这么多年,也是第一次给自己放这么长的假。"

难怪能有时间绕着容巷来来回回地走。

从影音室出来的时候我朝旁边的房间看了一眼。

"早就走了。"在天说。

"你怎么知道?"

"我听见他们开门出门又跟服务生说再见的声音了。"

"真没想到她还会回容巷来。"

"她已经租好了钱家原来做酒坊的那几间屋子了。"

"你怎么知道得这么清楚?"

"因为我特地去咨询了,想咨询她这酒的酿造周期。毕竟,如果是一两年的话,可能时间上就不太合适了。后来她说只要两个月的时间就行。那就不影响了,两个月后容巷的各项改造工作应该还没正式开始。"

走出阿斯,在天深深地吸了一口这清晨的空气,转头对我笑着,说:"你是第一个和我一起度过夜晚的女生。"

"别人一般不这么说。"

"那怎么说?"

"就直接说,过夜的女生。"

在天无奈地一边笑一边摇头,说:"你知道吗,其实小的时候我就很奇怪,说话我永远说不过你,你的思维好像总是跑得比我快,又机灵又爱探索,可是为什么你学习总是不好呢?"

唉,事情其实不是这样的……

高中之后我的成绩相对于以前简直突飞猛进,可惜我说了他可能也无法理解。

"对于书本上的那些问题可能没有什么征服欲吧，但是好在还是读了大学。"

"后来知道你考上了大学，我真的觉得既不可思议，又顺理成章。"

"你怎么知道我考上了大学？"

在天推了一下眼镜，很认真地想了想，然后说："忘了。"

我忘记了是不是秋晨说过的，大概的意思是，一个人如果一开始的时候就没有喜欢上你，后来基本也就没有多少喜欢上你的可能了。

后来这句话我又在九儿那里听到。

那天晚上大约十二点了，我因为第二天的版面要赶一个稿子加了一个夜班。

回容巷的时候，我坐在出租车上将良敬这些日子发给我的所有风景照都好好地看了一遍。

是丰富多彩的生活和宽阔的世界，是他应该有的。

我想着，假如他就站在风景里，这风景会不会更动人。

到巷口的时候老牛面馆早已关门了，巷子里没有几家还有灯火，但杂货铺里亮着灯。

门半关着。

我准备推门进去的时候，正好听见九儿说："我总觉得从一开始就是不对的。"

我推开了门，彩云和九儿面对面坐着，她们面前的桌子上摆了一个青花瓷样式的酒瓶和两只配套的酒杯，一碟豆腐干。除此之外还有一枝梅花，插在小口的青釉花瓶里。

"我是不是能讨口酒？"我笑着问。

"你倒是来得巧，九儿今天刚刚拿来的青梅酒，我们正好又去后花园里折了一枝梅花，偷偷地，才摆上这么一桌，你就来了。"彩云一边笑着说一边起身从柜台后面不知道什么地方又摸了一只一样的酒杯出来。

我自己给自己倒了一杯青梅酒，喝了一口。

清爽的甘甜，如月光照进心里，如九儿坐在眼前。

"喝了这杯酒，不枉容巷人。"我夸赞道。

九儿柔和地笑着，说："你们那一群小孩子都长得很好，真羡慕你们，不像我们那一群，各自有各自的伤痕。"

哪怕她说的分明是忧伤，但从她口里出来还是有柔和的、完全不沉溺在伤感里的味道。我有点不敢相信她还是一位跆拳道教练。

一个人是怎样把坚硬和柔软融合得这么好的呢？

九儿说完端起酒杯也喝了一口，放下酒杯继续说："我很难喝醉，不知道是不是因为小时候闻着酒味长大的缘故。"

彩云反驳道："才不是呢，只是因为你长期锻炼，新陈代谢快吧，喝到肚子里没有一会儿就代谢掉了，怎么醉？"

"也许吧！但我喝些酒想事情，反而清晰。也可能用清晰不是很准确，应该是更贴近自己真实的想法。"

彩云又给我倒了一杯酒。

九儿继续说："所以，我每次喝完酒都真心地觉得，我不想要结婚，并不是因为结婚的对象如何，就是真的不想结婚而已。但是又不知道怎么向他这么些年的感情解释。可是，如果我违心地结婚了，又怕不能给他以后的人生一个交代。"

九儿刚说完，手机响了。

九儿接了电话，简单说了句好就挂了。

"他来接我了，时间确实也不早了，我先回去了。等下周我搬回来了再来找你们玩。"

九儿说完起身穿大衣。

彩云叹口气，说："好吧，等你搬回来了，我也常回来。不过请你继续潇洒起来好吗？别人的人生都不用你来负责，你只负责你自己的就好啦！"

九儿笑着说了句我知道，围上围巾走了。

我还没来得及跟她说句话呢！

彩云端起酒杯跟我碰杯，说："抓紧机会多碰几次杯吧！"

"怎么了？你要搬走？"

"不是我要搬走，是巷子要改建，今天晚上很多家都出代表去开会了，据说最迟也就是这个夏天，部分家庭的拆迁工作就要开始了。"

"真的要拆？拆了就不是这条巷子了啊！"

"可能拆了会是更好的巷子。当然了，无论如何都不会再是我们的巷子了。"

清早，朝阳的光斜斜地打在西边的墙面上，包子铺里的热气袅袅升至薄蓝的天空里，起早的老人和小孩站在自家门口，听一会儿鸟叫，发一会儿呆。

背着书包的孩子是石板路上最早的热闹，容先生骑着他的自行车，吱吱呀呀地轧着小路，偶尔打两下铃铛，清脆的铃声惊起树头的雀鸟。

店铺的门随着阳光的光临陆续打开，巷子里越来越热闹。

但从未拥挤过。

附近很多小区的居民都会到巷子里来逛，买点好吃的，淘点小玩意儿。

逢上中秋元宵清明七夕这些节气，还会有外来的新摊位，临街摆着，音乐放着，七彩的风车在穿巷而过的风里转个不停……

这是我们的容巷。

243

星星与猫

"拆了之后柳花阿姨的铺子还会在的吧?"我问彩云。

"谁知道呢。"

"得在啊!我还没结婚呢!"

彩云哈哈笑完,说:"要不,咱俩在拆迁之前先去定做一身嫁衣?"

"那不好,整个巷子都会以为我们恨嫁呢!"

"九儿倒是可以去定做一身。"

九儿真正的恋爱开始得特别晚,三十岁才第一次感受到怦然是什么滋味。

三十岁之前的九儿倒也有过几次恋爱,但与其说是恋爱,不如说是双人情感模式的探讨与交流,一般也就能交流上三个月,要么各自觉得乏味至极无疾而终,要么九儿深感疲惫再不搭理。

追九儿的人非常多,但是怎么办呢?她看也不看你一眼。好不容易她答应尝试递进关系,你连牵手都困难更不要说拥抱接吻了,她一个高抬腿能踢到你下巴。

追又追不上,打又打不过。

所以三十岁之前的大部分时间,九儿都是单身一个人,潇潇洒洒。

九儿从来没有觉得自己有什么问题,如果一定要说的话,那就是恋爱这件事本身就是有问题的。

直到三十岁时九儿遇见赵理。

赵理比九儿大五岁,遇见九儿的时候正好事业有成、生活稳妥、人生开阔,恰恰因为之前所有的人生都在努力拼搏,错过了找女朋友的最佳年龄。

但是他得到了找老婆的最好筹码。

赵理第一次见到九儿是帮朋友一个忙,送朋友的孩子去跆拳道馆。当时九儿正在给孩子们整队,穿着道服,扎着马尾辫,赵理进来的时候她转头看了赵理一眼。

赵理当时心里一个停顿，然后脑中冒出四个字：一盘好菜！

赵理是名厨师，之前在别人的餐厅打工，最拿手的是粤菜和西餐，后来自己开了跟自己手艺完全没关系的火锅店，开一家火一家，如今已经近二十家店面。

他说之所以不开粤菜馆和西餐厅，主要是自己这个手艺很难找到入自己眼的师傅了。

赵理原本还想着，朋友什么时候能给他机会让他第二次再遇见九儿呢。

结果第二次的遇见就来了。

周一晚上赵理休息，去酒吧坐了会儿，正好遇见也是周一休息的九儿。

九儿也是一个人。

但在赵理过去搭讪之前有两个男人端着酒杯坐过去了。

九儿一点也没拒绝。

赵理就坐在了原座，他想看看这个不会拒绝人的女人今晚会发生什么故事。

然而他们除了拼酒什么事都没有发生。

一小时后，九儿对面的两个男人喝得趴在桌子上头都抬不起来，九儿放下酒杯，走的时候把对方的酒钱一并结了。

实在是一盘好菜！

赵理想着这句话，就追了出去。

"姑娘，你真的没事吗？"

九儿回头看见赵理，眼里一丝疑惑："我们是不是见过？"

赵理礼貌地微笑，说："你知道吗？如果你遇见一个人，觉得似曾相识，这说明这个人给你安全感，你们可以成为好朋友！你好，朋友，

星星与猫

我叫赵理。"

赵理说完对着九儿伸出右手。

九儿心里确实是对这份熟悉感到迷惑,但赵理身上的成熟稳重又确实带着可信赖的感觉。

再说,九儿无所畏惧。

于是九儿也伸出右手,跟赵理达成了朋友之交的默契:"九儿。"

"是喝酒的酒吗?"赵理开玩笑说。

"是九九八十一的九。"

"啊,那让我猜猜,叫这个名字是因为你出生的时候有九斤?还是你出生的日子是九号?"

"用这个字做名字是因为喝酒的酒。"

"啊,原来我一开始就是正确答案。"

一开始的时候谁也不知道正确答案是什么,最后谁也逃不掉反复的探寻和时间的考验。

九儿从不承认童年的经历对她有负面影响,她相信之所以她会成为现在的她都是她自己一步一步地选择。

她并不害怕婚姻,甚至也偶尔期待与赵理组成家庭后的烟火生活,但她只是简单地、想选择不改变现状地度过自己目前的人生。

"我并未厌倦我目前的生活状态,甚至很享受,这种生活状态让我既安全又快乐,我没必要抛弃它。"赵理第一次求婚的时候,九儿这么说。

那其实已经是两个人确定恋爱关系的三年后了。

赵理算算自己的岁数,结婚这件事确实迫在眉睫。

九儿没有强烈地反对,但她温温柔柔地说这句话的时候又不容反驳。

赵理又等了两年,今年四十了,他觉得真的不能再等了,再等下去很有可能下一代的质量都不能保证了。

"要不咱们结婚吧,不结婚怎么生孩子啊?"赵理总是假装随意地提起这件事。

"如果你仅仅是想要孩子,这可跟结婚没关系。"

"那是,你说的也没有毛病,但是,总归是不好。"

九儿就不说话。

她的人生在她的心口向来是没有边界的。

但钱老三去世的那天,她好像忽然在心上摸到了一处栅栏,栅栏里拦着的是弱小的、对这世界上所有美好充满期待的自己。

那天她在回家的路上,脚步匆匆,她想着,等见了赵理,就跟他说,咱们结婚吧。

所以九儿路上调了头,直接去了赵理家。

上午不到十点,赵理肯定还没起床。恋爱五年虽然两人还是分别住在各自的住处,但两个人之间也多了许多的互相尊重、互不打扰的空间,有效地避免了争吵。

所以这五年,他们甚至连一次架都没有吵过。

九儿还特地拐进一条街道给赵理买了皮蛋瘦肉粥和三明治,想着他起床的时候正好吃。

九儿敲门。

这已经不是第一次来赵理家了,但是今天她敲门的手微微有些抖,她深吸一口气,想着赵理打开门的时候,她要怎么说出那句咱们结婚吧……

在九儿紧张和莫名的期盼中,房门打开了。

一个穿着睡衣的姑娘赤脚站在屋内,看见九儿先是一惊,嘀咕了一句:"还有这样的外卖小妹?"

说完又看了看九儿手里的东西,转回头对着屋里大声说:"你点的不是比萨吗?怎么送的是粥和三明治?"

赵理的声音从屋里响起:"我点的是比萨,不是比萨就是送错了。"

姑娘看着九儿,说:"你送错了,我们没点这个。"

九儿压着一股胸口冒出来的说不清道不明、火烧火燎的情绪,说:"对不起,打扰了。"

九儿回到家,自己吃光了皮蛋瘦肉粥和三明治,然后给赵理发信息:"分手吧!我觉得还是通知一下你比较好。"

赵理没有回信息,也没有打电话,而是以最快的速度赶到了九儿家。

他们爆发了五年来的第一次争吵。

像是沉默已久也积攒已久的火山,爆发的这一刻,将双方所有的感情烧为灰烬。

"你到底有没有爱过我?我像个傻子一样陪你五年,你现在说分手就分手了?"赵理像个无辜的孩子,愤怒得特别幼稚。

"爱过。但结婚不可能,我不想耽误你。"

"算了吧!你就是自私!你这个人我早就看透了,你就是自私!整天活在自己的世界里,谁也瞧不上。实际上,别人也瞧不上你,你还把自己当成个宝贝,三十五了,没家没孩子,你随便走在哪个小区都有人戳你脊梁骨,自命清高!好像你不要在这个社会里讨饭一样!谁比谁高贵?"

"别人我不知道,但我比你高贵!因为我比你干净!"

"你说我脏?我哪里脏?我清清白白做人,勤勤恳恳挣钱,你嫌我脏?我看你是有病!"

"我有病!那请你放过病人吧!"

"我就赖在这儿不走了你能拿我怎么办?"

赵理说完这句话就后悔了。

不过九儿没有上脚,虽然用的是过肩摔的招式,但是也没有真的把赵理摔在地上，只是把他甩出了门外。

两个人大概分手三天，赵理才琢磨出味道来，然后查看家里的录像才发现那天早上到自己家的是九儿。

但对于九儿来说，弥补的时机不会再有了，而那一天她也完全不想复盘了。

因为那一天，她失去了两样她一直觉得无关紧要但实际长在心口的东西：一个是父亲，一个是爱情。

赵理不求九儿原谅，他只求能再从九儿这里得到一次机会。

"在你眼里我是错了，但是你要知道，如果我不是用正常的渠道发泄自己，跟着你清汤寡水，我未必能度过这五年。"

九儿唯一的安慰是赵理没有随便找个理由来搪塞她，没有说那是因为迫不得已的原因留宿的朋友，也没有矢口否认他们什么事情都没有发生，他拿出一副我确实做了你以为的一切，但是我还是希望你能原谅我的态度来。

"五年都不能过，下半辈子如何过？"九儿确实也是真心实意地希望赵理能够看清楚自己内心真正想要的是什么，然后放过她。

但是赵理死皮赖脸，就是要娶九儿。

娶九儿这件事在赵理这里变成了一件事关生死的大事。

他说这一辈子，非九儿不娶。

九儿对这件事有过短暂的心软，就是赵理在她家门外苦苦站了一夜，第二天就进了医院之后。

九儿去医院看赵理，看他四十岁的人这么一病竟然真的显出几分苍老来，像个小老头缩在医院的病床上，面色苍白。

九儿想起他陪伴自己的这五年，就算只是一只猫，也是给出了全部的温柔的。

而且事后九儿仔细想了想，竟然也不觉得赵理和一个他不爱的女人发生关系她有多心痛。那种一开始被震惊的感觉在短短的时间里就被平复了。

甚至连治愈都谈不上。

在这短暂的平复里，面对赵理的求婚，她没有斩钉截铁，她想要等一等。

等到她发现自己竟然不在乎赵理和别的女人发生关系的时候，她才真的明白，他们的关系，完了。

那天在阿斯看电影，是赵理非要来等她，然后她约了赵理到阿斯。在小小的空间里，九儿语重心长地对赵理说，我们不能结婚，我们甚至已经不能继续恋爱了。

我在彩云那里遇到九儿之后，不到一个月，赵理便结婚了。

九儿说谈不上谁欠谁的，各自的人生各自负责，谁也不欠谁的。

据说赵理在婚礼现场在司仪问新郎有什么话说环节，一下子哽住，用一只手掩面哭了好一会儿，才对着话筒喊了一句："老子终于结婚了！"

四十岁的人，旁边站着一个比他小十五岁的漂亮新娘，他哭的样子让大家觉得他可能捡到宝了。

九儿真的搬进了容巷。

她的行李极少，我只看见她提着一个箱子。

后来才知道搬家公司把她的床铺和其他的吃穿用度都提前搬完了。

她搬进钱家没多久就把她的母亲接了过来，老太太离婚后一直独自一个人。她说早已经过够了婚姻生活，夫妻之间的一切都让她厌倦极了，离婚后无数次感慨，少了那份纠缠，真的轻松愉快。

钱老三的续弦，也就是钱十的母亲，依旧住在前院。钱老三的前妻，也就是九儿的母亲，和九儿一起住在后院，抬眼就是那一堆的酒缸。

第十四章
等哪天有空了,我请你

但剑兰并不认为这是他们开始的地方。

他一会儿觉得是去大学报到的火车上自己忽然站在阿斯面前的时候,一会儿又觉得是自己第一次拿着蛋糕在阿斯宿舍楼下等她的时候,但偶尔也会觉得是阿斯伸手跟他要五十个Q币的时候。

总之那一个吻不算是他们开始的时候。

接吻这件事和他们之间的感情相比,实在不算什么。

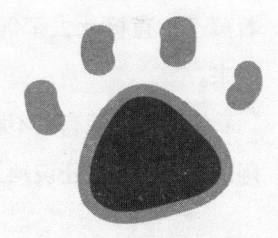

我经常提醒我妈多去找九儿的妈妈聊天。

我希望九儿妈妈那种不管女儿多大都绝不催婚、绝不催男朋友的思想能多少影响一下我妈妈。

我妈妈就摇头，说："我才不去，我怕聊多了我要和你爸爸离婚的！"

这确实也是极有可能出现的情况。

所以我也就不多劝了。

青梅快能泡酒的时候，阿斯回来了。

半夜十二点，阿斯带着一个三岁的小男孩回到了容巷，第二天出门买菜的老妈就得知了这个消息，神神秘秘地回来给我们广播。

"剑兰真是命苦，这些年好不容易消停了，阿斯又回来了，还带着孩子，直接就去了剑兰家。听说是两个人约好了，剑兰今天也会回来。"

妈妈说完我有些不解，说："剑兰不是一直等着阿斯回来吗？现在阿斯回来了怎么还说剑兰命苦？"

"孩子不是他的呀！你说阿斯回来干什么？你想想剑兰那个人，大家都说他肯定会娶阿斯的，这一辈子栽阿斯手里了！"

"剑兰只要娶了阿斯，老婆有了，孩子也有了，岂不是赚了？"

"你滚出去！"

我只好滚出去了。

一大清早，巷子里还没有准确地掌握阿斯回来这一情报的人们，还是一脸平常地忙碌着。

在天家老房子的简单再装修工作已经到了尾声，大门上的锁换了崭新的。

我站在门口看了看，新油漆连外墙面都涂了。

想到不知道什么时候就会搬迁，我有点不明白这翻新的意义是什么。

但也有可能就是不知道什么时候会搬迁，所以才翻新吧。

透过已经擦干净的窗户我看见屋里有人影晃动，于是我对着屋内喊了一声在天。

"在天，你在家吗？"

在天从门口探出头来。

春风回暖，人间四季流转，我又回到这个门前，还是喊十年前的那句话，但是出来的却不是十年前的那个人。

"有事吗？"

在天的回答还是和十年前一样，那时候他也总问我，有事吗？

能有什么事呢？我们的日子无忧无虑，除了跑着来找你玩，我没有任何事需要挂心。

但是现在真的有事。

"阿斯回来了。就是上次我们一起去看电影的那个私人影院的阿斯。"

"哦。"

"你要不要去看看？比如，去看场电影，然后就可以顺便看看阿斯。"

"不了，今天还有很多工作要做。"

"我说的是晚上，我请你啊！"

"几点下班还不知道。"在天说完，稍稍停顿，又说，"等哪天空闲，我请你。"

阿斯也对剑兰说过这样的话。

剑兰说："阿斯，我们结婚吧，我到法定年龄了！我请你。"

阿斯说："等哪天有空了，我请你。"

剑兰就只好等着，可是阿斯太忙了，剑兰整整等了八年。

阿斯和剑兰算是容巷最正规的青梅竹马，之所以这么说是因为其他人都够不上他们俩的情分，也够不上他们的距离。

阿斯家和剑兰家门对门住着，中间隔着容巷的石板路，三楼的窗户如果一起打开，阿斯就能看见剑兰。

从小，剑兰哪次调皮在家被父母揍了，阿斯都听得一清二楚。

后来剑兰上了初中，小男孩也不懂什么情窦初开，只知道父母如果在他房里有要训斥自己的势头，他就赶紧到客厅去。

客厅离对面的阿斯要远一些，声音不大的话，阿斯都听不到。

每个清晨，剑兰透过窗户看见对面的阿斯开始收拾书包，他就背着书包下楼了。

这时候准能在楼下碰见蹦蹦跳跳往楼下冲的阿斯。

阿斯总是倾斜着身子往前冲，剑兰几乎要小跑起来才能跟得上阿斯的速度。

"你这么着急干什么？"剑兰总是想不明白。

"既然知道自己是要去哪儿,那就尽量快一点儿,早一点儿到喽。"

高中的时候有同校的男同学到剑兰这里打听阿斯。

"听说你就住在阿斯家对面?跟她从小一起长大?对她了解吧?"

"不了解!"剑兰没好气地回答。

"哥们儿帮个忙,你就告诉我她平时喜欢什么,你告诉我,哥们儿给你充Q币!"

"幼稚!"

"你不告诉我该不会是因为你喜欢她吧?"

"我才不喜欢她呢!"

"那你告诉我她喜欢什么,证明你不喜欢她!"

"她喜欢电影!"

"看吧,你连她喜欢什么都知道,还说你不喜欢她!"

剑兰这个时候才发觉掉进了别人的坑里,唯一能够挽回的就是追着人家,让人家送了他二十个Q币。

但这二十个Q币到手还没满二十四小时就连本带利地全部到了阿斯的账上。

"为什么向别人泄露我的隐私?"阿斯那时候其实也还不懂什么才是隐私,但是爱好这个东西她想让谁知道的时候就是爱好,不想让谁知道的时候就是隐私。

"没有为什么。"青春期的剑兰总是别别扭扭。

"好啊,厉害了,二十个Q币就能把我卖了,亏我还当你与众不同。"

剑兰听了与众不同四个字,一时语塞,心里已经开始道歉,但嘴上说不出来。

"给我五十个Q币我就原谅你。"

剑兰装作不情愿的样子，当场给了阿斯五十个 Q 币。

实际上谁想为难谁呢？谁又真的想要那几个 Q 币呢？还不是莫名就觉得对方应该跟自己更亲近，对方应该和自己站成一队吗？

高考结束后阿斯如愿去了电影学院，虽说主攻摄影，但是导演和戏剧类的课她一直有旁听。

剑兰去了和阿斯同城的传媒大学。

剑兰不愿意承认自己是特地留意了同城这件事，他宁愿相信这是缘分。

大二那年，剑兰完全是在街上走着，走着，竟然就走上了模特的道路。

一开始是一个在网上开服装店的店主忽然走过来，问剑兰愿意不愿意当服装模特。

拍一次两百块。

虽然店主没有说拍一次就是一整天，有时候甚至超过十二小时，但剑兰还是被两百块吸引，走上了靠脸靠身材吃饭的道路。

剑兰第一次把自己当平面模特拍的照片发给阿斯看的时候，得意地说："你看我这明星气质，你这摄影师以后能不能走红，全靠我这个模特了。"

虽然剑兰的照片拍得还不错，但是阿斯一点儿也没有表扬，她说："周末约一下，我给你拍几张。"

剑兰觉得这世上再也没有人比阿斯更了解自己了，她知道自己最帅的角度在哪里，能抓住自己最酷的眼神，哪怕阿斯整张照片里只拍了他的后脑勺，他也觉得她已经看穿他全部的表情。

她的镜头简直像 X 光，扫过他每一个细小的心事。

藏无可藏。

但就镜头表现出来的意境和帅度来说,所有的心事,所有自己的样子,阿斯都像是给予了一层浓重的滤镜,一边被收藏一边被美化。

剑兰这样想着,心里美滋滋地冒着泡。

"你这样是断我财路。"剑兰开玩笑地对阿斯说。

"为什么?"

"见了你拍的这些照片,我这再是肉体凡胎,都舍不得让别的镜头糟蹋了。"

"倒也不必这样。我只是让你也多了解了解自己。因为你在做服装模特的时候主要展示的是服装,你自己可能渐渐就会没有了,其实这蛮可惜的。以后我经常来给你拍拍,也不至于你迷失了。"

阿斯说完拍拍剑兰的肩膀,笑着说:"不用谢,互惠互利,我就当练习了。"

是怎么在一起的呢?

阿斯认为是从大三那年一个秋天的傍晚开始的。

那天阿斯给剑兰在夕阳里拍了许多的照片,有一张正好秋叶飘落,剑兰忽然回头对自己笑,她万幸自己抓到了那一刻。

她坐在草地上回看那一张照片。

剑兰的笑让冷秋一下子暖了,那一片落叶原本飘零的萧瑟感在他的笑意里忽然变为要拥抱大地的翅膀,雀跃地奔赴一场相逢。

"剑兰……"阿斯激动地转头看向剑兰,她刚想说,以前不知道你笑起来这样动人。

谁知剑兰正目不转睛地盯着聚精会神看照片的她,她一转头,两个人目光交融,毫无缝隙。

剑兰做了他觉得应该做的事。

他给了阿斯一个吻。

257

阿斯眨巴着眼睛愣了一愣，然后和剑兰一起相视大笑。

"不许笑，正经点！"剑兰一把将阿斯摁在自己的腋下。

阿斯还是笑。

于是两个人扭成一团，在草地上打滚。

但剑兰并不认为这是他们开始的地方。

他一会儿觉得是去大学报到的火车上自己忽然站在阿斯面前的时候，一会儿又觉得是自己第一次拿着蛋糕在阿斯宿舍楼下等她的时候，但偶尔也会觉得是阿斯伸手跟他要五十个Q币的时候。

总之那一个吻不算是他们开始的时候。

接吻这件事和他们之间的感情相比，实在不算什么。

但即使在剑兰心里他和阿斯之间有着无人能及的感情基础，他们在毕业之前还是经历了一年动荡不安的恋爱期。

剑兰在模特圈渐渐小有名气，竟然经常会接到走秀活动的邀请。

虽然剑兰常说这一切都归功于阿斯，因为阿斯和阿斯的镜头让他找到了更好的自己，老子天下最帅的这种信念一旦真实地让自己完全相信了，好像就真的更帅气了。但阿斯还是推辞说主要是剑兰真的帅。

不过阿斯最常说的还是那句："剑兰，你别再长个儿了，你再长我真的够不到你了。"

剑兰身高一米八八，阿斯一米六，她是真的每一次都要踮起脚尖才能够到剑兰，主动给他一个吻。

阿斯经常跟剑兰去看时装秀，剑兰在台上走着，阿斯在下面看着。虽说后台各种男的女的模特阿斯也经常随意拍一些日常，但这些眼花缭乱的人从阿斯镜头前过去，也就仅仅是过去。

直到阿斯亲眼看见剑兰和一位女模特拍杂志。

女模特的名字阿斯都不记得了，但也可能她一开始就没问过。

阿斯有一双比镜头更犀利的眼睛，所以才能掌控镜头。

她一眼就能发现镜头里的美散发出来的气场是不是和谐的。

是不是有爱的。

那位女模特和剑兰站在一起，阿斯一眼就看到了层层叠叠的交织着的情愫，在每一张照片里，在每一处的肢体里。

这绝不是因为那个女模特一米七五的身高。

人和人之间的和谐是和身高没有关系的，但是身高有时候会加持这种和谐。

阿斯倒不是第一次意识到这种外在加持的道理，她只是第一次感受到剑兰和除她以外的另一个人之间也会弥漫这种叫人心跳加速的氛围。

剑兰说阿斯有病，完全是莫须有的事情都能成为两个人之间的鸿沟。

阿斯说剑兰不懂，人与人之间微妙的气氛有时候才是生活的真相。

两个人就这样的问题翻来覆去吵了一年。

大四毕业的时候，剑兰正好二十二岁。

剑兰想立刻结束这一切，他误以为阿斯是没有安全感。

所以他说："阿斯，我们结婚吧。"

阿斯说很忙。

阿斯确实很忙，她拍了一部毕业影片，拿了个小奖，虽说不是第一名，但是足够支撑她往更远的地方走下去。

她说她要拍电影了。

剧本，导演，摄影，都是她自己。

剑兰说你干脆自己也做演员，你一个人就可以撑起一个剧组了。

阿斯开始长时间地不理会剑兰，任由剑兰的信息和电话跟在她身后形影不离，她还是站在自己的时间轴上，倾身往前冲。

她总是这样，冲下楼，冲到学校，冲到远方。

阿斯写了好多的剧本，但常常因为她的故事不接地气而不被采纳。

最后阿斯决定自己拍这些故事。

她开始努力工作，积极攒钱。

她大部分时候在剧组，一蹲好几个月，女摄影师不多，瘦弱的女摄影师更少，但阿斯算一个。

偶尔她还会接一些完全不知名的杂志给的拍片活儿，赚点外快。

就这样她好不容易攒了三年的钱，终于拍成了自己的第一部小成本电影。

剑兰看着电影的名字说："《耕》这个名字一听就是犁地的，赚不了钱。"

"拍出来我就开心，不赚钱我也开心，要你管？"

剑兰其实只是开个玩笑，但确实不赚钱，真实一点描述的话，是颗粒无收。

其实这件事对阿斯来说没什么，她觉得按照她现在的薪酬，不用攒三年，她又可以拍电影了。而且继续努力下去，说不定就会有人投资自己的电影呢。

但是对阿斯来说最灾难的是，她查出来乳腺癌。

还好是早期。

阿斯手术后回到容巷休养。

剑兰跟着回来了。

剑兰在阿斯的房间里装了投影仪，电影碟片整柜子地买回来，随便阿斯看，一有时间就带阿斯出门散步，从容巷的这头走到那头，一年四季按照花期出门看花。

剑兰只偶尔去走个秀，靠着积累的一点点名气，成立了一家新媒体有限公司，与一些新兴的社交 APP 合作，意外地成功。

"我们从来都没缺过钱。"剑兰常跟阿斯说他们在这一方面有多幸运。

"但我有可能会缺时间。"

这句话里却也听不出阿斯的悲观，她的语气里都是欢快的笑意。

有时候看阿斯在容巷里蹦蹦跳跳，谁也不敢相信她身上携带癌细胞。

如今换成剑兰跟在阿斯身后，一张一张地给她拍照，他恨不得拍下每一个瞬间，每按下一个快门他就后悔曾经浪费时间在和她吵架上。

剑兰再也不敢提起结婚的事，他怕阿斯以为自己像是着急要完成某一个心愿，好像现在不去做以后就来不及了。

他更愿意陪着她慢慢享受在一起的每一刻。

"你见过的美女那么多，为什么还是喜欢我？"阿斯有一次看了一部爱情片，哭完问剑兰。

"就是美女见多了才会更喜欢你。皮囊对于我的意义不大，但是你对我的意义太大了，你可以说就是我的另一半生命。"

"你什么意思？你意思是我的皮囊不好看？"

"啊！绝无此意！"

两年后医生宣布阿斯病愈。

剑兰高兴地痛哭了一场，然后兴奋地将自己准备中的大礼提前告诉了阿斯。

"我要为你开一家私人影院，叫阿斯，英文名US，是你，也是我们。地方我已经选好了，就在巷尾，里面会有所有你喜欢的电影，你也可以自己拍一些素材自己放映……"

阿斯当然很开心,但是她也告诉了剑兰,她其实一个月前报名了一个西部影像拍摄计划,她可能要扛起摄像机去陌生的地方,走很远,走很久。

一开始,她只是单纯地不想继续这么活着了,她觉得自己的身体还算稳定,那么就在有限的时间里尽力做一些想做的事吧。

她也想着自己离开,让剑兰一个人慢慢恢复,慢慢开始新的生活。

"我陪你去啊!"剑兰说。

阿斯摇摇头,说:"我真的不想看着你把人生里最好的时间都给我,我于心不安。毕竟,我这个绑着定时炸弹的生命体真的什么都不能给你。"

"谁不是绑着定时炸弹活着呢?很多车祸或者事故离开的人他们怎么知道他们踩到的是定时炸弹呢?谁能知道自己的明天是什么样的呢?大家都是平等的,你没有什么不同。"

"不,是不一样的,大家都知道自己还有不碰见炸弹的可能,但是我没有。"

"可是,你已经好了啊。"

阿斯不想具体说自己复发的概率是多少,她不想谈论所有坏的可能性了,她闷在巷子里两年了,她只想赶快离开,朝着自己的心愿和喜爱奔去。

剑兰除了给她准备行装,别无他法。

阿斯离开家的那天清晨,剑兰送她到车站,对她说:"我等你到三十岁,三十岁之前,无论你何时回来,我都娶你。"

"哇,你要单身三年吗?"阿斯笑着说。

"三年后如果你不回来,我终身不娶!"

三年过去了。

阿斯真的回来了。

阿斯回来后的那个周末，傍晚她带着那个三岁的小男孩在巷尾溜达，她教那个孩子怎么能在石板上走路又快又稳。

邻居路过喊她一声，阿斯你回来啦？

阿斯笑着答应。

她虽然又黑又瘦，但总觉得她脸色里透着黄气。

剑兰的车停在了马路边，下车的时候手里拎着一袋胶卷，笑嘻嘻地小跑了几步走到阿斯的面前，说："卖这东西的不多了，好不容易搞到的。"说完把胶卷递给阿斯，抱起孩子，说："叫爸爸。"

孩子一脸懵懂，但还是轻声叫了一声爸爸。

也是那个下午，我回到容巷时正好遇见在天和九儿。

在天怀里抱着一袋新买的大米，和九儿并肩往容巷里走。

"听说剑兰在准备婚礼了。"在天一边走一边对九儿说。

"阿斯可没答应哦。"九儿回答。

"不可能吧，不然干吗准备婚礼。"

"逼宫。"

在天呵呵一笑，我加快两步赶上他们。

"没想到你对这些邻里八卦还挺感兴趣啊？"我笑着对在天说。

九儿笑着跟我打了个招呼。

在天说："这不是这些天巷子里的新鲜事嘛，我就随便说说。"

"你们去超市了？就只买了一袋大米？"

在天将怀里的大米往上顺了顺，说："我想麻烦九儿姐给我做一些酒酿，不知道该买什么样的大米，所以就请教了她一下。"

"你怎么长大的啊？大米都不会自己买？"

"我以为做酒酿的大米是不一样的。"

九儿笑着说:"没事啦,我正好没什么事。"

她说话的时候,长长的马尾辫被风吹起,有几根发丝吹到了面前,吹到了嘴边。

在天换一只手抱住米袋,另一只手指着九儿脸上的发丝,说:"那个……头发……"

九儿"哦"了一声,抬手从马尾的发根一直捋到发尾。

头发又乖乖巧巧地统一了阵列。

九儿理完了头发歪着头对我说:"今晚彩云回来,她好久没回来了,到她那喝酒,来吗?"

我还没回答,在天说:"我能加入吗?"

"好啊!"

"你不是不喝酒吗?"我问在天。

九儿不敢相信地说:"不喝酒你要酒酿干什么?"

"我不喝烈酒而已,米酒我是非常喜欢的。"

我想了想,提议说:"不如去阿斯啊。"

连我自己都佩服我自己,这是个绝妙的提议。

但是我看了看在天,说:"只有你一个男生会不会不自在?要不我叫井然来陪你。"

在天看着我,半天才说:"也好,这样就有人可以背你回家了。"

井然是第一个到的。

他到了包间后给我发来语音:"你们能不能快点来?我不想一个人带孩子。"

彩云和我提了几样小菜,在天提着九儿的一坛酒,九儿双手插兜,什么都没拿,我们几个就这么晃晃悠悠到了阿斯。

前台的服务员正在打游戏,井然在包间里逗孩子玩。

"老板不在吗?"我问前台。

"在的,在休息。"

我也没有多问,进了包间就看见三岁的小孩,于是点了《熊出没》大电影,又点了烧烤和扎啤,再摆上我们自带的小菜和酒水,美好的周末就开始了。

"小孩,你叫什么呀?"彩云问小孩。

"小路。"小孩奶声奶气地回答。

"小鹿?是森林里可爱的小鹿吗?"

"不是,是大路的路!"小孩又说。

井然坐到边上,对我们说:"刚刚我都问过了,他说他爸爸是剑兰,妈妈是阿斯,今年三岁了。"

"怎么可能?他妈妈三年前走的,现在他三岁,除非阿斯走的时候已经怀孕了,甚至快生了。"彩云说完这句话自己也是一惊,说,"该不会真的是走的时候就怀孕了吧?"

"那她干吗还走?不如生完孩子再走。而且她经常去医院做检查,不可能不知道自己怀孕,剑兰也不可能不知道,剑兰没道理知道了还让她走。"在天逻辑清晰地进行了反驳。

我们都点点头,表示认可。

井然又说:"刚刚小路说他是在路边遇见妈妈的,所以后来就叫小路了。"

我们都不敢相信,又反复询问了几遍小路,小路一脸无辜。

"我是小路啊,她就是我妈妈。

"我以前没有妈妈。

"反正她就是我妈妈。"

我们一起举杯,在集体的沉默后达成一致,为容巷干杯。

星星与猫

我以前，确切地说十岁以前，以为容巷会像星星一样，一直一直存在，不管我以后到了哪里，不管我回来不回来，反正容巷就是地上的星星，一闪一闪地在这里向着外面的世界发着光。

这些年很多地方都拆迁了，容巷一直没有动静，很多人都说，这里住宅商业一体化，十分成熟，大概不会拆了。

假如我们真的有宏观的概念的话，就会明白，这地球上的一切，有什么是真的不会拆迁的呢？

沧海尚可变为桑田，一处宅院、一条巷子、一段生活，哪有不能拆迁的道理？

九儿轻轻笑了一声，说："举完这一杯才发现，倒真的都是容巷的孩子。"

我放下酒杯，说："但只有我，除了上大学的那几年，从没离开过。当然并没有什么用。"

"那我回来陪你啊！"井然嘻嘻哈哈的，酒还没喝，他倒像是要醉了。

在天拿起酒坛，体贴地给每个人添酒。

他总是第一个给九儿倒。

当然，九儿也是我们几个人里最年长的，但我就是心里奇奇怪怪地不舒服。

喝到第三杯的时候外面响起了剑兰的声音。

彩云起身，打开门，喊剑兰哥，说："来喝一杯啊！"

剑兰微微笑着走了进来，看了看我们桌上的酒，说："钱老三家祖传的酒，我肯定要喝一口啦！"

在天给剑兰倒了一杯。

剑兰一仰头，喉结一个上下滚动，一杯米酒就下了肚。

我看着剑兰和九儿，忍不住说："今天真是运气爆棚了，和全容巷最帅和最美的两个人一起喝酒。"

剑兰特别大方地说:"最帅我认!"

九儿笑而不语。

在天看了我一眼,奇怪地说:"怎么你不是一直认为最帅的是我吗?"

"那是主观审美,剑兰最帅那是客观审美。"

"那我呢,那我呢?"井然指着自己忙不迭地问。

"你是普通审美。"

大家哈哈地笑,剑兰指着我和井然说:"你俩可能不记得了,以前小时候挤在吹糖人的柜子前把人家一个吹好的小兔子挤破了皮,后来好像是井然买了吧,然后你俩在墙角把兔子一块一块地掰开分着吃了。你们还记得吗?"

井然哈哈地笑,说:"我还做过这么牛的事呢?"

"这事有什么好牛的?"我不理解地问井然。

井然理所当然:"为了吃个糖人不惜碰瓷啊!"

我不满地纠正:"我以前是跟在天一起玩得比较多吧!"

彩云扑哧一笑,说:"你拉倒吧,在天根本不跟你玩。"

我不服气:"彩云姐你可不能这么说,在天不是不跟我玩,他是不跟任何人玩。"

彩云"好好好"地敷衍我。

"你们还记得吗?以前秋天香樟树落子,巷子里的孩子最喜欢去踩了,咯嘣一声响,炸开后还香气扑鼻。"九儿也加入了我们的忆往昔论坛。

在天"嗯"了一声,说:"我也踩过。"

谁能想到,在天也踩过。

大家可能也都比较意外,一时间目光都放在了在天身上。

在天悠悠地喝了一小口米酒,说:"容巷对于我来说……"他还没说完这句话,忽然将眼神转向我。

他下面的话还没说出来,包间的门猛地被打开了。

前台小姑娘一脸慌张地看着剑兰,说:"吐了!"

剑兰连忙起身冲了出去。

大家面面相觑,一阵沉默。

洗手间里阿斯的呕吐声传了过来,大家都低头不作声。

最后冲马桶的声音传来的时候,彩云说了一句:"是不是复发了?"

谁也没办法回答她。

阿斯从洗手间出来,剑兰扶着她。

九儿冲他们喊了一句,要不要过来喝一杯。

阿斯对大家笑笑,慢慢地走了过来。

大家挤了挤,挤出了一个位子给阿斯。

阿斯端起酒杯里的米酒,凑到鼻尖闻了闻,端酒杯的手一直抖,剑兰伸手扶住了她的酒杯。

"没喝过钱家的酒,今天喝上这一口,真的算得上是地道的容巷人了。"阿斯说。

九儿解释说:"是我做的,手艺还达不到钱老三的标准。"

"是钱家的我没说错吧。"

"那没错。"

阿斯只抿了一小口,放下酒杯,对着大家笑了笑,又看了看正在认真地看《熊出没》的小路,忽然头一歪,倒在了剑兰的身上。

除了剑兰,酒桌上的所有人"啊"的一声惊呼,剑兰什么都没说,咬着牙,两行眼泪滚滚落下。

我第一次看男人哭成剑兰那样,没有声息,沉默压制着悲恸,身体每一个细胞都在呐喊，最后只有眼泪一个出口。

阿斯有过短暂的清醒，她眼睛都睁不开了，想抬手给剑兰擦眼泪，最后因为举不起手放弃了。

"你不要哭。"阿斯的气声弱得随时要断掉。

剑兰忍无可忍，忽然爆发，大声吼："你干吗要走？"

"我不想对不起自己。"

"那你干吗又要回来？"

"我不想对不起你。万一，你真的，此生不娶，那可怎么办？"

谁能想到呢，这竟是阿斯的最后一句话。

更让人意想不到的是，她最后看的一场电影，竟然是《熊出没》。

阿斯就这样在我们面前走了，那晚的酒终归喝得一片狼藉。

后来听说，阿斯也算是拼了最后一口力气回到了容巷，回来帮剑兰给过往做一个总结。

小路是阿斯在路上捡的孩子，后来经过官方的调查才知道是个孤儿，阿斯就领养了。

剑兰也没想到，平白无故，多了一个儿子。

但只要小路不问，妈妈什么时候回来，剑兰都觉得这个儿子十分可爱。

阿斯私人影院继续开着。

影院的碟片里有一张是阿斯录的自己。

她说，我痴迷镜头，因为镜头又单纯又专一，它看到什么就是什么，它也不像眼睛一样因为看到的范围太大反而受到了干扰，常常抓不住重点，常常突出不了美感。人活着应该就像镜头一样，不贪心，连对时间都不贪心。

第十五章
我不能留下来

  给容巷拍再多的照片,在外人看来到底有多少意义,我不知道。这样的巷子到处都有,白墙青砖下一条磕磕碰碰的小路,小路旁两排吱吱呀呀的人家,这一条巷子和那一条巷子对于陌生人来说都没有任何的不同。
  容巷所有的不同都在容巷人的心中。
  就好比小二绝不去隔壁的巷子里遛弯儿,隔壁巷子里看到的星星与容巷的一模一样,但它只看容巷上空的星星。

我把姜爷爷、阿良、江美玲、柳花阿姨这些人的故事交给领导看。

我点灯熬油写了半个月的三万字，领导只用了不到一分钟就给了我答复。

"太长了！"

"那多少字合适？"

"我们准备做的宣传手册是影像和文字相结合的。影像分为新老容巷两个部分，这已经要占据大部分篇幅了，文字这么长，谁有空看？大家都很忙的！你看着改改，精简到三千字吧！"

说了这么多，其实不过是重写两个字。

给容巷拍再多的照片，在外人看来到底有多少意义，我不知道。这样的巷子到处都有，白墙青砖下一条磕磕碰碰的小路，小路旁两排吱吱呀呀的人家，这一条巷子和那一条巷子对于陌生人来说都没有任何的不同。

容巷所有的不同都在容巷人的心中。

就好比小二绝不去隔壁的巷子里遛弯儿，隔壁巷子里看到的星星与容巷的一模一样，但它只看容巷上空的星星。

天渐渐暖了起来,天刚黑的时候在巷子里看星星的孩子越来越多了。

这些年星星确实少了一些,因为路灯越来越亮,近处的光挡住了远处的光,小二和孩子们只能在路灯照顾不到的地方看星星一闪一闪。

在天搬回了自己的家,他说经常工作到很晚,有时候还有电话会议,怕打扰姜爷爷休息。

但这段时间我总是很难遇见他。

他不是在工作,就是在九儿家。

有一次难得的清早,我看见他在老牛面馆吃拉面,走过去跟他说了一会儿话。

"我听说钱老三家的院子能留?"

在天一边吃面一边回答我:"还在做设计,并不能全留,但是好在钱老三做酒的一系列程序都是在后院,拆了前面的也不影响,还是能将与酒有关的一切都保留下来。"

"我能理解,需要拆迁是为了拓宽道路,但是有时候又想,这世界其实也并不在乎多宽一条这样的路吧?"

"倒不仅仅是为了拓宽道路,主要还是整体面貌的大整改,这条巷子整个周边都做了统一的规划,这个区都在规划内,那么容巷也需要跟上步伐。"

"你看你吃得这么香,你舍得这家面馆拆掉?"

"如果都仅仅是为了自己考虑,我们是找不到发展的道路的。改造后所有的店铺都会重新招商,但对原先的招牌、具有影响力的店铺会优先考虑。"

在天这样说话的时候,我觉得他离我好远。

他快速地吃完面,擦了擦嘴,对我说:"酒酿好了,下了班来拿。"

唉,算了,原谅他的"远"好了。

星星与猫

我一点儿也不想承认我那天下班得有多积极。

在天家的房门锁着。

我下意识地就去了九儿家。

等我真的在九儿家见到在天的时候,我心里一个咯噔。

他怎么就真的在呢?

九儿正在院子里吹头,在天在一旁坐着看。

"要不我帮你吧!"在天说。

"不用不用。"

"要不是我把酒弄到你头上,你也不用这么麻烦,还是让我帮你吧。"

在天说完就要去抢吹风机。

九儿往后一躲,说真不用。

然后他们看见了我。

在天又坐了回去,九儿笑着说:"是来讨酒酿的吧?听在天说了,你的那一份准备好了,让在天拿给你。"

在天起身进屋拿了一个袋子递给我。

袋子里是用便当盒装好的酒酿。

我提着酒酿,一时间有些无措。

我现在,是该走了是吗?

我看着在天,不说话。在天看我看他,奇怪地看着我,问我:"还有事吗?"

"你,不走吗?"

"我得在这儿赔礼道歉,刚刚打翻了一坛酒。"

九儿还在吹着头发,没说话。

我只能走了。

回家的路上我顺手在生活小超市买了一袋小丸子,到了家就赶紧让老妈给我煮酒酿丸子。

老妈问我从哪儿得来的酒酿,我说是九儿做的,她简直不敢相信,说:"没想到有一天还能跟着你沾光,听说九儿做的酒酿简直绝了!她这么忙还有空给你做酒酿?"

"当然不是给我做的,我也是沾别人的光。"

酒酿丸子做好后我给在天发信息:"我家里做了酒酿丸子,要不要给你留一碗?"

在天回复了我一张图片。

图片上是一碗漂漂亮亮的酒酿小丸子,上边还飘着干桂花。

"妈,咱家有存下来的去年的桂花吗?"

"哪有闲情弄那玩意儿?"

一开始倒也满足于我碗里的酒酿小丸子,但是看了在天碗里的桂花,就觉得我这一碗,食之无味。

秋晨大婚在即,她给自己办了一场单身派对。

她说原本并不打算办的,只是一想到自己是旅行结婚,没有机会跟好朋友们一起热闹一场实在太可惜了。

不过我知道她最直接的意思是,为了那个已经送出去的和将来会送出去的红包考虑,我得给你们一个机会名正言顺地还给我。

我把自己半个月的工资塞进了红包,再塞给秋晨。

秋晨化了很浓的妆,穿着抹胸小裙子坐在KTV的大包间里唱《后来》。

这情景不知道还以为她刚刚失恋。

另外七八个姑娘三三两两地坐着,一看就是互相之间并不完全熟悉,但唯独我一个人。

秋晨一首《后来》唱完对大家说:"大家放心,单身派对不可能全是女生，为了享受最后的调戏男生的权利，我叫来了五个优质单身男青年，按照女生的比例，二比一，今晚玩个大的，最后谁能把来的五个男生带去酒店，我给谁发大红包。"

秋晨从包里拿出五个大红包，往桌子上一甩："看到没有！来吧！最后的疯狂！"

我不敢相信地问她："你认真的？"

"当然认真的！"秋晨话刚离口，五个所谓的优质单身男青年就推门走了进来。

我一眼看见井然，忍不住扑哧笑了。

井然一脸尴尬地看着我，挠着头正准备走到我面前，半路被一个妹子拦住："帅哥，啤酒还是红酒？"

井然笑着回答："都行！"

"Bingo！成年人不做选择，我们都要！这么合拍，加个微信吧？"姑娘说着二维码就举到了井然的面前。

我凑到秋晨一旁，问她："你这到底搞的是单身派对还是相亲大会？"

"互惠互利啊！不能我只顾着自己幸福不想着你们吧？你看良敬飞了，我这不是又给你介绍新资源了吗？"

"也是巧，你知道你叫来的人里面还有我的中学同学吗？"

"这些人我只认识两个，都是同事，然后他们互相介绍了靠谱的单身男生给我，我可是提前审核过的，最后才定下了这么几个。不过如果这么小的概率都能遇到你同学，缘分不浅啊，要不今晚就深入交流一下？"

我拽着秋晨的裙边，使劲把她的抹胸裙往下拉了拉。

良敬昨天还给我发来"明信片"，老样子，晴朗的天空和欧洲的街道，除此之外他什么都不说，我也只好什么都不问。

我们之间缺少了谈话的基础，他过着我一无所知的生活，我待在他触不可及的空间，相逢过于短暂，短暂到还没来得及去向自己证明到底爱不爱他。

但一想起那句"一开始不喜欢后来也不太可能喜欢"的话又觉得最初的不讨厌，可能也有几分喜欢的意味。

"这到底是什么奇妙的缘分啊？"井然忽然坐到了我旁边。

"就是那种要经历多次摔打才能彻底明白真的没有缘分的缘分！"

井然举起手里的啤酒瓶示意与我碰个瓶，然后我们各自喝了一口啤酒。

"你来这里的目的是什么？"我问井然。

"哥们儿说，一人能带走俩，这么好的事当然要来见识见识。但是我看见你我就知道这是个骗局了。"

"为什么？"

"谁能带走你啊？"

"怎么就不能是没人愿意带走我呢？"

"那我愿意，你走不走？谁不走谁是小狗！"

"汪汪！"我毫不犹豫投降。

"就知道你怂。"

如果大家非要定义为不敢玩我也没办法，就做个怂人吧，坚持做怂人的话，是不是也是一种难得的态度？

"你这么怂，这辈子别想追到你想追的人了！人家都送到你面前来了，难得的机会，你还不把握好。这都几个月了，有一点进展没有？"井然继续说。

我知道他说的是谁。

但我也不想解释。

我觉得我这些年掌握得最好的生活技能是，感谢相遇，也承受得起错过。

派对的下半场我在沙发上睡着了,我喝了酒在封闭的空间里容易睡成猪,所以很多秋晨后来讲起的精彩情节我都错过了。

"后来井然有带走什么姑娘吗?"我看着已经只剩下我和秋晨的房间问。

"他送一个姑娘回家了。他说他不想送你。哈哈,你怎么还得罪他了?"

"因为送我没好处吧!"

井然这个人还真是奇怪,活得又俗又自由,偶尔还会有那么一点在生活里满身伤痕但绝不停止战斗的伟大感。

秋晨的未婚夫来接她,顺道把我送到容巷。

我也没想到,跟秋晨这么多年的朋友,她马上就要结婚了,我这才第一次见她未婚夫。

这是个普通的男人,有着细水长流的温柔和体贴。他说话的时候,平平凡凡的踏实感叫人心里笃定,觉得一生不管多漫长都没有关系。

普通,大概是平凡的幸运,也是幸运的平凡。

我在容巷下车,提前祝他们新婚快乐。

秋晨在车里对我喊:"良敬那小子要是不回来了,我再给你介绍更好的!"

哎,谁说活着一定要谈恋爱?

如果阿良还在,他一定认同我的观点。

他甚至会问我,恋爱能吃吗?比糖还好吃吗?

我一定不能回答他,比糖还甜。因为他会说,那给我尝尝看呢?

我口袋里也空空呢。

刚进巷子，就看见江美玲手里拎着个黑乎乎的东西，一脸嫌弃地往家赶。

"做猫呢，最重要的就是要干干净净，哪怕是流浪猫也要有流浪猫的底线！况且你现在想回哪个家就回哪个家，你能不能有点责任感？臭水沟少去好不好？老鼠少捉一只也不会成灾，要你操心？"

我听着江美玲一直唠唠叨叨，这才看清楚她手上拎着的是小二。

小二不知道掉到哪条臭水沟里去了，一身又黑又臭的泥巴。

我追了上去，仔细看了看小二的窘迫样子，哈哈大笑。

小二抬眼皮看了我一眼，没搭理我。

"你这是要拎回去给它洗澡吗？它可能不大愿意啊。"

"它都这样了还有什么不愿意的？你看它现在老实的，它自己都没本事舔干净自己了。"

我跟着江美玲进了她家门，帮她一起给小二洗澡。

水龙头对着小二冲水的时候，它只稍微惊恐地缩了一下身子，竟然也没反抗。

但是后来再要给它用吹风机把毛吹干，它就不乐意了，龇牙咧嘴地不准人近身。

"你看看，身上的臭气没有了，它就不配合了。"江美玲没办法，只好拿毛巾给小二擦了擦身体，然后开了暖空调，让小二在柔软的窝里好好待着。

"你还给它买了个窝呢？"

"是啊，冬天的时候怕它冷，特地买的。可惜，也不知道它还能睡多久。"

"什么意思？"

"我这儿要拆了啊。容巷既然没有了，我也只好走了。小二是不会走的。容巷的人都走了它也不会走，猫这种动物，打下的地盘就要

279

星星与猫

一直守着,你以为它是恋旧,其实不是,是安全感。猫特别需要安全感,所以它都在能保证安全的范围内活动。它一定不会走的。"

江美玲说完稍微低了一下头,然后再抬起头的时候又满脸带笑了,问我:"要喝杯咖啡吗?"

我摇摇头,晚上了,喝了睡不着。然后我问她:"你准备去哪里?"

她转头看了看正在窝里努力舔毛的小二,然后说:"我没想好,我奔着在此终老的目的回来的,忽然又要走……我目前还没有安抚好自己。我的眼睛原本就不好,这里熟门熟路,就算晚上灯光昏暗,我也知道哪块地方有沟,哪块地方有坎,我闭着眼睛也能摸到家门。我不知道我应该去哪里。希望在拆迁之前能想出来一个可以去的地方。"

这可能是很多要拆迁的人目前的想法,然而我整天想的却是有没有什么办法能够留下来。

不知道为什么,针对拆迁的小家庭会议一直都还没有在我家的饭桌上展开,爸爸妈妈两个人好像以为不讨论这个问题它就能不存在似的。

但我也不敢贸然提起,我也不知道这平静下面藏着什么风暴。

唉,令人焦躁的夏日又要来了。

小时候最喜欢过夏天了,容巷的孩子在树荫下过着暑假,冰棍来不及舔,甜水滴在石板上,瞬间就干了。

那时候好像不怕热,穿堂风吹过,身上的汗嗖地一下带来瞬间降温的清凉,大片的时光可以用来浪费和追逐,任由傍晚时家长喊吃饭的声音在巷子里此起彼伏,心中唯有快活。

现在一到夏天,整个人都像蔫巴的叶片,石板路上滚烫地赶人,一分钟也不愿意多待。唯独夜晚好一些,蝉鸣震碎黑夜,有凉意渗透进来,我也愿意拿着冰激凌在巷子里站一会儿。

在最难挨的夏季到来之前,林皎月第一个搬出了容巷。

太阳落山之前,林皎月的行李终于全部搬上了卡车。

搬家公司的两名员工看着满卡车的东西不可思议地说:"怎么一个人住也能有这么多东西?"

林皎月不是那种喜欢解释的人。

卡车开走了。

林皎月没有跟着卡车走,她坐在院子里,抽完桌上那包烟里的最后一支,给所有的花都浇了一遍水,然后这才拿起身旁的行李箱,抬头对着楼上的容叔喊了声多谢照顾。

容叔站在阳台上跟她挥手说再见。

他瞧着花盆里的水疑惑不解:人在的时候任由花干枯,人走了倒给花浇上了水。

容叔看着林皎月走到了石板路上,给老婆发了个视频申请。

"容巷要拆迁了,可以要回购房也可以要钱,我打算要钱,然后过去和你们母女团聚。"容叔说。

"你要死嘞,你工作怎么办?你离退休还有好多年嘞。"

"我到了那边也可以工作的嘛,而且一家人总归在一起要好一些。"

"你要钱很快就会花光的,你要房子嘛以后还算是个保障,说不定我们什么时候要回国的呀!脑袋清醒一点哦。"

容叔看了看容巷,说再想想。

林皎月的箱子在容巷的石板路上轧出一片哗啦啦的声音,和她来的时候一模一样。

她想想自己对这巷子的留恋,真是出自于一种奇怪的声音和味道,从清晨到日暮,巷子里的烟火层层叠叠地在她耳边吹奏,各家店里专属的味道在巷子里飘荡来飘荡去,她坐在院子里,一目了然。

她想了想,又折到刘阿婆的卤肉店去买了一份酱牛肉和鸡腿,她想着，按照自己的性子，绝不可能再回来买一次这家店的卤肉了。

路过杂货铺的时候，林皎月又买了一把牛角梳。

容巷像一株植物，林皎月知道自己带走的连叶片都算不上，但还是带走了。

这样才算完成了她离开容巷的全部仪式。

天气大热前九儿请我们去帮她摘青梅。我们指的是我、彩云和在天。

其实青梅并不需要那么多，九儿只不过找个理由请我们周末到山脚一日游。

在天因为赶一张图纸，等到我们准备的篮子快摘满的时候他才到。

九儿说："再往前有片杨梅林，你去摘一筐来，我们就坐在这儿歇着等。"

大约过了一小时，我们歇得确实有些无聊了，在天终于提着一篮子杨梅回来了。

九儿接过杨梅，仔细瞧了瞧，说："成熟饱满又新鲜，个个精神，肯定好吃。"

"我仔细挑的，我指一个他们帮我摘一个，这一筐一百块。"

"要报销？"九儿问他。

在天点点头，说："要的。"

九儿掏出手机说："我转账给你。"

"报销的方式我定，你转了我也不收。"

在天说完坐在了我们的小方桌旁边，准备好架势，准备吃杨梅。

九儿把杨梅放在我们面前，说："这孩子准备讹我一笔呢！"

在天笑着，不说话。

彩云和我看着，也不说话。

我不知道彩云和我不说话的原因是不是一致。

但仔细想想，不应该是一致的。

杨梅的甜夹杂在酸里，咬一口是一口的得失，哪一样也逃不过去。

"听说容巷有些老店会留下来，具体留哪几家？"彩云问在天。

"目前定下来的是柳花嫁衣、钱老三酒坊、老牛面馆。不过老牛面馆要换位置，巷口第一家位置可能会给某个国际连锁咖啡厅。"在天说。

"大家都表示没有什么疑义了吗？"我一想到我爸妈对此事避而不谈就觉得心头一片阴影。

"具体方案还没有公布，大家都在等最后的拆迁方案，如果拆迁款和回购等等都彼此合意的话，自然就不会有疑义。目前还在挨家做调查，看看大家的心理预期，然后再给出具体的数字方案。不过这些我也都是听说的，只知道他们的进度是到这里了，具体的我不太清楚。我们这个团队主要负责整改后的整体面貌，拆了的、重建的、整修的、道路、地面，包括装饰，这些才是我们的工作。"

九儿手里拿着一个杨梅递给在天，说："辛苦了。"

在天直接用嘴去接，咬了一口，嗯嗯点头，说真甜。

我起身就走了。

我不知道背后的他们都是什么眼神，我也不在乎，我只知道此刻我再坐下去看眼前的两个人再说一句话，再对一个眼神，我头顶升起的火可能会烧尽整个山林。

九儿和彩云在我身后叫了我一声，问我去哪儿。

我没回头，也没回答。

我不敢开口，我怕一开口就是毫无道理的委屈和愤怒。

我太明白我没有资格了。

但就连没有资格这件事也叫我委屈得不行。

283

星星与猫

　　十三岁时喜欢一个人，他看都不看你，你也不会委屈；他走在你面前你只看着他的背影都觉得甜蜜，他走了连再见都不说，你也不会愤怒。但如今喜欢一个人却想要他也喜欢自己，希望他能给予回应，如果他都给不了，那他起码不能在你面前明目张胆地喜欢别人。

　　你有了羞耻心，有了自尊，有了更多捆绑着你让你想要更多的枷锁。

　　喜欢这件事就变得虚耗人生。

　　我站在路边打车，脑子里一遍遍想着这些问题，我知道我是有问题的，但我真的无法继续在那个环境里再坐下去了。

　　这十多年的时光，大概教会了我主动离开。

　　在天追了过来，说："突然之间的，这是怎么了？她们叫你回去呢，说吃了午饭再回去。她们说这边有家农家菜很好吃。"

　　我没理他。

　　毕竟荒郊野外，出租很少，我只好用打车软件线上叫车。

　　"这里车很少的，等会儿跟我们的车一起回去多好。你怎么了？"在天又问我。

　　我怎么了？

　　他竟然问我怎么了？

　　我心里的火气蹭地上来的时候，仅存的一点理智控制住了我，它用微弱的力量告诉我，他不是你男朋友！

　　打车APP上显示有人接了单，在距离我五公里外，正在往目的地来，预计十分钟后到达。

　　"回去吧，你这样大家很尴尬。"

　　我终于忍不住了，看着在天，一直看着他，盯着他的眼睛，想从他的眼睛里看出什么来。

　　但我自己也不知道到底想看出什么来，大概是愧疚？羞耻？

尴尬？

但都没有，他的眼睛里一潭深水，什么也没有。

"她比你大了十岁还要多吧？"我用上了最俗气的理由。因为别的，我竟也找不到其他反驳的理由。

在天眼神里的深水似乎被搅动了一下，但波涛里似乎都是坚定的力量。

"那又如何？"他反问我。

"你难道不准备离开了？你工作结束了不会离开？"我提醒他的现状。

他的眼神沉了一下，又问我："那又如何？"

"你们没有未来啊！"

他轻声一笑，说："那又如何？"

我知道我提出的所有问题都很俗气，都配不上他面前那份纯粹的喜欢，或者就是爱情也说不定。但人终归还是要落进俗气里，俗气地用一日三餐供奉肉身，俗气地在社会人海寻找定位。

但如果一想起来那人是在天，是九儿，确实就觉得没有什么是不合理的，俗气的标准根本无法近他们的身。

那好，就让俗气的我一个人走吧。

那天我在回去的出租车上大哭了一场，回到家之后翻出以往收藏下来的所有与在天有关的东西——初中毕业的集体照、他有一次借给我参照答案但我没还给他的一百分的数学卷、夏天一起在容巷吃冰棒后他那根写着你是人间第一小可爱的木棒……我准备将这些东西全部扔进垃圾桶。

最后我拿着那根木棒哭笑不得，反问自己，你是分手吗？你何必这样自我感动？自我演完整场戏有意思吗？

星星与猫

于是我又将那些东西放回了原处。

但我还是决定不再见在天和九儿了,包括彩云。

然而人生的大部分安排就是这样,事与愿违。

当年天天站在在天门口喊,在天出来玩,也还是难得能见着一回在天。如今想好尽量避免见面,倒是总能碰到。

我下班时回到巷子口,他正好也回来了。

我早晨去上班,他又正好出家门。

我加个夜班回来碰见姜爷爷,闲聊了两句,结果又碰着他了,而且还要被姜爷爷拉住一起聊天。

但对在天,我是多一句话都没有了。

"姜爷爷,你知道容巷整改的事了吗?"我问姜爷爷。

姜爷爷点点头,说当然知道。

"那你有打算好去哪里吗?"

"我哪里也不去。"

"可您的家也是要拆的啊?"

"反正我哪里也不去。"

姜爷爷说完看着在天,忽然说:"你们俩好像跟整个容巷的人背道而驰了,大家都在的时候,你们走了,现在大家都要走了,你们又都回来了。"

在天看了我一眼,我没看他。

但我听着姜爷爷话里的"你们俩"说的应该不是我和在天。

那么和在天一样才回来的是谁?

还能有谁?

姜爷爷心里真的装了明镜吧!

姜爷爷抬头看着在天问道:"会一起留下来吗?我听说她家不拆啊!"

在天为难地笑笑,说:"命运不会那么巧,总是那么相似的。"

姜爷爷点点头,说了句也好。

我一点儿也不想管在天话里的意思,反正都和我无关。

但他应该是说他会离开吧?

这个人真是一贯的自私,不管自己喜欢的还是不喜欢的,也不管是喜欢他的还是不喜欢他的,他统统不在乎吧!他在乎的是什么?是他案头的那些数据?那些图纸?

随便他吧,反正他在乎的不是我……

我心里涟漪遍地,想的是什么我自己都不知道了,迷迷糊糊地把姜爷爷送到家门口。

我转身就走。

在天忽然叫住我:"去巷子深喝一杯吧。"

"算了吧,你又不喝酒。"

说完我真是想掐死我自己。

这一句话真的太伤己了。

他不喝酒。

她酿酒。

果真是"那又如何"!

那是我第一次拒绝在天,我觉得爽极了。

原来就算是一个人的戏,也一定要演让自己爽的戏份才最开心。

当晚,我一口气写完了刘阿婆卤煮、阿斯和杂货铺的故事以及它们对容巷标志性的意义。

第二天领导看了我的不到两千字的小短文,没说什么,然后将一份材料递给我。

"这上面明确了哪几家老店老宅是会保留下来的,你针对这些写,

287

写得要深入，要吸引人，要有历史感、故事感，要充满感情。"

"钱老三的故事我写不了。"

"为什么？"

"人都死了，怎么写？"

"那容家和李家的大宅里还空无一人呢，结果照样不是要做重头戏？更何况钱老三家现在还有人呢！"

"既然能留那些店，我说的这些怎么就不能争取一下？刘阿婆的卤煮真的是容巷几十年的特色，阿斯……那儿的主人现在只有这一处回忆了，杂货铺的老板娘现在应该算残疾人了吧，不给她开店铺，她怎么生存？"

"钱老三的酒坊和老牛面馆那都是几代人传下来的了，有真正的历史，自然要留。柳花嫁衣这种店这种手艺出了容巷哪里也找不到，当然也要留，两处名人大宅我就不说了。所以留都有留的道理，卤煮和杂货铺还有私人影院，满大街都有，而且和新容巷的风貌不一致。世上这么多人，人人有自己的三分田地，我们不可能照顾那么多，要跟大局走。"

领导要我端正思想，继续思考，然后再下笔。

刚刚工作那会儿，我的理想是赶快当领导，这样我写的稿子就都能一遍过啦！

当时完全没想过等我当了领导我就不用写稿了。

如今还没想明白过来，我已经意识到当初的理想太浅薄了，我现在的理想是赶快写出一本巨著来，然后就可以连领导都不用干了，辞职，流浪。

秋晨去结婚旅行了，据说两个月后回来。

如果结婚就能出去旅行两个月的话，我也想结婚。

但是秋晨不在，我这单方面失恋单方面放弃单方面忧伤的情绪一时不知道找谁排解。

这个时候我忽然意识到巷子深的好处了。

喝得稀烂醉也不怕回不了容巷。

晚上闷热难耐,我坐在巷子深里喝加冰的啤酒,点了一些生鱼片和烤肉。

酒喝了半杯,觉得越发忧伤起来了,心口堵着的话没处讲,真的句句都会变成箭头刺向自己。

必须得发出去才行。

也不知道是不是酒精给了我勇气,我给九儿发了信息,问她能不能来巷子深喝一杯。

九儿穿着白色的连衣裙扎着马尾走到了我对面,然后坐下。

对九儿我大概是跟岁月一样叹服的,时间在她的身材和气质面前无济于事。说她十八岁也不为过,但又不能仅仅用十八岁来形容她,因为她有十八岁根本达不到的那种富含层次感的美。

"其实我一直也想找你喝一杯,但是最近太忙了,一直还没找到合适的时间。"九儿坐下来说。

这不像是她需要找的借口。不符合她这个人物。

"没必要,咱们都坦诚一点吧!"我给她倒了杯酒。

她笑了笑,然后慢慢将笑容敛去,喝了一口酒,说:"不好喝。"

"那自然,你是行家。"

"你也没必要。"她看着我说。

"我何止没必要,我还没资格呢!"

"既然你都明白,你生什么气?况且,无事发生。"

"无事发生?"

她点点头。

这句应该是真话。

但问题是我们之间认为的"事"可能是两回事。

"而且未来也不会有事发生。"九儿又加了一句。

"要是有人根本就不在乎什么未来呢？要是有人就是要这种有今天没明天的感觉呢？"

"那，又和你有什么关系？"

九儿的温柔里藏着的都是锋利的刀啊。

"如果你真的觉得跟我没有关系，今天你就不会来了。"

"所以我来，仅仅是出于朋友的善意，来安慰你独自受伤的情绪，如果你要把错归于我，我是不答应的。"

我干了杯中酒，又要了一杯。

我彻底地败下阵来，面对九儿，我只有五体投地，但我想起我之所以叫她来，其实也不是要揪出是谁犯了错，本身这件事里连错都没有。

我只是想将心里的灰尘连带瘀血都清扫干净。

"你喜欢他吗？"我问九儿。

"如果你觉得这很重要的话，喜欢。"

"你喜欢他什么？"

九儿忽然笑了一下，笑意回到她脸上的时候，她又迷人起来了。

"这是主观题，你问了也对你毫无帮助。"

"我只是想看看，是不是跟我喜欢的部分一样，如果是一样的，至少说明，我在眼光上没有输。"

"这种事如果一定要分门别类争输赢的话，那你在年龄上就赢了。所以，这又有什么意义？"

那仅仅是因为我喜欢他啊，喜欢到即使我伤心痛苦愤怒委屈也还是希望另外喜欢他的人也能看见他的光芒和灰尘，也能珍爱他疼惜他，也能守候他的沉默,也能等到他的背影……

还是希望他能从被人喜欢这件事里收获最好的一部分人生。

"我以前,大概从七八岁开始吧,就总觉得他是被困住的王子,在等着我去救他。后来到了十三岁,我又觉得,这世上没有人比我更了解他的悲伤,只有我能给他快乐。二十岁的时候我没有这些幻想了,但是我又隐隐觉得他还在等我,就像我等着他一样。如今重逢,我觉得自己应该尽快变成炭火,温暖他冰冷的人生。是的,我整天做这些不切实际的梦,就好像容巷永远会存在一样。"

"你跟他表白过吗?"

我想了想,认真明确的表白,确实没有过。

我只是写了一封信,一封下落不明的信。

"你连表白都不敢还想解救王子?"

我不是不敢,我只是……算了,我就是不敢。

九儿又接着说:"你说来说去,都是对自己的那份感情意难平,你有没有想过,就算你真的去解救他,那也根本不是他需要的?他有自己的世界,他知道把什么划进他的世界里。事实上确实就是这样,他很优秀,他能够收获他想要的,他不需要任何人解救,他有足够的能量支撑自己追求一切他喜欢的。"

你以为我不知道他很优秀吗?如果他不优秀我又怎么会喜欢他?

所以不是这样的,九儿说的都不对。

但也都对。

我不知道该怎么解释,我此时心里感受到的失落和痛感来自于四面八方,我说的不过是最初我以为我可以和在天共有的梦而已。

"你们会结婚吗?"

九儿摇摇头,说:"为什么要结婚?为什么喜欢一个人就要和他结婚?"

星星与猫

"你这个年纪了真的不想要结婚吗？"
"等你到了我这个年纪你什么都会明白的。"
"可是他想要结婚的。"
"你怎么知道？他跟你说过？"
"他一定想的，他说没说过我都知道，他一定想的。"
"如果他想，那他可以去结婚啊。"
"你怎么能这个态度？你这样是在玩弄他的感情！"
九儿看了我一眼，说我醉了。

我后来又说了很多的话，像一个老母亲把儿子嘱托给一个姑娘那样絮絮叨叨，像把我珍藏多年的珍宝免费送给了路人那样无奈。
在天来接九儿。
九儿笑说："我需要接吗？酒，喝不倒我。她，打不过我。"
在天指了指我说："我不是对你不放心，我是对她不放心。"
我双手靠在桌上抱着自己的脑袋，觉得重重的，被眼泪洗过的眼睛干得发涩，但我还是笑着跟在天打了招呼，说："你放心，我就算睡在这里也没关系，这是我的地盘，这是我的专座。"
"知道了，你最厉害！趁你还没睡着，能回家吗？"在天问我。
九儿笑着对在天说："你知道吗？她说如果我不和你结婚就是玩弄你的感情。"
"那你嫁给我证明给她看你不是啊！"
"那你留下来我就嫁给你啊！"
在天无奈地轻叹一口气，说："你知道的，我留在这里就废了。"
"那你也知道的，我结婚，也就废了。"
我使劲晃着脑袋："你们俩谈恋爱，我才真的是废了！"

292

第十六章
一生作赌，骗你一次

"怎么你们结婚只有这几个人？"

老李看了郝丽娟一眼，没出声，郝丽娟走过来夺过我的相册，放回箱子里，阴阳怪气地说："不得民意呗！"

老李也不客气，说："魅力大于民意，没办法。"

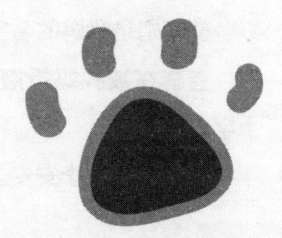

第二天我在自己的床上醒来。

一睁眼看见妈妈就坐在我的床边,一动不动地盯着我,一脸担忧。

我用被子蒙着脸,她又把我的被子拉开,还是盯着我。

我只好坐起来,问她想干什么。

"去相亲吧!尽快走出失恋最好的办法就是赶快开始新的恋爱。"

"你在说什么啊?我根本没谈恋爱哪里来的失恋?"

"良敬出国了,在天回来了,但人家不喜欢你,你没有盼头了,真的,去相亲吧!"

"你就这么看不起你女儿?到底是怕我没人要还是怕我自己不能好好活着?"

"不,都不是。你二十五岁了,我怕你再不好好谈恋爱,就不会了。"

我第一次看见郝丽娟这副模样,眼底秋水流转,一脸柔弱的恳切。

郝丽娟是我妈的名字。

老李在被我妈折磨得受不了的时候,就会在家大声喊郝丽娟三个字。

没错,我是李安安。

他们不知道李安，我怀疑假如他们知道的话，是不是就会直接给我取名李安了。

让我直接从自我介绍开始就立即打响知名度这种事他们绝对做得出来。

前段时间老李总是跟我说："你妈可能是更年期了。"

"太早了吧，她还年轻呢，而且你看她每天对你发火的次数和以前并没有什么区别。"

老李摸出他的电子烟，说："你看，我现在都抽上这个了。虽然次数看起来没有增加，但是力度比以前大呀！"

"你要是能趁此机会把烟戒了那也是好事。"

老李吸了一口电子烟，一脸痛苦的表情。

但现在我看着郝丽娟用那种软绵绵、忧伤的眼神完全覆盖我，我心里确实也像老李一样哆嗦，我现在有些明白为什么在老李抓狂的时刻他要大声喊郝丽娟三个字了，与其说他是为了用声调表示抗争，不如说他试图用声音唤醒郝丽娟。

"妈，恋爱也不是生存必需的技能，不会就不会吧，没什么大不了的。"我勉强笑着说。

她看着我，缓缓地摇头，说："你不懂，不会谈恋爱还是很麻烦的。"

"你能让我先起床然后再讨论这个问题吗？"

她看着我，点点头，然后站起身，把身上的围裙理理好，说："我继续去收东西了，你快点起来，给你留了早饭，吃完快点上班去吧。长相不行，谈恋爱不会，只有好好上班这一条出路了。"

她说完叹了口气终于从我的房间走出去了。

之后的一个月里，我很少碰见在天，我像是一个没有感情的工作机器，写着各种不走心的稿子，唯独容巷那篇三千字我写得最慢，前不久才刚刚交给领导。

遇见在天的那次还是在李家大院后花园墙外。那天我下班路过一时兴起,顺着墙头爬进去摘了几颗青梅,准备出院的时候看见远处两棵桃树上的桃子嫩生生地绿着很好看,尤其是尖尖上还带着那么一点红。我知道桃子远没到成熟的时候,但还是顺手摘了一个。

闻着真香,是桃子甜甜的味道。

就因为摘了那一个桃子耽误了时间,我刚刚爬墙出来,就遇见了在天。

在天手里拿着一个类似卷尺的东西和一个笔记本,刚刚从墙角走过来,我就从墙头上下来站在了他的面前。

他一愣,然后看了看我手里的东西,憋着笑。

我什么也没说,扭头就走。

他快两步追上我,说:"一样也不能吃,你摘它干吗?"

"我喜欢强扭,要你管?"

在天也不气恼,还是憋着笑,说:"你要是才下班肚子饿,我请你吃碗小馄饨怎么样?"

"我就是吃饱了撑的才来摘果子玩,要你管?"

"不敢管不敢管,那我自己去吃小馄饨了。"

他说完转身就往另一个方向走了。

我是有过两秒的犹豫的,毕竟是老牛叔叔家的小馄饨,毕竟我还饿着肚子,毕竟是在天请客。

但我没有回头。

路过楼下垃圾桶,里面一纸箱子的旧衣物看着眼熟,我凑近又看了看,看见一件我爸穿过的秋裤,这才确定确实是我家的。

但是那两口子一直以节俭为口号,怎么忽然之间扔了这么多旧衣物？

还没进家门，站在门口就听见他们在吵架。

郝丽娟的声音非常大："你是不是故意的？你想抹杀我为你做的一切对不对？"

"你说什么呢？就是随手整理的，跟其他的旧衣服放在一起给扔了而已，再说了，你这二十多年没穿过它了，留着也是占地方。"

"占地方？你懂不懂什么叫仪式感？我那天就是穿着那件衣服嫁给你的，不管什么时候我都忘不了，我希望你也不要忘了！结果现在你给我扔了？你怎么不把你自己扔了？"

我开门进去，以为能稍微缓解一下气氛，结果他们视我为无物，该怎么吵还怎么吵。

"就还在楼下呢，我给你再拿回来还不行吗？"

"不行！拿回来也不是那一件了！我完整的回忆被你破坏了！它也不是原来的它了，它是被你抛弃过的它了！"

老李有些无奈了，说："郝丽娟！你清醒一点，不要这么无理取闹！你到底想要怎样你就说，我能做到的我一定做到行了吧？"

郝丽娟鼻子里一哼，说："你根本做不到，我说了也没用。"

"你说说看！我尽力！"

"我不想搬家，你能做到吗？"

老李不出声了。

郝丽娟看老李败得没了一丁点儿斗志，自己也泄气了。

两个人都坐了下来，默默地看着眼前整理了一半的纸箱子，里面都是各种各样他们不知道从哪个老鼠洞里挖出来的旧物件。

我走过去看了看，像逛小市场那样从各种有年代感的物件面前走过，最后还是按照老规则，被一堆相册吸引。我以前倒是不知道他们拍了这么多照片，光相册他们就装了整整半箱子。

星星与猫

我记得我小时候翻过这些照片，因为我总是拿着黑白照片上那些年轻的男女问他们这是谁，所以后来他们就把相片都收起来了。

现在我认得出了，那些都是老李和郝丽娟从十几岁开始的人生瞬间。

当然还有从我出生开始的记录，但我的那一部分跟他们俩的放在一起，就显得单薄多了。

我从里面抽出一本眼熟的相册，感觉是我小时候常翻的。

一打开就看见穿着红色礼服化着奇怪浓妆的郝丽娟和穿着中山装的老李，照片上还有另外三个人，一个是我姑姑，一个是我舅舅，虽然相片上的他们很年轻，但是我认得出。还有一个应该是老李的奶奶，我没见过，听老李说起过。

照片上一共就这五个人，他们拍照的身后是一个饭桌，上面摆着酒菜，应该是结婚当天。

但相册里关于他们结婚的照片只有这一张，只有相片上的五个人。不过老李和郝丽娟还是笑得非常开心。

可是我印象里外婆爷爷奶奶跟我们家关系还可以，小时候见了我还给我糖吃。但那也都是多年前的事了。外公去世早，我没见过，后来我初中时，另外三个长辈也都相继过世了。

"怎么你们结婚只有这几个人？"

老李看了郝丽娟一眼，没出声，郝丽娟走过来夺过我的相册，放回箱子里，阴阳怪气地说："不得民意呗！"

老李也不客气，说："魅力大于民意，没办法。"

我是后来断断续续才弄明白，郝丽娟当年嫁给老李竟然是闪婚。

当年郝丽娟作为厂里最年轻漂亮的会计，身后总跟着一串目光。但她只顾着埋头看账本，后脑勺神经麻木，什么都不知道。

家里给郝丽娟介绍的对象是个机关干部,笔杆子,经常能在报纸上看见他署名的文章,比郝丽娟大八岁,正直稳当,是个好老公的不二人选。

两个人才刚认识两个月,一起吃过三顿饭,每次郝丽娟都带了自己的小姐妹林书芬一起,所以两个人的单独约会至今还没有一次。

郝丽娟懵懵懂懂,别人偶尔起哄,说报纸上又看见你对象的文章啦,她就羞红了脸,一句话也说不出来。

她是真的不知道说什么。

对象是什么?

和自己见面的那个男人到底对自己来说意味着什么,郝丽娟都稀里糊涂。她很小就开始和我的外婆两个人一起生活,所以,夫妻之间是如何相处的,她概念不清,仅存的关于我外公的记忆是他有一天回到家,倒了一杯水,咕噜咕噜一口气喝了下去,喝完冲她笑。

我的外婆比较要强,一个人把郝丽娟培养出来了,拿了个大专文凭,当上了大厂的会计,如今又被前途一片光明的机关笔杆子相中,外婆觉得自己的人生终于有了最好的交代。

郝丽娟私下问过林书芬。

"你觉得他好不好啊?"

林书芬装傻,问道:"哪个他啊?"

"哎呀,你知道的,就是一起吃饭的那个。"

"哦,那个呀,挺好的呀!"

"我也觉得挺好的。"

"那不就行了!我看他也觉得你挺好的,我看顶多明年我就能有喜糖吃了!"

郝丽娟在林书芬面前也是害羞得不行,说:"可别瞎说!我们现在还不熟悉呢,离结婚还早。"

"等结了婚，不什么都熟悉了？"

郝丽娟没听懂林书芬这句玩笑话，反问道："那是不是太晚了？要是双方有什么不合适的，都来不及了。"

林书芬扑哧笑了，笑郝丽娟是个傻子。

郝丽娟不觉得自己傻，她还要争执一下，说："你说我们是不是应该先谈个恋爱，然后再结婚啊？不过恋爱怎么谈啊？难不难啊？想想就觉得挺难的，跟一个完全陌生的人，唉，谈什么啊，有什么好谈的啊？"

林书芬就说这种事别人没办法教，因为这要看和你谈的那个人跟你自己之间的化学反应。

郝丽娟就更糊涂了，谈个恋爱怎么还有化学科目的事呢？

工作的厂子离容巷不太远，周末下班的时候郝丽娟和林书芬会到容巷里逛一逛。那时候郝丽娟觉得这个巷子真神奇，看着一点儿也不富有，甚至可以说穷得十分分明，但是却有几家很有意思的小店，卖着地地道道的容巷小吃，小馄饨啊梅花糕啊玉兰饼啊，总是比别处的好吃。

扯布的、修小家电的、卖成品衣的，这些小店也都缤纷多彩的，总给人一种踏踏实实的生活感。

郝丽娟和林书芬经常在容巷里淘一些好看的手绢，擦嘴的、擦汗的、扎头发的，扎一周不重样，各色手绢买了又买。

有一次郝丽娟和林书芬在一个摊位前看人家一个一个小盒子里游的小金鱼，小小的，红红的，就这么在那个狭小的空间里游来游去，郝丽娟看着觉得又可怜又可爱。

"会计？"忽然一个男声从她们身后传来。

郝丽娟转头，盯着对方看了看，问你是谁。

郝丽娟那时候对老李一点印象也没有,毕竟厂里几千口人,老李又是底层的技术工,两个人没有任何接触的机会,也就是老李经常在食堂远远地盯着郝丽娟看。

在我看来,郝丽娟算不得惊世骇俗的美人,可以说美得特别普通,但她的优点是一眼看去就知道单纯善良温柔体贴,又有学历又有好工作,是个妻子的优等选择。

老李当时笑嘻嘻地看着郝丽娟,说:"我是老李啊,咱俩一个厂的。"

林书芬就问老李:"你要这么说那咱俩也是一个厂的了,你认识我吗?"

"当然认识!郝丽娟和林书芬嘛,咱们厂谁不认识你们?"

林书芬对郝丽娟说:"还真是一个厂子的。"

郝丽娟怯生生地看了看老李,没说话。

"我就是容巷人,我家就在那边。"老李指了指自己的家,又说,"我知道容巷哪家小馄饨好吃,我请你们吃碗小馄饨吧!"

郝丽娟赶紧摆手,说:"不了,我们马上这就回去了。"说完拉着林书芬就走。

郝丽娟和那位所谓的对象,算是第一次的正式双人约会也是在容巷。

不要问我为什么不给那位对象一个名字,郝丽娟和老李异口同声地表示早就忘记那个人了,谁还记得名字……

那天他们一起在容巷的一家小餐馆里吃了一顿饭,好像还点了一盘猪头肉,还有一瓶啤酒。郝丽娟就埋头吃菜,对于他把一瓶酒喝完的事一声没吭。

两个人好像也没有说什么话,吃完了就到巷子里散散步,消消食。

快散步到巷头的时候天色已经完全暗下来了,那时候的容巷还没有现在这种明亮的路灯，家家户户的灯光也照亮不了几块石板，整个容巷昏暗幽深。

真是做坏事的好时候。

他应该也没想做坏事，他只是想抱一抱郝丽娟，顺便在郝丽娟耳边说一些软绵绵的好话。他大概想这么做已经很久了，毕竟自己满腹墨水，眼看着郝丽娟在跟前笑，却没有机会一吐芬芳，真的很憋屈。

但是由于他过于突然，没有任何预兆，动作又有些粗鲁猛烈，一把抱住郝丽娟，靠在了墙边的时候活像要吃了郝丽娟，吓得郝丽娟"啊"的一声尖叫。

"丽娟啊……"

他的抒情才刚刚开始，就被人一拳打在了脸上。

老李拉过郝丽娟，把郝丽娟护在身后，指着面前的男人说："流氓！你最好赶紧滚，不然我揍得你妈都不认识你！"

"野蛮！野蛮！"那个男人捂着脸只能说出这两个字。

"你都流氓了，我还能跟你客气？"

郝丽娟尴尬地拍了拍老李的肩膀，说："不是，不是，误会，误会。"

"我是她对象！"那个男人愤怒地说。

老李不相信，转头问郝丽娟："他说的是真的吗？"

郝丽娟害羞地点点头。

这件事对老李的打击很大。

老李一夜没睡着，翻来覆去地想，怎么郝丽娟就有了对象了呢？从来没听说过啊？而且那个对象还想对她耍流氓！这怎么行？这可怎么办？

老李想了一夜，到底叫他挠着头想出了一个办法。

巧的是当时已经是十一月底了，天黑得早，月底会计要做账，会加一会儿班,虽然回家的时候还不到八点,但四处也都是正正经经的黑夜了。

天气寒冷,郝丽娟越晚下班越喜欢到容巷吃一碗小馄饨,老李知道这个情报,但是这一天郝丽娟会不会来,他只是赌一把。

有缘的话,她就来吧!

老李提前找了一个修自行车的师傅,出了巨资十块钱,让人家帮他演一出英雄救美。

师傅本来答应得好好的,结果到了傍晚又来找老李,说:"我一个人干不了,我胆子小,演得不像。"

"你怎么还临阵反悔呢?她就加这一天班,再等又是一个月,她来不来还不一定,你怎么这么没有信用?"

"不是,我不是反悔,我也是为了你好,戏真一点儿,不是成功的概率更大嘛!"

"那你什么意思?"

"我再另外叫上两个兄弟,这样,三个人,逼真,而且打你也打得像,你赢得也辛苦,你越辛苦她越心疼不是?"

老李想了想觉得确实也是这个道理,就行吧。

对方手一伸,说:"那再给二十块钱。"

老李心一横,再加二十就二十吧!

那人拿了钱还说:"以后你朋友如果也有这种需求记得还找我!"

那时候老李一个月工资才一百块。

他拿出了近三分之一的工资来赌他和郝丽娟有缘。

那天晚上郝丽娟真的来了。

她吃了一碗小馄饨,推着自己的自行车,心里暖乎乎的,正好又结束了一个月最繁忙的工作时段,开开心心地准备回家。

303

天冷，容巷里没什么人，郝丽娟一路上也就只遇见一个牵孩子回家的行人，郝丽娟决定骑上车。

她刚骑上自行车就被不知道哪里冒出来的三个男人拦住了，他们什么也不说，把郝丽娟拦下自行车后就想动手动脚。

郝丽娟受到了惊吓，刚准备喊人，对方又说，你如果喊人你今天小命不保。

郝丽娟吓坏了，哆哆嗦嗦不知道怎么办。

老李这个英雄真是从天而降，以一敌三，虽说打得十分艰难，但好在他知道拉着郝丽娟逃跑。

往哪儿跑？

当然是老李家啊。

老李拉着郝丽娟一口气跑回了家，到了家气喘吁吁满头大汗，赶紧给自己倒了一杯水，咕噜咕噜喝下去，这才有气力和郝丽娟说话。

"你没事吧？"老李问郝丽娟。

郝丽娟惊魂未定，慌乱地点点头。

"最近治安不太好，你以后如果要晚上来，你告诉我，我陪着你，安全！"

郝丽娟机械地点点头。

那也是我的爷爷奶奶第一次见到郝丽娟，他们看老李领回来这么个漂亮姑娘十分好奇，盯着郝丽娟问东问西。

老李只好赶紧送郝丽娟回家。

郝丽娟回去后，翻来覆去想起来的都是老李大口喝水的样子。

这种情节与她心中某种与力量相关的部分重合了，一下子击中了她懵懂无知的灵魂。

郝丽娟后来就是这么形容的，懵懂无知。

郝丽娟后来做了一碗红烧肉送给老李，表示答谢。

老李得意坏了，一碗红烧肉一天没吃，在厂里给所有他认识的人都介绍了："这是郝丽娟送给我的！"

这不是普通的红烧肉，这在别人眼里就是一碗定情肉。

老李为了感谢郝丽娟的红烧肉，又请郝丽娟看电影。

郝丽娟为了感谢老李请看电影，又送老李手绢……

故事在一来二去的反复感谢里顺理成章地走向了爱情。

年轻的老李到了郝丽娟面前就嘴贫，他不会念诗，不会写文，他只会逗郝丽娟笑，言语不足的时候他还要带上动作。只要郝丽娟开心，他能在郝丽娟面前演一出猴子摘桃。

郝丽娟跟林书芬说："我好像知道谈恋爱是什么了，谈恋爱就是想跟一个人在一起，在一起说话、吃饭、看电影，在一起就很开心，分开了也会想念。"

林书芬劝郝丽娟再多想想，毕竟先前那个对象，真的是个再好不过的结婚对象。

郝丽娟考虑再三，在过年前回绝了对方。

她怕再拖下去，人家年货就要送到家里了。

我的外婆，什么都不知道的外婆，没有等到她认可的女婿送的年货，等到了老李。她这才知道郝丽娟已经单方面回绝了对方。

外婆当时收下了礼，第二天她去厂里打听了老李的情况，又去找笔杆子谈了一番话，然后回家直接提着老李送的那些礼就到了老李家。

"我不同意！"

外婆只有这么简单的一句话。

礼退了后，外婆还在极力撮合郝丽娟和笔杆子。笔杆子似乎也不介意郝丽娟忽然之间的心猿意马，他觉得郝丽娟只是短暂地被迷惑了，假如给她时间，一定能发现他才是最合适的人。

他甚至给郝丽娟写情诗，后来那首情诗还发表在了报纸上，别人来问郝丽娟，是写给你的吧！郝丽娟气得撕了报纸。

原本她觉得那首情诗写得还不错，但是既然是给她的，为什么又发出来让大家看？她觉得自己受到了侮辱，心里总有一种莫名地被骚扰的感觉。

一想到这样的诗笔杆子可能还会发更多，郝丽娟莫名地烦躁。

于是她找到老李，问他："咱们结婚好不好？"

那还用问？老李巴不得立刻马上原地结婚！

外婆听了这个消息气得颤抖，说："就算要结婚，你才认识他三个月！"

"三个月足够了，我知道他是什么样的人！"

"他没有前途！"

"前途是什么？我更在意他能不能好好地陪我一辈子。"

这句话刺痛了外婆，外婆原本就反对这门亲事，最后干脆表示不参加婚礼，没有陪嫁，这个女儿就当她白养了。

郝丽娟从小到大都是温顺听话惯了，这一执拗起来谁也拉不住。

爷爷奶奶听说了外婆的态度后，觉得自己家被人这样瞧不起心里也憋屈，干脆也不管了。

但郝丽娟要结婚，就一定要结婚，别人不管是别人的事，自己的婚自己结。

老李更不管那么多，反正老婆娶到手才是真格的。

这件事原本应该也就这么合理地发展下去了，毕竟我都出生了。

但是在我高二那年，郝丽娟跟老李遛大街的时候竟然遇见了当年的修车匠。

人家一眼认出了老李，说："哇，这位是当年在巷子里哥几个拦的那一位吗？没想到是这么个美满的结果！我当时还心惊胆战，害怕自己干了错事呢，看你们这样，我心里就踏实了！开心！我这也算是积德了！"

老李一时假装糊涂不知道对方在说什么，但是郝丽娟一下子就抓住了重点，毕竟那件事在她心里确实是至高无上的存在，她第一次被人如此奋不顾身地保护，第一次心动。

但她做梦也没想到，这是个局。

从那天开始她跟老李不能吵架，一吵架郝丽娟就暴躁，就瞧不起老李，就后悔当初没听外婆的话。

老李这些年确实也不争气，严格按照外婆的标准"没有前途"地存在着，就这么安安稳稳过着他的日子，任由郝丽娟跟他闹，也没有脾气，偶尔抗争一下，事后还要花费更多的力气哄回来。

林书芬嫁给了笔杆子，我高中的时候林书芬就带着她的儿子去国外读书了，前几年才刚回来，和儿子一起回来的。现如今笔杆子已经是不小的官了，儿子又是海龟，家里别墅豪车配置齐全，谁见了都要羡慕。

因为林书芬的儿子和我差不多大，去年她们在老职工聚会上相遇，郝丽娟听林书芬埋怨自己的儿子不找对象，赶紧进入话题，并且提议让我和对方的儿子相个亲。

结果林书芬说："你的女儿我可不敢让我儿子去相亲，那万一随你，岂不是我家父子都被你娘俩伤一回？"

林书芬说完哈哈笑，自当玩笑。

郝丽娟笑完回来跟老李又吵了一架。

所以那件结婚时郝丽娟穿的礼服，老李总想扔了，免得郝丽娟每次看到都要想起他下的套。

　　郝丽娟对那件礼服的感情就比较复杂。

　　她一方面觉得自己被老李骗了一次，一方面又觉得，至少曾经有人费尽心机想骗你，骗你到他身边，他把一生都用在了你身上。

第十七章
此生足矣，谢谢各位

江美玲临走前摸了摸小二的头说:"等着我!"

小二不知道懂不懂,但小二肯定会在这里等着她。

江美玲房门关上之后我喊小二回家,小二瞧了我一眼,倔强地转过头去,坐在原地一动不动。

有时候真羡慕小二,它能完全摆脱家的束缚,又同时享受家的庇护。

真是自私又自由的小猫咪。

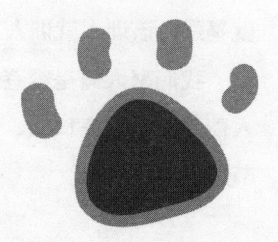

后来老李去楼下找那件礼服，结果一整箱的旧物都被人捡走了。

最近容巷很多人家已经开始陆陆续续地整理家居物件了，该搬的搬该扔的扔，所以等在垃圾桶旁捡旧物的拾荒者多了起来，一般看得过去的东西，放在路边等不了十分钟就会有新去处。

老李安慰郝丽娟，说："算了，你要是实在想要，我给你去柳花家定做一件！"

"算了吧，她这几天就要生了，等她得了空，等这巷子整改完，等她店铺重新开张，还不知道猴年马月呢！而且这小巷旧貌换新颜，一下子跟什么国际接轨了，她那价钱肯定还要翻一番，穿不起！"

老李笑着夸郝丽娟："要不说我这辈子做得最不后悔的事就是娶了你呢！"

但老李的甜言蜜语的效力已经大不如从前了，郝丽娟还是该暴躁就暴躁，该训人就训人。

我们家大概是容巷里最平常的一户人家，平常到甚至多少有点让人羡慕，一家三口人，无痛无病无灾，欢欢喜喜，吵吵闹闹，按照季节过相应的日子。

如果郝丽娟不催我相亲的话,这一切还真是让人不舍。

虽然郝丽娟和老李的那些前尘往事、爱恨情仇听了让我对郝丽娟多了几分理解,但是她将因果往我身上安这一点我还是不能接受。

所以我也还是持续地在与郝丽娟做斗争,决不妥协。

老李则完全相反,他已经彻底放弃抵抗,不仅如此,还给郝丽娟找了各种理由,说她更年期,说她刀子嘴豆腐心,说她善良无处发泄……

我决定再也不跟郝丽娟进行明面上的抗争,是在一个夜晚听到哭声开始的。

那天我失眠,一直到夜里两点还睁着眼睛数羊,这时候忽然隐隐约约听到哭声,吓得我一哆嗦,然后渐渐辨别出来那声音是郝丽娟的。

我悄声地起身,开门去倒水,听见老李在房间劝郝丽娟:"没事,咱们以后多回来逛逛,反正退休了以后也没什么事做,想去哪里去哪里。"

郝丽娟带着哭声说:"我不想离开这儿,我跟我妈打过赌,我说我要平平顺顺地在这个巷子里养老。"

"你不算输,不算输,要不这样,我问问那些不是临街的,老房子卖不卖,咱们买一个。"

我喝了一口水,回屋继续数羊了。

数着数着我又忧伤起来,连郝丽娟我都比不过,郝丽娟哭起来多招人心疼啊,我从她那里真是一点儿利己的技能都没有学到。

最热烈的夏像袭击一样地一下子攻占了整个容巷。

具体拆迁的合同已经发到了各家手上,郝丽娟和老李对着合同读了三天,有些条款还是不明白,又拿去问在天。

在天的工作进入了尾声,方案基本确定了,接下来最多也就是一些细微的调整，后面的施工和监工都不归他管，他简单的行李就摆在墙角，随时都能离开。

但是九儿好像并不受这件事的影响，她该做什么还做什么，上课，酿酒，等着时间发酵，将世间的味道都发酵成醉人的样子。

钱十暑假回来了，正好有时间在拆迁整改合同上签字。

钱十只问了九儿一句："没什么问题吧？"

九儿说没有。

钱十就签上了字。

江美玲兴高采烈走的那天忽然下了倾盆大雨，她搬家的卡车就在巷口，最后只好改天。

江美玲说，天意是要留她多住一晚，那就多住一晚吧。

那晚小二在她屋里坐了一夜，她清晨起来的时候小二才终于睡下。

她看了一眼窗外，那间窗户外面的星星，大概就是要用一整夜的时间，才能听得到小二的告别吧，毕竟距离太远，声音跑得又太慢了。

我问她为什么搬走了却这么高兴，她说她计划好了，等容巷改建完成，她要开一家小小的咖啡厅，所以一想到她还是要回来的，就很开心。

我说："巷口有咖啡厅喽，还是国际连锁的。"

"他开他的，我开我的，我还要来这个位置开，放我的爵士乐，让小二闻着咖啡白天黑夜都睡不着，白天黑夜都看星星。"

暴雨过后，江美玲成功地搬了家，小二坐在门口，看着她远走，没有追。

江美玲临走前摸了摸小二的头说："等着我！"

小二不知道懂不懂，但小二肯定会在这里等着她。

江美玲房门关上之后我喊小二回家，小二瞧了我一眼，倔强地转过头去，坐在原地一动不动。

有时候真羡慕小二，它能完全摆脱家的束缚，又同时享受家的庇护。

真是自私又自由的小猫咪。

老牛面馆、杂货铺、刘阿婆卤肉店，都还照常开着，不管白天黑夜。这些从未改变的忙碌，会让人有一瞬间的恍惚，好像容巷永远都不会改变。

柳花阿姨在三伏天里生下了一个大胖小子，据说生下来当天柳花阿姨看了孩子第一眼就差点哭了，说孩子像自己，丑。

容先生就安慰柳花："孩子刚生下来都丑，慢慢长开了就好了。"

柳花听了这话更想哭了，说："你意思我确实丑是吗？"

容先生一个教书先生，第一次在柳花这里栽了跟头，还能怎么办？天天端茶倒水伺候着，用行动弥补语言上的过失。

大家算着日子，等到柳花家的小子办满月酒，正好是暑气开始消散的时候，这大概是容巷里最后一个大家集体参与的喜事了，要热热闹闹地办起来。

凌画阿姨原本计划着出门旅游，听说了这事，把旅游计划推后了一个月。

容巷忽然之间整个平静了下来一样，慢慢地进行它自己原本的生活。

秋晨旅游回来给我带了一个礼物：俄罗斯套娃。

我问她这个礼物的意义是什么？

她说就是你没事了可以试着一层一层地扒开自己，最后你会发现自己很渺小。

自己很渺小这事还需要一层一层扒开自己才能知道？

星星与猫

况且我也没有那多层，除去一层皮就是一层肉，如果实在要再扒一层，肉里可能还有一层灵魂。

但大部分时候我是不太去扒开看的。

因为实在没什么好看的。

秋晨回来后的第二件事就是又给我介绍男朋友。

"公务员，已经是个小干部了，勤恳，踏实，最主要的是因为工作关系，绝对不可能忽然跑国外去了，飞不了，也飞不远。"

"那能飞得高吗？会不会因为空间太小也飞不高啊？"

我当然是开玩笑，但秋晨还是认真地给我解释说："做人不能太贪心，有些事情那就是互相不能共存的，你想要安稳可能就不会有什么传奇，你想要飞黄腾达就肯定没有轻松自在。"

"那你知道我想要的是什么？"

秋晨一愣，想了想，然后惊讶地说："你该不会真的要等良敬吧？天哪！对不起，是我害了你！那小子两年后也未必回来，你别等了，我太了解他了，只要有更大的平台，他都不会放弃。而且，两年啊，这么长的时间，他在国外，那里什么样的姑娘没有？他不可能为了你守身如玉。"

我看了看自己，我确实也没有让良敬为我守身如玉的魅力。

但我也确实不是在等他。

如果一定要说的话，我只是顺便在等他。

可是当天晚上，我连顺便的资格也失去了。

我照例收到了良敬发来的"明信片"。

良敬发来的瑞士小镇在青草碧水蓝天中显得格外怡人。

我以为还是像以前一眼，只是一张照片，再无其他。

但是今天他忽然又发来了一句话。

"这是最后一张了。别等我了。"

我心里一阵失落，心想：完了，从此我再也没有理由去巷子深喝到大醉了。

由于良敬离开的时间太久了，所以他画上句号的时候我确实也没有特别强烈的悲伤，就感觉像是聊天结束，大家彼此说晚安。

但不知道为什么，我忽然向郝丽娟摊牌，说："我恢复单身了，有合适的对象介绍给我，限三次。"

郝丽娟对于我开闸放水虽然很开心，但还是疑惑地问我："为什么限三次？"

"事不过三！再继续下面的就都是你可提供资源里挑剩下的了，我不需要那些。"

郝丽娟满意地点点头，说："有道理哦！小姑娘长大了，有点头脑了！"

其实我只是需要一点短暂性的情感放纵而已。

或者叫报复性饮食。

但郝丽娟和老李忙于买新房和搬家等等事宜，把我相亲的事情一压再压。

近一个月要过去了，我整个人的情绪已经完全恢复如常，郝丽娟忽然让我去相亲，就在老牛家面馆，进门右手边第一张桌子。

郝丽娟开心地说："你们要是彼此感觉不错，就互相加个微信，再吃碗牛肉面。"

那天柳花家孩子正好满月宴，我说我要去吃满月宴席，郝丽娟叫我别凑热闹。

可谁能想到呢？老牛面馆走进去，右手边第一张桌子上坐着的竟然是井然！

井然看了看我，我看了看井然，通过眼神，我们确认了信息，彼此确实都是来相亲的。

"我妈跟我说,之所以第一个推荐你,是因为你家里已经决定等容巷整容好重新开街时,就要给你投资,在这里开一家客栈,三下五除二,假如我能和你顺利在一起,以后能沾光待在容巷里。"我向井然表明来意。

井然哈哈地笑,说:"确实有这么一件事。"

"那你为什么会来相亲?"

"我妈说对方是个记者,如今在传媒行业,以后咱家不管有什么需要,宣传都方便!"

我也忍不住笑了,说:"这么说起来,还真是强强联合!"

"嗯,父母们想的总是比我们更靠谱更实际一点。"

"嗯你个大头鬼啊!你还当真?"

"来都来了还不当真?"

"来了也不必当真。"

"那要是我偏要当真呢?"

"那你先告诉我客栈是不是真的?"

"就算我是假的,客栈也是真的。"

容我想想。

井然抬手冲后厨喊:"来两碗牛肉面!"

"别吃了,柳花阿姨家大胖小子办满月酒,我带你去那儿吃。"

"满月酒有什么好吃的?千篇一律的摆盘。这面馆没多久可就要关了,再开张还不知道是什么时候了,今天既然来了就吃一碗再走吧。"

我想想也是。

这要是一两年吃不上这一口,这得多惦记啊!

吃完了面,井然擦了擦嘴,看了看时间,说:"我还有点其他的事要办,今天的见面就到这里吧,咱们后会有期。"

后会有期。

我还是赶去看了柳花阿姨家的小宝宝。

满月了,小家伙白白胖胖,众声嘈杂,他还是睡得香甜。

姜爷爷喝了不少酒,眼神迷离,站在小宝宝旁边,一个劲儿地说好。

姜爷爷看了很久,直到站累了,才对我说:"丫头,你送我回去吧,我有点事想要拜托你。"

我送姜爷爷回去,他一路都在唠叨个不停。

"孩子好啊,没有比孩子更好的了。我就看着容巷的孩子一波一波地长大了,浪赶浪的,但没事,有的孩子长大了,又有孩子出生了,容巷里总是有孩子,真好啊……我是真的跟着这些孩子一天一天长大的,但是有了新的孩子,我就又跟着小了,谢谢这些孩子们啊,是这些孩子陪着我。"

姜爷爷这一生,没出过容巷,没有其他亲人,独自活着,孤单地,平静地,像容巷的一棵树。

早些年我是真的觉得姜爷爷十分可惜,一生就这样白白度过。但现在我对人生这种东西又有了新的想法,只有没能按照自己心意度过才是真的白白度过。姜爷爷守着自己的心,一直到尽头。

"姜爷爷,你有没有遗憾自己从来都没有去大千世界看过?"

"什么是大千世界?"

"就是外面的广大的世界啊?"

"那我们看大千世界的目的是什么?"

"增长见识啊!"

姜爷爷咳嗽了两声,喘着气,说:"增长见识之后呢?"

我想了想,说:"大概是提高我们对生活对人生的理解吧。"

姜爷爷冲我点点头,说:"你说对了。但我们提高对人生的理解是干吗呢？说到底，还不是为了要开开心心地活着？还不是为了更加舒服地活着？但大千世界有时候也未必就是千里路，也可以是隔肚皮的人心。我活了这么多年，看多了，也就没什么兴致了。"

姜爷爷每说完一长段的话就咳嗽几声。

我其实只是随口跟他聊聊，因为我总觉得自己缺少去看大千世界的经历，颇为遗憾。

虽然姜爷爷说的对，但是他说的更难。

我还是先去看这世界的万千之形吧。

"姜爷爷你咳嗽多久了？注意身体啊。"

姜爷爷摆摆手，说："枯枝败叶，不足惜。"

"你也看到了，柳花阿姨家的小胖子还得你领着玩石子呢。"

"这一个，怕是等不到那时候了。"

我听了这话，莫名地心里一慌。

我还记得小时候，那时候姜爷爷还很硬朗，经常帮我们这群在巷子里乱跑的孩子们制定规则，或者整理队伍，也不知道玩的什么游戏，只知道最后都能从姜爷爷那里得到糖果。

手里总是有糖果的姜爷爷是容巷所有孩子的大王。

姜爷爷进了家门，没来得及歇，从屋里拿出一个信封交给我。

"这个，能不能给我发在报纸上？"

我从信封里抽出一张纸，打开后，上面是瞩目的两个大字"遗嘱"。

"这……"

"我不知道怎么才能更好地实行这个遗嘱，所以我想了想，你给我发在报纸上吧，这样大家就都看到了，就作数了。"

我看着姜爷爷颤巍巍的样子，心里更加慌乱了。

姜爷爷安慰我说："你别紧张，这很正常，年纪大了，家里又没有后人，立个遗嘱也好处理我身后这些东西。存款，房产，家里还有一些值钱的老物件，这些七七八八加起来，我算过了，大概有五百万。最主要就是这个房子，这次拆迁赔偿了很多，合同我都签好了，财务方面我委托容克了，我写了委托书给他，所以你把这个遗嘱发出去，也算是一个监督。"

"你已经想得这么周全了……"

"容克说他自己不能担这个责任，他会帮我找律师，其他的就不用我管了，反正都是他来办就好了。他还是值得信任的。"

容克确实是值得信任的。

姜爷爷看我拿着遗书沉默不语，问道："能发吗？"

我心里是没底的，但我还是肯定地告诉他，能发！

第二天我拿着遗书请示领导。

领导看完了遗书，沉默了一会儿，问我："他还能活多久？"

我一愣，这我怎么知道？

"两年行吗？"

这个我真的不能做主。

"容巷的改建工作预计两年后完成，以新面貌面对大家的时候发表这个，真的是最佳的时机。"

领导用手指敲着桌子，若有所思。

我不说话。

"对了，你把你那三千字的稿子再改一改，把这个事加进去，咱们宣传册幸亏还没下印厂，还来得及！"

"那这个到底什么时候发？"

"这样吧，你先输入电脑，排版好，等哪天老爷子……哪天就发！当然了，如果是两年后的话，那就是新容巷面世的时候发。"

星星与猫

我想了想终于理清了这个时间线。

我往文档里打姜爷爷用钢笔一笔一画写的那些字的时候，心里真不是滋味。一个人的一生，最后的结局落进这一张纸里，姜爷爷写的时候，字字都是人生，但在别人眼里，不过是一个可有可无的故事。

立秋那天早上，老李一边吃着烂糊面一边说："姜叔就是立秋出生的，虽说日期不一样，但是他出生那天就是立秋。"

"怎么忽然说起这个？"郝丽娟问。

我也不明白地看着老李。

老李叹了口气，说："昨天晚上回来，看见姜叔坐在巷子中心那个十字路口的石磴上，仰着头，一动不动。我走过去跟他打招呼，我喊了他三声，他才终于有点反应，'啊'了一声。人一旦老了，就跟坐火箭似的，一下子就不行了，前段时间看他还挺好呢！"

"是不是喝醉了？我看上次柳花家喝酒，他还能喝不少呢。"

我插了句话："其实姜爷爷写好遗嘱了，就是柳花家喝酒那天给的我。"

"给你干吗？"老李和郝丽娟异口同声。

"让我给他发在报刊上。"

"都写了什么？"郝丽娟一脸好奇。

"等发出来不就知道了。"

"那什么时候发出来？"

"姜爷爷去世的时候。"

老李接了一句："我看快了。"

老李说这话的时候肯定没想到，下午，姜爷爷就走了。

容克说姜爷爷从早起就穿上了自己之前准备的一身新衣服，还是前几年让柳花帮忙做的,一身黑色的中山装。这些年,这套衣服一直放在箱底,今早姜爷爷一起床就穿上了。

容克和莎莉姐早上都有个习惯,总要喊一声姜爷爷,等到应答了,他们就放心了。

今早容克出门去工作室的时候,站在姜爷爷门口喊姜爷爷,喊了好久也没听见应答。

其实姜爷爷是答应了他的,但是声音太小了,容克没听见。

于是容克推门进去,看见了穿着一身新衣服坐在屋子里的姜爷爷,姜爷爷手里拿着一张照片,一张纸,纸上一首小诗。

姜爷爷看见容克进来,慢慢地将纸叠好,然后同照片一起放进了上衣口袋里,放好后又用手在口袋上拍了拍。

容克跟姜爷爷打了招呼后,转身回了家,这一整天他都没再去工作室。

下午,莎莉姐给姜爷爷送一碗银耳羹,她自己下午的小点心,多做了一些,给姜爷爷留了一份。

银耳羹端去的时候,姜爷爷已经平平整整地躺在了床上。

莎莉放下碗就喊容克。

容克跑过来一看,姜爷爷已经没有了呼吸。

我接到老李电话的时候正好刚刚把姜爷爷的事迹合理地加入到了三千字中,迷迷糊糊地听到老李说姜爷爷走了,我还问了一句,去哪儿了。

"去世了!你不是说你那里有遗嘱?关于身后事怎么办,说了吗?拿出来给大家看看。"

我头脑一蒙。

我自己爷爷去世的时候我还小,对死亡没有具体的概念,此时心口猛烈的一击，和当初知道阿良去世的消息时的感觉也完全不一样，毕竟我从姜爷爷这里得到的，是长辈的爱护，这种爱护助长人的胆量。

但如今，我们这些受过他爱护的孩子，要一起送他远行了。

我给领导请假，顺便请示姜爷爷的遗嘱是不是能排上今天的版面。

领导万分遗憾，说怎么这么快。

我也很遗憾，也不想这么快。

我们的遗憾是一致的，但是理由却各不相同。

领导答应下周让姜爷爷的遗嘱见报，而我回家奔丧。

我拿着姜爷爷的那份遗嘱，从巷口往姜爷爷家里奔，我的喘息声感觉从这一道墙打到那一道墙，最后再打进我自己的耳朵里。

石板路上坑坑洼洼，跑起来格外硌脚，脚底像是被磨薄了似的，石板上的坚硬全都感受得到，一下一下，直直地扎进来。

小时候也这样在这条路上跑过，但是从没觉得疼呢。

姜爷爷日复一日地在这条路上走，走到最后，不知道他有没有觉得疼。

姜爷爷家屋里屋外已经围满了人，就连姜爷爷门口那一小段巷子路，也被人群挤得看不见出口。

我跑过来的时候，大家似乎都知道我带了什么来，赶紧给我让出一条通道。

在天和容克一左一右陪我进屋。

我先进屋看了一眼姜爷爷。

一身新衣，一脸安详，上衣口袋里还露出相片的一角。这确实是姜爷爷。

他真的走了。

在天在旁边默不作声地递了一张纸巾给我。

我擦了擦眼泪，然后走到大家中间，给大家读那份遗嘱。

　　无须葬礼，无须墓地和碑文，火化事宜麻烦容克了，最后留我一抔尘土埋在容巷地下，十分感谢！
　　想带走的我都带走了，余下的一切除财产外的事物我来不及处理了，各位帮忙扔一下垃圾吧！
　　所有财产交由容克代管，统一用作容巷孩子们的教育成长基金，给所有中考高考成绩优异的或者其他方面表现突出的孩子发奖金。发完为止。
　　此生足矣，谢谢各位！

第十八章
后会有期

　　我周末就躺在阿斯的一个包间里，喝一罐又一罐的啤酒，看一部又一部的电影，想无视外面陆陆续续搬走的容巷人，无视越来越空空荡荡的容巷。

　　如果我不看，那么事情就不会发生。

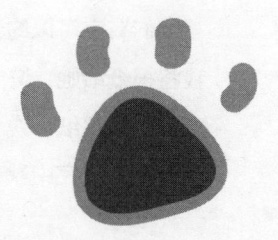

登姜爷爷遗嘱的那份报刊发行之后，我给容巷的各家各户都送了一份。并且让大家都保存好。

　　凌画阿姨已经出远门去了，彩云一天一点地将杂货铺里的东西都打包起来，我送报纸过去的时候杂货铺里已经空了一半。

　　"没想过再回来开店吗？"我问彩云。

　　"这个店本来也就是我老妈开着的，我自己的工作室都忙不过来，她说累了，不开了，那就不开了吧。"

　　"那她旅游带回来的东西怎么办？"

　　"她带不动了，她现在这年纪，这身体，还能四处看看已经不错了，东西就不要带回来了吧！我和她也都想好了，拆迁款留着做她的旅游资金，如果还能有剩余，就给她养养老，她回来了就住到我家里去。"

　　"还会再回来吗？"

　　"咱们有空可以约着一起来逛新巷子啊！"

　　我将报纸给她，说："留着吧，以后你的孩子也算容巷的一分子。"

　　彩云收下报纸，说："那我可要努力找男朋友。"

　　没能等到过完中秋，杂货铺就关门了。

过完中秋，刘阿婆卤肉店的招牌也拆了下来。

容克的新房就买在容巷对面那个新建的小区，大部分容巷的邻居都买在了那个小区，包括我爸妈。

容克把那块招牌也带走了。

谁也没想到卤肉店关得这么早，容克就笑着跟大家解释，莎莉身体不方便了，反正要搬家，就提前歇歇吧。

这时候大家才知道莎莉姐又怀孕了。

秋风从巷子里穿过，满巷萧瑟，七零八落的闲散烟火已经满足不了这条巷子了。

现在整条巷子除了巷头的老牛面馆，巷尾的阿斯私人影院，还有巷子中间的柳花嫁衣，其他所有的店铺都停业关门了。

容叔含着烟斗提着他一箱子茶具小心地从秋风里穿过，盘算着什么时候还能再回来。回购房根本不在这条巷子里，容叔想到这里还是满心纠结，到底买还是不买。

听说剑兰在拆迁协议上签字的条件是巷尾那间店铺必须留给他，他还要在那里开一间一模一样的阿斯私人影院。

他不在乎价钱，他只要那个地方。

这个消息传出来之后郝丽娟还懊恼了一阵子，说怎么自己没想起来加个条件，咱们这块地方也留给自己租来开个小店。

老李叫她清醒一点，说人家剑兰之所以能谈这个条件，最主要原因还是他不管什么价钱都要那一个位置。

我在拆迁这整件事里好像并没有得到一丁点儿的尊重，没有发言权，也没有签字权。

我想了好久，我对于容巷到底算什么呢？

我想不出个答案。

主要是我不愿意承认过客这两个字,就凭我和容巷的感情,怎么可能仅仅是过客?

但不是过客又是什么呢?

我也不知道。

我周末就躺在阿斯的一个包间里,喝一罐又一罐的啤酒,看一部又一部的电影,想无视外面陆陆续续搬走的容巷人,无视越来越空空荡荡的容巷。

如果我不看,那么事情就不会发生。

我在阿斯的沙发上迷迷糊糊地睡着了。

梦里我看见四五岁的我,跟着一群孩子在容巷里跑,阿良跑得最快,在前面喊:"姜爷爷发糖喽!"

他一喊,大家跑得更快了。

我一下子摔倒在石板上,哇的一声大哭起来。

在天回头看了我一眼,走过来把我扶起来,说:"不要哭了,哭一点儿用也没有,你看你哭了之后跑更快了吗?没有,你看,你更落后了。"

我擦把眼泪,委屈地说:"谁说哭没有用?我不哭,你怎么会来扶我?"

在天叹口气,说:"算了,我们最慢了,今天别去了,去了也没有糖。"

这时候又听见阿良在前头喊:"瑶瑶,瑶瑶,我有两颗,我给你一颗!"

我擦了把眼泪,骄傲地对在天说:"你看,我有哦,只有你没有。"

在天撇着嘴,声音还没出来,眼泪先出来了。

我赶紧说:"好了好了,因为我你才没有糖的嘛,那我的那一颗给你吧。"

在天不哭了,但是他跑走了,说:"我不要!我自己买!"

忽然之间我就长大了。

我背着书包拉着在天的胳膊，求他："你就帮我转交一下嘛，我听说你们一起上奥数课，求求你了。"

在天瞪了我一眼，说："才刚刚上初中你就不学好，等会儿我告诉你妈，你给男同学写情书！"

"哎哟，你就会告诉我妈，有点什么事你就告诉我妈，你除了这个还会什么？我都跟你说了，这不是我写的！我替我朋友帮忙，因为我跟你熟，你又跟他熟嘛！"

"不是你写的是谁写的？"

"哎呀，人家叫我保密！"

"不说我不帮忙！"

"算了算了，就当是我写的！你帮我转交一下嘛！"

"那我更不能帮忙！"

"为什么？"

"我不能害你！"

"这怎么就害我了？这事跟我没关系。"

"那我不能害他！"

"算了，我自己给他！"

我松开在天，气呼呼地往前走，容巷里夕阳正好，旁边一树银杏刚刚露出微微的黄色。

在天又追上我，把手伸到我面前，说："拿来！"

我请在天吃馄饨，外面忽然下了好多的雪。

在天看着雪问我："你长大了会离开容巷吗？"

我说："当然！好男儿志在四方！"

在天笑了，然后说："我不太想离开，我觉得这里挺好的，你看这雪多好看。"

"外面的世界可大了，比这好看的雪到处都是。"

"是吗？"

我拍着胸脯向他保证，是的！

又是一个夏天，清晨上学的路上我还在迷迷糊糊地背知识点，在天走在我旁边，小声说："考完试我可能要走了。"

我没听见。

"我爸妈离婚了，我妈要带我走了。"

我还是没听见。

"既然这样的话，那还要不要考试呢？"

这句我听见了，我转头问他："什么？什么要不要考试？中考当然要参加啊！咱们要进同一所高中呢，你忘了吗？"

在天看了我一眼，说："如果进不了同一所高中呢？"

"那就进同一所大学呗！"

"如果也进不了同一所大学呢？"

"那怕什么，咱们反正是要进入同一个社会，还要回到同一个巷子里的。"

在天点点头，又问我："你不离开行不行？"

"离开哪儿？"

"容巷。"

"你要不离开我就不离开。"

"好的，一言为定！"

我从一言为定中清醒过来，往事如迷雾一般压在胸口，压得我喘不过气来。

梦里真真假假，好像是记忆本身，又好像是模糊的幻想。

但那几个场景我似乎还有印象。

摔倒的我，扶我的在天。

求在天的我,拒绝我的在天。

在老牛面馆吃馄饨的我们,下着大雪的容巷。

还有他曾经没有说出口的告别。

所有的念念不忘,其实都有土壤。土壤里是无穷尽的营养,护着这颗心,蠢蠢欲动。

但后来,我并没有离开。

我在真实的现实里琢磨着梦里的意味,巷子里的风吹过我们多少的梦和昨日,数也数不清,所有记住的和遗忘的,全部成为我今天看向你的眼神。

我从阿斯里出来的时候已经是夜里十点半了。

郝丽娟现在对我真是越来越信任,巷子里都搬得空荡荡了,她也不问我这么晚怎么还不回家。

巷子里铺满了月光。

我在月光下走,迎面微风,我深吸一口气,反而徒劳,还不如平常的呼吸里闻到的桂花香更浓一些。

月光下远远地就看见在天提着行李箱从他家门里出来。

我喊了一句在天。

他停下来转身看着我,等着我追上他。

"你要走了?"

他点点头,说:"走了,已经拖到了最后,再也没有什么理由留下来了。"

"你家里还特地重新装修了呢,结果没住几个月。"

"还能回来住上这几个月已经是意外惊喜了。"

我陪着他往巷口走。

"怎么这么晚出门?"

"我上一次走也是夜晚。我妈说,夜晚出门,不打扰别人,也不用——道别,那也就不打扰自己。"

"九儿呢?她不知道你走?"

"知道。"

"那她不来送你?"

"不必了。"

"你走了她不难过吗?"

"她说,从很小的时候开始她就习惯了分别。"

我想问是分手了吗?又觉得唐突。

"反正你都要走了,我们也不知道什么时候还能再见,我能问你一个问题吗?"

在天点点头。

"对你来说我是什么?"

在天想了想,问我:"那你有没有想过对你来说我是什么?"

"我想过。"

"最后你觉得形象很混乱,又很单纯对不对?是童年,是时光,是成长,是快乐,是……拟人的容巷。"

是这样吗?

仔细想想,确实就是这样。

在天看着我,说:"对我来说,你就是这样的。"

走到巷口,一辆车等在路边,他放好行李,站在我面前,抬手摸了摸我的头,说:"继续好好成长哦!好男儿志在四方,期待在更大的世界里重逢!"

他说完上车,在车子发动起来的那一刻,我忽然想到那个问题,追着问他:"喂,你到底有没有收到过我给你写的信?"

……

没有回答。

他走了。

如今的离别只能看见车辘轳，连看背影的机会都没有了。

在天走的第二天，老牛面馆就被拆了。

我不知道盖这一个面馆要用多久，但是拆，竟然仅仅只用了半天的时间。

我好懊恼，早知道就应该在在天走之前请他在老牛面馆最后再吃一碗小馄饨的。

老李叫了搬家公司，搬了两趟才终于把家搬干净。

郝丽娟最后站在门口将家里里外外用眼神巡逻了一遍，确认确实没有什么遗漏，这才关上了门。

搬家公司的车晃晃悠悠往巷子外面开的时候，遇见了回来的九儿。

九儿笑着跟我们打招呼，说："等梅子酒好了，回来喝酒！"

我还没来得及回答，郝丽娟抢着说："那必须回来！等安安结婚还得找柳花帮忙呢！"

郝丽娟话音刚落，看见了从旁边不知道哪里蹿出来的小二。

"小二，小二，来，上来，我们一起去新家。"

小二蹲在巷子中间，看了看郝丽娟，起身，大摇大摆地跟在九儿身后走了。

郝丽娟骂完白眼狼小二，忽然把目光转向我，问我："最近一直忙搬家，都忘了问你相亲的事了。我听说上次相亲你们加了微信又吃了牛肉面，最后怎么样了？"

"他说，后会有期。"

（完）

2019年12月26日于无锡